I0526196

ISBN : 979-10-91423-03-8

Michèle Abramoff

L'ÉDITION EST UN MÉTIER DE CHIEN

Roman policier

DU MÊME AUTEUR

MADEMOISELLE JENSEN ET SON LABRADOR – 2011
Roman policier
(*édition papier Lulu.com – e-book Amazon-KDP*)

LE CAFÉ DU CANAL – 2011
Roman
(*édition papier Lulu.com – e-book Amazon-KDP*)

DERRIÈRE LA FAÇADE – Dans le secret de la vie au bureau – 2011
(*édition papier Lulu.com – e-book Amazon-KDP*)

COUP DE CHANCE – Les clins d'œil de la fortune ou l'art de tirer le bon numéro... – 2012
Récit
(*édition papier Lulu.com – e-book Amazon-KDP*)

L'édition est un métier de chien

Roman policier

1

Le 17 mai 2007, Patrice Mazeaud, Président-directeur général des Éditions Philibert Mazeaud, fut découvert gisant sur le sol de sa salle de bain, le crâne éclaté. La pendule indiquait neuf heures dix et c'était un jeudi, le premier jour du long week-end de l'Ascension. La météo annonçait une journée caniculaire. Le soleil, déjà chaud à cette heure matinale, pénétrait presque horizontalement dans la pièce orientée à l'est, saisissant dans un rai de lumière le grand corps sans vie étendu à terre. Par la fenêtre ouverte à deux battants, on découvrait une large pelouse en pente bordée par un petit chemin, et l'ondoiement gracieux des coteaux de vigne qui se découpaient sur le fond lointain des monts du Beaujolais.

Patrice Mazeaud avait acquis la maison sur un coup de tête, onze ans plus tôt, en venant acheter son vin dans une cave de Fleurie. Comme c'était un client régulier, qu'il s'y rendait chaque automne pour réassortir sa propre cave et paraissait se plaire dans la région, le vigneron lui avait signalé une jolie propriété à vendre dans une commune voisine.

C'était une grande maison ancienne, construite à flanc de coteau, de sorte que le rez-de-chaussée et le premier étage sur le devant correspondaient au premier et au deuxième à l'arrière. Elle était ainsi comme accrochée au milieu de ses vignes, un petit hectare de beaujolais-villages, dont le nouveau propriétaire faisait cueillir et presser les meilleures grappes chez lui, obtenant, les bonnes années, environ deux cents bouteilles d'un vin d'une qualité légèrement supérieure qu'il était en droit d'étiqueter à son nom (Beaujolais-Villages, Domaine de Fonvert – Patrice Mazeaud, *Mis en bouteille à la propriété*) et n'était pas peu fier d'offrir à ses invités lors de ses dîners parisiens. Il avait fait de cet endroit sa résidence secondaire et y séjournait occasionnellement les week-ends et une partie des vacances d'été.

Le jour de l'Ascension, donc, ce fut sa femme, accompagnée de la cuisinière, qui fit la macabre découverte. Elle n'avait pas vu son mari depuis l'avant-veille, c'est-à-dire depuis le mardi précédent : comme d'habitude, elle était venue en éclaireur ouvrir et préparer la maison pour les quelques jours de détente qu'ils se proposaient d'y passer.

Ce matin-là, Ghislaine Mazeaud-Lafferière était descendue prendre son petit déjeuner vers huit heures trente. Estelle, la cuisinière, avertie que son patron serait présent, avait mis la table pour deux sur la terrasse. Sachant son mari matinal, Ghislaine s'était étonnée de ne pas le trouver déjà attablé ; en levant les yeux vers les fenêtres de sa chambre, elle avait constaté qu'elles étaient grandes ouvertes, détail qui attestait sa présence car il n'aimait pas les atmosphères confinées. Elle avait pensé qu'il était arrivé tard et dormait encore : elle-même avait dîné chez une voisine amie la veille et n'avait pas vu sa voiture en rentrant (en vacances et pendant les week-ends, en dépit de ses soixante-cinq ans, plus par coquetterie que par goût du sport, Patrice conduisait une Porsche 911, une voiture d'homme jeune). A tout hasard, elle avait interrogé la domestique :

– Vous n'avez pas vu Monsieur, ce matin ?

Quand les Mazeaud étaient à la propriété, Estelle commençait son service à sept heures trente (elle habitait à quatre kilomètres de là, dans le charmant village de Breuilly, et le trajet ne lui prenait pas dix minutes).

– Non, Madame. J'apporte quand même les œufs brouillés ?

– Apportez les miens. Vous apporterez ceux de Monsieur quand il descendra. Et pour l'amour du ciel ne les faites pas trop cuire, vous savez qu'il a horreur de ça.

La cuisinière était repartie vers ses fourneaux en haussant les épaules.

Ghislaine avait attendu un moment puis, ses œufs finis – il était presque neuf heures –, ne voyant toujours pas son époux paraître, même pas à son balcon pour un de ses petits saluts désinvoltes, un petit « J'arrive... », elle avait dit à Estelle qui apportait le café :

– Il est peut-être parti faire son jogging...

– Je ne crois pas, Madame, il aurait pris son petit-déjeuner avant et je n'ai rien vu sur la table de la cuisine ni dans l'évier.

Ghislaine avait encore patienté quelques minutes, le temps d'avaler un toast à la confiture et de vider son bol.

– Je vais voir si la voiture est au garage, avait-elle finalement déclaré, et la cuisinière, intriguée, avait interrompu son travail pour lui emboîter le pas.

Sous le regard de sa patronne, elle avait actionné la commande électrique et fait basculer la porte : la Porsche était bien là, gris argent, étincelante, le bas de sa carrosserie à peine empoussiéré par le voyage.

Ghislaine se dirigeait déjà vers le second étage, Estelle sur les talons. En entrant dans la chambre, elle avait embrassé le décor d'un coup d'œil : le lit était défait, une veste de pyjama froissée traînait par terre ; devant la fenêtre et posé sur une chaise, le sac de voyage de cuir fauve de son mari était ouvert mais encore plein ; au fond à droite, la porte de la salle de bain battait doucement sous l'effet d'un léger courant d'air. Rassurée, Ghislaine avait traversé la chambre en appelant « Patrice... », puis fait entendre un cri déchirant, aussitôt suivi de celui d'Estelle qui l'avait rejointe sur le seuil – deux cris qui ne furent entendus par personne, malgré l'écho renvoyé par les collines : en ce jour férié, une fête religieuse par surcroît, les champs et les routes alentour étaient déserts.

Face au spectacle terrifiant qui s'offrait à elles, les deux femmes étaient restées quelques secondes figées sur place, une main sur la bouche pour étouffer leurs cris, les yeux écarquillés d'effroi.

Patrice Mazeaud, en pantalon de pyjama et maillot de corps, s'était écroulé près du lavabo. Une mule chaussait encore son pied droit, l'autre avait glissé jusqu'au milieu de la pièce (Ghislaine reconnut les mules Berluti qu'elle lui avait offertes à Noël). Au moment de sa chute, il était en train de se laver les dents : sa bouche encore pleine de dentifrice était intacte, mais son crâne avait explosé, éparpillant sa matière grise comme les reliefs d'un repas chipoté. Un morceau de cerveau coiffait un robinet : projeté sur la glace du lavabo, il était descendu lentement sur la surface polie en y laissant une traînée rose. Par terre, le reste de la tête baignait dans une flaque de sang visqueuse où surnageaient de petites esquilles d'os ; un œil était encore dans son orbite, l'autre avait sauté sur le rebord de la baignoire d'où il contemplait la scène. Une chute accidentelle était exclue : le sol en marbre de Carrare, certes dangereux, très glissant quand il était mouillé, n'aurait pu à lui seul causer de tels dommages.

La première à réagir fut Estelle qui courut téléphoner à son fils en pleurnichant et en se tamponnant les yeux avec son mouchoir. Puis Ghislaine fit un demi-tour sur elle-même et recouvra l'usage de la parole. « Mais quelle horreur, quelle horreur !... Comment est-ce possible... Voir ça ici... », s'écria-t-elle en se précipitant dans sa propre chambre, au bout du couloir, pour se jeter sur son lit où elle se tortilla un moment, en proie à une crise nerveuse et secouée de sanglots secs.

Arrivé en quelques minutes, le fils d'Estelle, un gaillard d'une trentaine d'années prénommé Georges, fut aussitôt conduit par sa mère vers ce qui restait du maître de maison.

– Nom de dieu, commenta-t-il sobrement.

13

Georges était ouvrier-viticulteur, un ouvrier bien considéré des propriétaires de la région. Costaud, compétent et dur au travail, il savait soigner les vignes, sélectionner d'un œil rapide et sûr les plus belles grappes au moment de la récolte et pouvait également s'employer au pressoir, à la mise en tonneau et à l'embouteillage. Il avait travaillé plusieurs années de suite au Fonvert et connaissait bien son propriétaire, mais pour finir il y avait eu une histoire, un truc qui ne lui avait pas plu : ce vieux cochon de Mazeaud lui avait piqué une copine, une belle fille du village qui ressemblait vaguement à Jennifer Lopez et que Georges avait amenée un été pour participer aux vendanges. Entre cette fille et lui, il n'y avait jamais rien eu de bien sérieux, mais se faire soulever une femme par son patron, à Georges, ça lui avait fait un effet très désagréable, difficile à définir, un peu comme si on le faisait doublement cocu. Après ça, il n'était plus jamais retourné travailler à la propriété et se contentait d'un bref signe de tête quand il croisait le vieux dans la rue, lequel restait tout de même l'employeur de sa mère. D'accord, il avait gardé une dent contre lui, mais de là à le trouver dans cet état...

Georges répéta : « Nom de dieu de nom de dieu... – Puis : Faut toucher à rien en attendant les gendarmes. Je les ai prévenus. » – « Descendons en bas, proposa sa mère, je vais refaire du café. » En sortant de la chambre, Georges entendit des plaintes et des hoquets au fond du couloir et pensa à fermer la porte à clé.

Les gendarmes arrivèrent une demi-heure plus tard, le brigadier-chef Charbonnet accompagné du gendarme Morel, une jeune recrue. Sur les cinq membres que comptait la brigade de Breuilly, deux étaient partis surveiller la circulation sur la départementale, tandis que les deux autres gardaient la gendarmerie en attendant de les relever. Le brigadier-chef, quant à lui, était de repos pour la journée. Au moment où le gendarme Morel l'avait appelé, il était en train de repiquer ses salades ; son épouse, une fille de la ville rencontrée quand il était en poste à Colmar, n'avait pas les doigts verts et ne mettait pour ainsi dire jamais les pieds dans le potager. En apprenant la nouvelle, il avait rangé ses outils et était rentré enfiler son uniforme en vitesse. Un assassinat le jour de l'Ascension ! Et qui allait faire du bruit... Tout le monde savait au pays que Monsieur Mazeaud était un grand éditeur de Paris.

Suivi de son jeune collègue, le brigadier Charbonnet pénétra dans la salle de bain pour procéder aux premières constatations. Ils remarquèrent tout de suite les carreaux de faïence fracassés sur le mur du fond, ce qui ne fit que confirmer l'évidence : la victime avait été tuée par balle ; il n'y avait qu'une arme à feu pour exploser le crâne d'un homme de cette manière.

Côté pelouse, ils se trouvaient au deuxième étage et la porte-fenêtre s'ouvrait sur un petit balcon dont ils notèrent qu'il ne communiquait pas avec celui de la chambre. Pour une salle de bain, la pièce était grande, garnie sur deux côtés de placards muraux, avec des appareils de musculation dans un angle, un divan de relaxation dans l'autre. On aurait presque pu y installer un lit : il s'agissait visiblement d'une ancienne chambre à coucher transformée en salle d'eau. Le brigadier-chef reporta son intérêt sur le corps, maîtrisant sa surprise. Il approchait de la retraite et depuis quatre ans qu'il était revenu finir sa carrière dans la région – sa région d'origine – il n'avait encore jamais été confronté à un crime aussi sanglant. Breuilly était un village tranquille, chacun vaquait à ses affaires, qui tournaient pour presque tout le monde autour du vin, depuis les traitements pour la vigne jusqu'aux bouchons. Le dernier meurtre dont il avait eu à s'occuper s'était produit trois ans plus tôt, et encore était-ce un meurtre accidentel : une bagarre de supporters qui avait mal tourné après un match de foot « amical » entre deux clubs du département. Depuis quelque temps, même les accidents de la route du vendredi soir à la sortie des boîtes avait sensiblement diminué, à cause bien sûr de la limitation de vitesse, mais surtout grâce aux sinistres et dissuasives silhouettes de tôle noire, la tête tombant sur la poitrine, le menton souligné d'un large et suggestif trait de peinture rouge, qui représentaient les morts de la route et jalonnaient comme des revenants les lignes droites et les carrefours dangereux des environs.

– Tenez, chef, regardez, s'écria tout à coup le gendarme Morel en exhibant une balle écrasée entre ses doigts. Elle avait roulé sous la baignoire...

Le brigadier prit le projectile pour l'examiner de plus près :

– Une carabine, et d'un fort calibre, dit-il en rendant sa trouvaille à son subalterne qui la fit glisser dans un sachet de plastique. Leurs regards se portèrent en même temps sur le coteau d'en face.

– Si c'est ce que je pense, ajouta le brigadier, nous avons affaire à un bon tireur. Et il se dit que ça constituait déjà un indice.

Laissant son collègue continuer ses investigations, le brigadier Charbonnet appela la gendarmerie de Villefranche-sur-Saône, le chef-lieu d'arrondissement. Mais Villefranche était dans l'impossibilité d'envoyer immédiatement ses enquêteurs. En ce premier jour d'un grand week-end férié de mai, un week-end avec pont, on s'attendait à un départ de vacanciers massif en direction du Midi et la plus grande partie de la brigade était déjà sur les routes à surveiller la circulation, établir les constats d'accidents, faire transporter les victimes, évacuer les épaves... Il était tout juste dix heures vingt-cinq et ils avaient déjà trois accidents sur les bras. A l'hôpital, des équipes renforcées attendaient les blessés sur le pied de guerre. Les enquêteurs de Villefranche ne pourraient pas se rendre au Fonvert avant le début de l'après-midi.

Pour un homme aussi important que Patrice Mazeaud, le brigadier-chef savait qu'ils mettraient le paquet. Ils allaient passer la scène de crime au peigne fin, collecter tous les indices possibles, les empreintes, les cheveux, les poils, les fibres, les rognures d'ongle, les traces de pas et de pneus sur la route ; ils détermineraient le type de l'arme à feu et l'heure de la mort, interrogeraient les habitants de la commune un par un. Il y en aurait pour des semaines, peut-être pour plusieurs mois...

Après un dernier regard autour de la pièce, Charbonnet toucha la main du cadavre : elle était encore tiède : l'homme avait été tué le matin même, probablement au lever du jour, disons trois ou quatre heures plus tôt. Il sortit de la salle de bain pour s'intéresser aux trois personnes rassemblées dans la chambre.

– Lequel d'entre vous a découvert le corps le premier ?

– Moi, dit Ghislaine qui avait fini par se calmer et, ayant entendu du bruit, était revenue voir ce qui se passait.

Reconnaissant la maîtresse du Fonvert, l'épouse de la victime, le brigadier demanda d'une voix adoucie :

– A quelle heure ?

– Un peu plus de neuf heures. – J'étais avec Estelle, s'empressa-t-elle d'ajouter en désignant la cuisinière.

– Qui est-ce qui a prévenu la gendarmerie ?

– Moi, dit Georges. Maman m'a appelé et je vous ai téléphoné juste avant de venir.

Le brigadier considéra d'un œil soupçonneux le gars solide qu'il avait devant lui, un ouvrier-viticulteur du pays qu'il connaissait de vue, sans plus.

– Vous êtes chasseur ?

– Comme la plupart des hommes d'ici, répondit froidement Georges comprenant ce qu'il avait en tête.

– Quelqu'un a appelé un médecin ?

– Non, dit Ghislaine, je n'y ai pas pensé.

– Vu l'état…, fit Georges, ce qui lui valut un regard sévère du brigadier.

– Appelez-le, il faut qu'il constate le décès.

– Je m'en occupe tout de suite, dit Ghislaine.

Une seconde, le brigadier pensa lui faire reconstituer tous ses mouvements de la matinée, mais midi approchait et il avait un déjeuner de famille, un repas de fête avec ses beaux-parents qui avaient fait le voyage depuis l'Alsace : sa femme avait cuisiné des cuisses de grenouille et des pigeons aux petits pois frais, les petits pois de son potager. Après tout, normalement, ç'aurait dû être son jour de repos. Il fit sortir tout le monde et referma la porte.

– Vous partez tous les deux, s'étonna Ghislaine. Vous nous laissez toutes seules ?

– On va vous envoyer quelqu'un, dit le brigadier-chef. Mais vous n'avez pas à vous inquiéter, pour l'instant y a plus rien à craindre.

– Je reste avec elles en attendant, décida Georges. Et de nouveau il eut droit à un regard méfiant du brigadier, qui ordonna :

– Personne ne doit entrer ici avant l'arrivée des enquêteurs.

– Y a pas de danger, murmura Ghislaine pour elle-même en se dirigeant vers l'escalier.

Au lieu de remonter dans leur voiture, après être allé jeter un coup d'œil sur la Porsche qui sommeillait comme une grosse soupière argentée dans son garage, les deux gendarmes se transportèrent sur le coteau d'en face. Ils gravirent une cinquantaine de mètres, s'arrêtèrent à peu près au niveau de la fenêtre de Mazeaud et se mirent à fureter dans l'espoir de trouver un indice : une douille, un bouton perdu, un fragment de vêtement accroché aux branches, un bout d'allumette, avec un peu de chance, un mégot, car le tueur avait certainement dû patienter en attendant le moment favorable. Les gendarmes Charbonnet et Morel n'auraient pas été fâchés de produire une preuve à l'arrivée des enquêteurs du chef-lieu et de leur montrer qu'ils étaient capables de raisonner sans eux. Ils estimèrent au jugé la distance entre leur poste d'observation et la fenêtre : à vol d'oiseau, une centaine de mètres (c'était bien comme l'avait pensé le brigadier : pour toucher une cible à l'intérieur de la maison d'ici, il fallait un fameux tireur). Mais à part ça, ils repartirent bredouilles : en fait de preuves matérielles, ils n'avaient découvert que des empreintes de semelles imprimées superficiellement dans la terre sèche, lesquelles pouvaient appartenir à n'importe qui.

Ghislaine, qui les observait depuis la terrasse – deux taches sombres s'agitant dans ses vignes –, les vit redescendre entre les rangées de ceps et gagner enfin leur voiture.

Les gendarmes hors de vue, elle appela sa mère sans trop d'espoir de la joindre. Elle était probablement partie pour le week-end et devait déjà être en train de se faire bronzer à Portofino ou aux Bahamas. Divorcée depuis vingt-deux ans, Raymonde Lafferrière recevait une douzaine d'invitations par semaine et prenait l'avion comme on prend le métro. Une jet-setteuse de soixante-huit ans.

Ce fut elle, pourtant, qui décrocha.

– C'est toi, maman ? dit Ghislaine en reconnaissant sa voix.

– Oui, ma petite fille... Qu'est-ce qui t'arrive ?

– Faut absolument que je te voie, rejoins-moi tout de suite au Fonvert.

– Mais c'est tout à fait impossible, ma chérie. Je rentre à la clinique Foch ce soir. On doit m'opérer demain matin.

– Qu'est-ce que tu as ? s'alarma Ghislaine. Tu es malade ?

– Mais non... c'est seulement pour... euh... un petit lifting.

– Encore !... Mais t'es complètement folle, maman... ça fait au moins le cinquième... Tu vas être tendue comme un abat-jour !

– Quatre, corrigea Raymonde, penaude. C'est la quatrième fois.

– Tu n'as qu'à annuler ! J'ai besoin de toi, moi !

– C'est grave ?

– Je ne peux pas t'expliquer ça au téléphone, mais c'est important. Viens vite.

– Il est arrivé quelque chose aux enfants ?

– Ne t'inquiète pas pour les enfants, ils vont très bien. Je leur ai parlé avant-hier.

– Eh bien alors, résuma Raymonde, puisque tout le monde est en bonne santé...

– C'est sérieux, je te dis ! Faut que tu viennes tout de suite !

Raymonde sentit de l'anxiété dans la voix de sa fille ; elle proposa sans enthousiasme :

– Si c'est si grave que ça, je peux repousser l'opération. Il va falloir que je décommande...

– C'est ça, décommande et amène-toi en vitesse. Prends le train jusqu'à Mâcon, ça sera plus rapide. Et rappelle-moi pour me donner ton heure d'arrivée, je viendrai te chercher à la gare.

Raymonde arriva par le TGV de vingt heures quarante-trois, le dernier de la journée ; à cause des fêtes, tous les autres étaient complets.

– Alors ? demanda-t-elle à sa descente du train après un échange de bises rapide. (En effet, l'ovale de son visage s'était affaissé ; la partie inférieure contrastait avec le front lissé par le Botox, les paupières refaites, les sourcils remontés – opération supposée rajeunir l'expression mais qui lui donnait un air perpétuellement étonné pour le moins incongru sur une femme mûre. Ghislaine qui allait avoir quarante-six ans se demanda si elle aurait le courage d'en passer par là.)

– Je t'expliquerai tout à la maison, dit-elle en attrapant la valise de sa mère. – Et pendant les trois-quarts d'heure du trajet, de peur qu'elle ne s'affole et ne se mette à pousser les hauts cris dans la voiture, elle continua d'éluder ses questions.

Au Fonvert, la table de la cuisine était mise. Estelle avait fait le nécessaire avant de partir.

– Je meurs de faim, moi, déclara Raymonde en s'asseyant. Avec tous ces mystères...

Elle se servit un morceau de lapin en gelée, un peu de salade, but d'un trait un demi-verre de vin, et répéta :

– Alors ?

– Il est arrivé quelque chose à Patrice... On l'a trouvé mort ce matin dans sa salle de bain.

Sans s'émouvoir outre mesure, Raymonde prit le temps de digérer la nouvelle, puis :

– Je te l'avais dit ! J'ai toujours dit qu'il était trop vieux pour toi. Se marier à dix-huit ans avec un homme de vingt ans plus âgé ! C'était fatal que tu finisses toute seule ! Mathématique.

– Maman ! Patrice n'est pas mort de vieillesse...

Raymonde Lafferrière ne portait pas son gendre dans son cœur. Il lui avait déplu dès le début avec sa politesse affectée, ses compliments exagérés, ses bouquets de fleurs, ses baisemains de parodie, tout à fait l'air de se ficher du monde. Elle n'avait jamais aimé sa façon de la toiser du haut de son mètre quatre-vingt – et comme si ça ne suffisait pas, en rejetant la tête en arrière pour la toiser d'encore plus haut – ni l'expression de patience amusée qu'il prenait dès qu'elle ouvrait la bouche. En plus, après la naissance des enfants, cet espèce de salaud s'était mis à l'appeler Mamie à tout bout de champ : « Vous allez faire une belle promenade au parc avec Mamie... Mamie va vous emmener goûter, soyez bien gentils avec Mamie... Dites merci à Mamie pour les beaux cadeaux... ». Alors qu'il n'avait que trois ans de moins qu'elle !... Insupportable, vraiment ! Une fois, croyant lui clouer le bec, elle lui avait fait remarquer qu'il aurait pu, lui aussi, être leur papy (et pan ! ça c'était envoyé...). Mais lui, ça ne l'avait pas découragé, il avait continué de lui balancer ses Mamie... En plus, ce vieux schnock trompait sa femme à tour de bras, et sans se cacher encore, tout Paris était au courant. Une femme de vingt ans sa cadette ! La seule chose que Raymonde lui reconnaissait, c'était qu'il entretenait convenablement sa famille, personne n'avait jamais manqué de rien, et il ne touchait pas à l'argent de Ghislaine. On pouvait au moins lui accorder ça.

Tandis que sa fille lui faisait le récit – un récit édulcoré, occultant les détails macabres – de ce qui s'était passé le matin même, les yeux de Raymonde s'arrondissaient.

– Assassiné ici ! Dans la maison ! s'exclama-t-elle. Mais par qui ?

– On ne sait pas. Les gendarmes pensent que le tueur était à l'extérieur...

– Tu as déjà parlé avec les gendarmes ?

– Les enquêteurs du chef-lieu sont venus tantôt. Ils sont restés là tout l'après-midi. Une armada, tu peux pas savoir, ils étaient au moins une trentaine ! Il y en avait plein la maison... Et tout le village est déjà au courant : j'ai vu des curieux sur la route, ils avaient suivi leurs voitures... Il y avait même deux journalistes, un type du *Bien Public*, je crois, et un envoyé du *Progrès*... Ils ont essayé de m'interviewer, tu te rends compte du toupet !

– Les enfants sont prévenus ?

– Pas encore. J'ai appelé Eléonore à trois heures, à cause du décalage horaire avec Boston, mais je suis tombée sur sa messagerie. Et Alexandre ne répond pas non plus, il est absent de Paris jusqu'à lundi. J'ai laissé un message en leur disant que c'était urgent, rien de plus précis, mais ils ne vont sûrement pas tarder à rappeler... Tu veux un morceau de tarte ? Il en reste d'hier.

– Non merci. Cette histoire m'a coupé l'appétit, dit Raymonde en se servant un autre verre de vin.

Soudain des pas se firent entendre à l'étage. La mère de Ghislaine devint livide :

– Qu'est-ce que c'est ?

– Un gendarme, je l'ai installé au-dessus. Il devait avoir besoin d'aller aux toilettes.

– Qu'est-ce qu'il fait là ? Ils pensent que l'assassin va revenir ? – Elle était déjà debout, prête à sauter sur sa valise déposée dans l'entrée.

– Mais non... c'est parce que Patrice est toujours là-haut, expliqua Ghislaine à regret.

– Oh, mon Dieu ! fit Raymonde.

– Les services de la morgue étaient débordés à cause des accidents de la route. Il paraît qu'ils ne savent plus où donner de la tête. Ils viendront le chercher demain matin. Les gendarmes ont posé les scellés.

– Oh, pitié ! De le savoir à côté, là, tout près... Je ne vais pas pouvoir fermer l'œil de la nuit.

– Je te ferai une tisane. Si tu veux, j'ai des somnifères.

– J'aimerais mieux dormir avec toi.

– Comme tu voudras, maman.

Raymonde avala une dernière gorgée de vin et s'informa (elle songeait déjà au notaire) :

– Le constat de décès a été signé ?

– Oui, le docteur Vignal l'a signé tout à l'heure.

– Qu'est-ce qu'il a mis comme cause du décès ?

Encore une fois, Ghislaine se fit évasive :

25

– Mort par arme à feu, quelque chose comme ça. Les gendarmes de Villefranche ont dit qu'il s'agissait probablement d'une carabine, un fusil de grande chasse. La balle qu'ils ont trouvée a été envoyée à la balistique.

Raymonde se tut un instant, se demandant quel méfait son gendre avait bien pu commettre pour qu'on lui en veuille à ce point-là.

– Tout de même, conclut-elle, un éditeur, un homme si instruit, se faire abattre comme une bête sauvage, un fauve…

– Comme un fauve…, répéta pensivement sa fille. L'idée ne lui aurait pas déplu, il disait souvent que l'édition était devenue une jungle.

Le lendemain matin, en ouvrant ses volets, Ghislaine découvrit les journalistes, une nuée de journalistes. Après les élections présidentielles, qui s'étaient terminées douze jours plus tôt, le soufflé de l'actualité était retombé. Les pauvres n'avaient pas grand-chose à se mettre sous la dent et suivaient les gendarmes à la trace depuis la veille, n'espérant rien de plus qu'un accident de la route bien saignant pour occuper la une de leurs canards. Alors l'assassinat d'une personnalité parisienne le jour de l'Ascension, quelle aubaine ! L'information s'était répandue comme une traînée de poudre et tous les chasseurs de scoops de la région avaient rappliqué au Fonvert. Il y en avait partout, assis sur la barrière, adossés à la portière de leurs voitures sur le chemin entre la pelouse et les vignes, ou alignés sur le coteau, immobiles, attendant leur heure, comme les oiseaux du film d'Hitchcock. Ghislaine vit se lever un appareil photo, un éclair métallique au soleil, et referma brusquement la fenêtre.

Les gendarmes revinrent à huit heures, d'abord ceux de la commune, puis les enquêteurs de Villefranche, moins nombreux que la veille, une bonne quinzaine tout de même. Trois d'entre eux, accompagnés des experts, retournèrent dans la salle de bain pour recueillir les derniers indices, prendre des photos, cerner le corps d'un trait de craie blanche, pendant que leurs collègues recommençaient à se répandre dans la maison, suivis de pièce en pièce par Raymonde qui craignait qu'ils ne cassent quelque chose ou n'abîment les tapis et les parquets avec leurs grosses chaussures. A se demander ce qu'ils cherchaient puisque tout le monde pensait que le coup avait été tiré de l'extérieur. Finalement, les gendarmes se décidèrent à sortir : avec soulagement, Raymonde les vit occupés à prendre des mesures dans le jardin ou à farfouiller sur le coteau à l'emplacement présumé du tireur.

A la fin de la matinée, les employés de la morgue se présentèrent pour enlever le corps. Après avoir enfermé ce qui restait de Patrice Mazeaud dans une housse, ils l'installèrent sur un brancard et lui firent maladroitement descendre l'escalier, manquant à deux reprises le faire tomber et le rattrapant de justesse. Ghislaine, qui observait la scène entre la cuisinière et sa mère depuis le hall du rez-de-chaussée, vit son mari – cet homme dont elle avait été amoureuse une couple d'années au début de leur mariage puis qu'elle avait vaillamment supporté pendant les vingt-six restantes – sortir de sa vie dans un

27

grand sac de plastique noir. Estelle se signa sur son passage. « Ce que c'est que de nous », murmura Raymonde.

L'après-midi, le temps changea brutalement. Une soudaine et violente pluie d'orage contraignit tout le monde à se mettre à l'abri. Les enquêteurs résolurent alors d'occuper le reste de la journée en commençant les interrogatoires.

Ghislaine Mazeaud-Lafferrière fut entendue par les gendarmes Sorel Fernand et Pignon Ernest, deux hommes de la brigade de Villefranche qu'elle n'avait jamais vus. Ils la convoquèrent à l'étage, dans le bureau de son mari, s'y comportant avec un sans-gêne délibéré, comme s'ils étaient dans leur propre bureau ; au cours de l'entretien, l'un d'eux en vint même à s'asseoir à la place de Patrice. Ghislaine pensait que tout ce qu'on lui demanderait serait de répéter ce qu'elle avait déjà raconté aux gendarmes de la commune : à savoir ce qu'elle avait fait le matin du crime, depuis son réveil jusqu'à la découverte de son malheureux époux et l'arrivée du brigadier Charbonnet et de son jeune collègue. Mais elle comprit très vite que les nouveaux enquêteurs entendaient mener un interrogatoire plus serré.

– Vous étiez dans la maison depuis quand ? demanda le gendarme Sorel, un rouquin corpulent et d'aspect bonhomme, quand elle eut achevé le récit de sa tragique matinée.

– Depuis mardi dernier. J'avais quitté Paris à dix heures du matin.

– Vous avez fait le trajet d'une seule traite ?

– Je me suis arrêtée à Dijon pour déjeuner. Je l'ai déjà dit à vos collègues de Breuilly.

– A Dijon ? Vous aviez une raison de sortir de l'autoroute ?

– Je n'étais pas pressée, j'étais en vacances… J'aime beaucoup Dijon, c'est une jolie ville.

– Qu'est-ce que vous conduisez comme voiture ?

– Une Jaguar X J.

– Vous aimez la vitesse ?

– Pas particulièrement. Je n'ai jamais eu de PV pour excès de vitesse, si c'est ce que vous voulez dire. Enfin, pas jusqu'à vos radars… Depuis, j'en ai reçu deux pour des dépassements de la vitesse autorisée de cinq et huit kilomètres, précisa-t-elle, pas mécontente de lui envoyer une vanne. Ce qu'il y a, c'est que je me sens plus en sécurité dans les grosses voitures.

– Ben tiens, quand on peut se les payer…, commenta aigrement l'autre enquêteur, un brun maigre qui paraissait petit pour sa fonction, il devait être à la limite de la taille requise. Ghislaine fut frappée par son air hostile.

– Pendant votre voyage, vous n'avez pas fait de rencontre ? reprit le premier. Personne ne vous a adressé la parole ?

– Non. J'ai juste échangé quelques mots avec la patronne du restaurant et le caissier de la station Total sur l'autoroute.

– Vous avez pris de l'essence à quel moment ?

– Un peu après Dijon, la station d'essence est à une trentaine de kilomètres.

– Vous n'avez pas été suivie ?

– Je ne pense pas.

– Vous êtes arrivée chez vous à quelle heure ?

– A seize heures vingt. Madame Pouchard m'attendait, c'est la cuisinière.

– Au cours des deux jours précédant le crime, vous avez rencontré du monde ?

– J'ai aperçu deux ouvriers qui taillaient la vigne. J'ai discuté avec le jardinier qui était passé pour me parler d'un massif de seringats qu'il avait l'intention de planter. Et la veille, le seize au soir, j'ai dîné à Breuilly chez une amie, Madame Laroche.

– Vous n'avez rien remarqué d'anormal ? Une voiture, une moto, un véhicule quelconque. Quelqu'un qui rôdait autour de votre propriété ?

– Je ne vois pas, non.

– Est-ce que votre mari avait des ennemis ?

– Je n'en sais rien. Il ne me tenait pas au courant de ses affaires, du moins pas de tout... Je suppose qu'il en avait, oui. Une situation comme la sienne fait toujours des envieux. Il avait surtout des concurrents... Enfin, à ma connaissance, les éditeurs n'en sont pas encore à régler leurs différends à coups de fusil.

– Et par ici, dans la région ?

– Mon époux était très bien considéré, très apprécié. Après tout ce qu'il a fait pour la commune...

– Quoi ? Qu'est-ce qu'il a fait ?

– Eh bien par exemple, il y a cinq ans, il a très généreusement participé à la restauration de l'église... Et puis il a acheté des ordinateurs pour l'école et, chaque rentrée, il offrait des livres, des montagnes de livres... Qu'il prenait la peine d'apporter lui-même, dans sa propre voiture !

– Il avait des ambitions politiques ?

Ghislaine haussa les sourcils :

– Comment ça ? Ici, au village ? – Elle ne put retenir un sourire : on l'avait bien sollicité pour se présenter au Conseil Municipal, mais il n'avait pas le temps. Vous savez, ajouta-t-elle avec un rien de condescendance, c'est tout de même un homme qui reçoit... qui recevait des ministres. Tenez, le précédent ministre de la Culture dînait souvent chez nous.

Cette allusion bien amenée à ses relations haut placées laissa les enquêteurs de marbre (eût-elle parlé de la Défense ou de l'Intérieur, voire de la Justice... mais la Culture !).

– Et dans la commune, il n'avait pas d'ennemis ?

– Mais non. Pourquoi en aurait-il eu ? Je viens de vous dire qu'il ne faisait pas partie du Conseil...

– Les autres viticulteurs ?

– Pensez-vous... Nous ne possédons qu'un petit vignoble, sans grand intérêt. Mon mari en était très fier, mais entre nous, son vin, c'est de la piquette. Il m'arrivait d'être gênée de le servir à nos invités. En fait, la propriété nous servait avant tout de maison de campagne. Quand Patrice l'a achetée, elle attendait un acquéreur depuis plusieurs mois. Dieu merci, nous ne sommes pas encore envahis par les Anglais dans la région !

Ce fut à ce moment que l'enquêteur Sorel, qui jusqu'ici s'était contenté de s'y appuyer d'une fesse, dans l'intention probable de troubler son témoin, contourna pesamment le bureau pour se laisser tomber dans le fauteuil du décédé.

– Vous vous entendiez bien avec votre mari ? J'ai vu que vous faisiez chambre à part.

Ghislaine haussa les épaules :

– Après vingt-huit ans de mariage…

– Votre mari avait une maîtresse ?

– Mais… je ne vous permets pas, répondit Ghislaine, offusquée.

– Quand l'avez-vous vu vivant pour la dernière fois ?

– Lundi soir. Il est rentré vers neuf heures et nous avons dîné en tête à tête dans la cuisine. Quand je me suis réveillée le lendemain matin, il était déjà parti.

– A votre domicile parisien aussi vous faisiez chambre à part ?

Ghislaine rougit. Aucune femme n'aime avouer qu'elle n'intéresse plus son mari sur le plan physique.

– Peut-être. Mais ça ne veut pas dire que… – Embarrassée, elle tapota sa chevelure.

Les deux gendarmes l'observaient attentivement, surpris de la voir aussi calme, aussi maîtresse d'elle-même. Pour une femme qui avait trouvé son conjoint le crâne en compote la veille, elle ne leur semblait pas très bouleversée.

– Vous aimiez votre mari ?

– Ça ne vous regarde pas. – La voix de Ghislaine monta d'un ton : Enfin, je ne comprends pas... Ces questions personnelles, inquisitoriales, alors que le cadavre de mon pauvre Patrice est encore chaud !

– Madame, répliqua l'enquêteur, votre époux n'est pas mort de mort naturelle. Nous devons agir vite et vous avez l'obligation de nous aider. Vous tenez à ce qu'on arrête le coupable, n'est-ce pas ? Son assassin ?

Ghislaine n'avait pas encore réfléchi à la question.

– Naturellement, dit-elle.

– Peut-être qu'elle aimerait mieux qu'on l'arrête pas, intervint le gendarme Pignon en ricanant.

Ghislaine lisait des romans policiers ; elle n'ignorait pas que lorsque quelqu'un est assassiné, c'est toujours son conjoint qu'on soupçonne en premier.

– Comment osez-vous ! protesta-t-elle. Venir m'insulter dans ma propre maison !

– Allons, Ernest, allons... dit Sorel, mine de modérer son collègue (ils s'étaient mis d'accord à l'avance sur qui tiendrait le rôle du gentil et qui celui du méchant). – Il revint à son témoin : Vous avez des enfants ?

– Deux. Une fille de vingt-trois ans qui prépare un *Master of Business Administration* dans une école de Boston. Et mon aîné, Alexandre, vingt-six ans... Il est architecte et vient d'ouvrir son propre cabinet à Paris.

– Ses affaires marchent bien ?

– Il commence, mais ça démarre bien.

– Pas de désaccord avec leur père ?

– Mes enfants adorent leur père.

– Et vous, vous adoriez leur père ? Avec qui avez-vous déjeuné à Dijon ? gueula soudain le second enquêteur en plantant ses petits yeux noirs dans ceux de Ghislaine.

Elle sursauta :

– Mais avec personne ! Vous pouvez vérifier. J'ai déjeuné au Pré-aux-Clercs.

– Vous avez payé comment ?

– En liquide, je règle toujours les petites sommes en liquide. Mais les propriétaires me connaissent, ils se souviendront de moi.

– Vous avez mangé quoi ?

– Je ne me rappelle pas. Peut-être des côtelettes d'agneau, une salade...

– Et lui, qu'est-ce qu'il a pris ?

– Qui ça, lui ?

– Votre amant !

Ghislaine bondit :

– Qu'est-ce que vous dites ?!!!... Mais vous êtes fou !!!

– Ben quoi, vous êtes une belle femme, encore jeune, insista lourdement Pignon. Votre mari vous délaissait, il avait sûrement une maîtresse... Ça serait compréhensible.

– Oh, parvint seulement à articuler Ghislaine en retombant sur sa chaise.

– C'est bon, Ernest, ça va bien, intervint une nouvelle fois son compère. Dites-moi, Madame Mazeaud, votre mari, un homme comme lui avec toutes ses responsabilités, il devait avoir une bonne assurance ?

– Ah, l'argent, à présent, soupira Ghislaine. Elle consentit à indiquer : Pour l'essentiel, l'assurance-vie de mon mari est au nom des enfants.

– Il n'avait pas pensé à vous mettre à l'abri vous aussi, son épouse ?

– Je n'ai pas besoin d'un abri. Je suis plus riche que lui et nous étions mariés sous le régime de la séparation des biens.

– Pourtant, les Éditions Philibert Mazeaud, c'est connu. Même un gendarme de province a entendu parler des Éditions Philibert Mazeaud. Ça doit être une belle entreprise…

– Mon mari avait repris la maison créée par son père. Il l'avait développée, sans doute, mais les résultats restaient très moyens… Ma fortune personnelle me vient de mon grand-père, Gaston Lafferrière, j'étais son unique petite-fille. Mon grand-père est le fondateur de la société GL-Nutris, aliments pour chats et chiens. DELI-CAT et DELI-DOG, Les croquettes délicieuses, vous en avez entendu parler ? Il m'a aussi laissé des participations dans plusieurs autres sociétés, en particulier du groupe COLGATE. Alors vous savez, les profits de l'édition, à côté des aliments pour animaux ou de la lessive…

Impressionnés par l'évocation de sommes qu'ils devinaient colossales, les deux enquêteurs restaient cois.

– Je peux partir, à présent ? leur demanda Ghislaine. J'ai besoin de me reposer.

– Vous pouvez y aller pour cette fois. Mais on se reverra, prononça le gendarme Pignon d'une voix menaçante en se redressant de toute sa petite taille.

Quand ils furent seuls, les enquêteurs échangèrent un regard entendu.

– Qu'est-ce que t'en penses, Ernest ?

– Elle ment, c'est sûr qu'elle nous prend pour des cons. Ces bonnes femmes de la haute, c'est toutes des comédiennes... faux culs et compagnie.

– Si elle avait engagé un tueur pour éliminer son mari, je pense tout de même pas qu'elle serait allée se balader avec lui à Dijon. Et puis pourquoi elle aurait fait ça, pour quel mobile ? Pas pour l'argent...

– Pour se débarrasser de lui. S'il y avait un contrat de mariage, peut-être bien qu'elle lui devait quelque chose en cas de divorce... Je parierais mon képi qu'elle a un amant, cette bonne femme !

– Ou bien c'est pour une raison qu'on peut pas encore savoir... Va falloir réfléchir. Et le tueur, où elle l'aurait trouvé ? Ça se trouve pas sous le pas d'un cheval, un tueur, on n'est pas en Amérique.

– Oh, ces gros riches, ils ont des relations dans tous les milieux. En tout cas, elle avait de quoi le payer... Tiens, elle lui avait peut-être donné rendez-vous chez Total, là où elle a prétendu qu'elle s'était arrêtée. Un peu après Dijon, elle a dit... Ça expliquerait qu'elle ait quitté l'autoroute pour déjeuner : c'est parce qu'elle était en avance... Ensuite, elle a retrouvé le type à l'heure convenue à la station et il a suivi sa voiture sans qu'ils aient besoin de se parler. Elle lui a montré le chemin de peur qu'il se trompe d'adresse, qu'il aille en zigouiller un autre !

– Ça se pourrait, dit Sorel. Faut voir.

Après l'épouse, les enquêteurs firent entrer la belle-mère du mort. Méfiante, Raymonde attaqua d'entrée :

– Qu'est-ce que vous me voulez ?

– Merci de nous accorder un moment, Madame Lafferrière, lui répondit gracieusement le gendarme Pignon. (Il eut même la galanterie de lui avancer une chaise, car les rôles étaient inversés, c'était à son tour de tenir celui du gentil.) Nous n'avons que quelques questions à vous poser.

– Je n'ai rien à dire. J'étais pas là. Je suis arrivée hier soir.

– C'est des questions d'ordre général qu'on veut vous poser. Dites-moi un peu ce que vous savez de votre gendre.

– Oh ! c'est un homme remarquable... enfin c'était. Quel malheur.

– Vous aviez de bons rapports avec lui ?

– Des rapports normaux, j'étais sa belle-mère. Depuis quelques années, depuis que les enfants avaient grandi, on ne se voyait plus qu'aux fêtes de famille, trois ou quatre fois par an. C'était quelqu'un de très occupé.

– Occupé comment ?

– Son travail, ses affaires...

– Elles marchaient bien, ses affaires ?

– Apparemment.

– Qu'est-ce que vous voulez dire ?

– Mon gendre avait une position en vue. La maison Philibert Mazeaud est ancienne et réputée. Quant à savoir ce qui se passe derrière les murs…

– Vous vous intéressez aux affaires ?

– Personnellement, pas vraiment. Mais j'ai toujours vécu dans le milieu. Mon père était avocat, un avocat d'affaires justement, et je me suis mariée avec Germain Lafferrière, le fils du fondateur de…

– On sait. *Deli-cat* et *Deli-dog*…Votre fille nous a déjà mis au courant. Elle s'entendait bien avec votre gendre ?

– Oh ! Un ménage exemplaire. Vingt-huit ans de mariage sans une ombre…

– Vous vous foutez de nous ? intervint brutalement le gendarme Sorel.

– Pas du tout ! protesta Raymonde.

– Votre fille ne vous faisait pas de confidences ? s'étonna Pignon.

– Elle ne s'est jamais plainte, mentit de nouveau Raymonde avec aplomb. Mais elle surprit son regard incrédule et ajouta : Cela dit, je n'étais pas dans leur chambre à coucher.

Sorel aboya :

– Nous savons que votre gendre avait une maîtresse ! C'est votre fille elle-même qui nous l'a dit !

– Alors vous en savez plus que moi, fit Raymonde.

– Parlez-moi de vos petits enfants, reprit Pignon.

– Qu'est-ce que vous voulez que je vous dise ? Ce sont des adultes à présent, je ne les vois plus très souvent. Alexandre vient d'ouvrir une agence d'architecture à Paris, il est très absorbé par son travail. Et ma petite fille Eléonore prépare un diplôme de Management aux USA.

Le teint vif de rouquin du gendarme Sorel s'illumina un peu plus sous l'effet d'une inspiration soudaine :

– La fille, elle s'intéresse à l'édition ?

Raymonde hésita, ignorant où il voulait en venir.

– Je crois.

– Elle a l'intention de reprendre l'entreprise de son père, alors ?

– Dans le futur, peut-être.

– A son âge, elle aura bientôt terminé ses études...

– Elle passe son diplôme le mois prochain.

– Ah ! triompha l'enquêteur.

– Ah, quoi ? dit Raymonde.

– L'héritière va bientôt revenir, elle va vouloir prendre sa place dans la maison Philibert Mazeaud, pardi ! C'est logique...

– Ça va, Fernand..., feignit de l'arrêter son collègue.

–... C'est qu'ils sont pressés, les jeunes de maintenant. Ils ont plus la patience d'attendre.

– Quoi ? Qu'est-ce que vous voulez dire ? s'étrangla Raymonde.

– Laisse, Fernand, ça suffit, répéta Pignon.

39

Mais Sorel avait réussi à faire sortir la belle-mère de ses gonds :

– Ma petite fille sera diplômée en juin et elle entre dans un grand groupe d'édition new-yorkais en septembre ! hurla-t-elle. Son contrat est déjà signé ! Et vos insinuations...vos insinuations sont proprement honteuses !

Pignon eut brusquement la certitude qu'ils perdaient leur temps et jugea préférable de mettre un terme à l'entretien.

– Calmez-vous, Madame, recommanda-t-il d'une voix douce, ça n'avance à rien de se mettre en colère... – Bon prince, il conclut : Allez, ça ira, vous pouvez partir. On va en rester là pour aujourd'hui.

En voyant sa mère reparaître, Ghislaine qui l'attendait devant sa porte au bout du couloir lui fit signe de la rejoindre et l'entraîna dans sa chambre.

– Alors, comment ça s'est passé ? Qu'est-ce que tu avais à crier comme un putois ?

– Ah, ma petite fille, tu peux pas imaginer, dit Raymonde en se laissant tomber dans une bergère. Quelle épreuve... Tu n'aurais pas un petit quelque chose à boire, par hasard ?... Un petit porto ? – Elle s'éventa d'une revue qui traînait sur un guéridon et vida le dé à coudre que sa fille lui tendait – : Un véritable supplice... Le petit brun, encore, ça pouvait aller, il était gentil, très poli... Mais l'autre, le gros rouquin, un monstre !

– Ah, t'as trouvé le petit brun gentil ? s'étonna Ghislaine. Moi j'aurais plutôt dit le contraire.

– Le rouquin a fait des sous-entendus, des insinuations... Comme s'il soupçonnait Eléonore... J'en suis encore toute retournée !...

Ghislaine se garda d'augmenter le trouble de sa mère en lui rapportant ce qu'elle-même avait eu à subir.

– Ne te laisse pas impressionner, maman, les gendarmes disent n'importe quoi, ils tâtonnent... De toute façon, j'appelle mon avocat, son frère est au ministère de l'Intérieur, on ne va pas laisser l'enquête entre les mains de ces ploucs.

Au même instant :

– T'as un peu poussé mémé dans les orties, disait le gendarme Pignon au gendarme Sorel en rigolant.

– Bah, elle m'emmerdait cette vieille avec ses grand airs... Et puis, après tout, pourquoi pas ? C'est une idée qui se tient : la fille aurait aussi bien pu envoyer un tueur d'Amérique... Elle sait que ses parents vont passer le week-end dans leur propriété. Elle donne au type une photo de la maison en pointant les fenêtres de son père, celles de sa chambre et celle de la salle de bain... Avec tous les touristes étrangers qui passent dans le coin, surtout pendant un week-end férié, personne n'aurait fait attention à lui... Le travail fini, l'homme reprend l'avion ni vu ni connu... Et elle, l'héritière, elle rentre en France et elle n'a plus qu'à se carrer le cul dans le fauteuil de son père.

– C'est qu'une hypothèse.

– Faut tout envisager.

Tandis que les interrogatoires s'achevaient à l'étage, celui de la cuisinière commençait dans le grand salon du rez-de-chaussée. Cette fois, il s'agissait d'une native de Breuilly et on avait jugé préférable de laisser faire la gendarmerie de la commune. Le brigadier-chef Charbonnet connaissait bien Estelle Pouchard, d'ailleurs tout le monde la connaissait au pays : elle avait une réputation de cuisinière hors pair, ce qui n'est pas rien dans le Beaujolais. On faisait appel à ses services pour les cérémonies, les réceptions, les dîners importants. Elle gardait également un œil sur trois ou quatre maisons en l'absence de leurs propriétaires lyonnais ou parisiens ; et certains l'engageaient à plein temps pendant la durée de leurs séjours. C'était le cas des Mazeaud, pour lesquels elle travaillait à intervalles réguliers depuis neuf ans.

– Alors, comment ça va depuis hier, Madame Pouchard, dit le brigadier-chef en l'accueillant, vous êtes remise de vos émotions ?

– Ça va mieux, merci, répondit Estelle, intimidée par la gravité de la circonstance et la mine sévère des deux gendarmes en uniforme qui s'apprêtaient à l'interroger.

Avec patience (il en faut autant aux enquêteurs pour écouter cent fois la même histoire qu'aux témoins pour la répéter), il lui fit recommencer le récit de sa matinée de la veille, depuis son arrivée à la propriété jusqu'à la découverte du corps.

– Qu'est-ce que vous avez fait ensuite ? demanda-t-il quand elle eut terminé.

– C'est comme je vous ai dit, j'ai appelé mon fils.

– A quelle heure l'avez-vous appelé ?

– Vers neuf heures un quart, neuf heures vingt.

– Et votre fils est arrivé au bout de combien de temps ?

– Oh, ça n'a pas traîné. Il a même pas mis dix minutes.

– Et c'est là qu'il a prévenu la gendarmerie ?

– Non, il vous a téléphoné de chez lui juste avant de venir.

Le brigadier se tourna vers le gendarme Morel :

– A quelle heure avez-vous réceptionné l'appel ?

– Neuf heures vingt-sept, chef. Ça a été noté.

– Votre fils ne vit pas avec vous, Madame Pouchard ? Il n'est pas marié, pourtant.

– Georges, il a trente-deux ans, il voulait son indépendance. Mais il déjeune presque tous les jours chez moi. Même quand je suis pas là, je lui prépare quelque chose à réchauffer. Il habite tout près, vous comprenez, il a loué un studio un peu plus haut dans la rue.

– Qu'est-ce qu'il conduit comme véhicule ?

– Une Citroën. Mais il est venu en moto. Il a aussi une moto, c'est plus pratique.

– Donc, il était déjà tout habillé, prêt à partir quand vous l'avez appelé ?

– Georges, il a toujours été matinal.

– Même un jour de fête, le jour de l'Ascension ? La plupart, ils aiment bien faire la grasse matinée…

– Pas lui. Il a pas l'habitude.

Estelle leva sur le brigadier deux yeux bleus pâles grands ouverts (alors que la plupart du temps elle les tenait baissés, non par humilité, mais par ruse, pour décourager les tentatives d'ingérence dans sa cuisine), ses sourcils clairsemés se rapprochant dans un froncement léger et tremblotant sous l'effort qu'elle faisait pour comprendre. Elle avait cru être interrogée sur ses employeurs, et c'était de son fils qu'on lui parlait... L'après-midi, pendant qu'elle préparait le repas du soir en attendant son tour d'être convoquée, elle avait eu tout le temps d'y penser et résolu d'en dire le moins possible. Estelle était une cuisinière professionnelle, une personne de confiance, pas le genre d'employée à dégoiser sur ses patrons dès qu'ils ont le dos tourné. De toute façon, sur la famille Mazeaud, il n'y avait pas grand-chose à dire. C'était un ménage comme beaucoup d'autres. De temps en temps une dispute, des éclats de voix ; lui qui sort en claquant la porte, elle surprise deux ou trois fois en train d'essuyer ses larmes. Mais la plupart du temps rien du tout : dans leur milieu, on sait se tenir devant les domestiques. Ils recevaient du beau monde, des personnes bien élevées qui laissaient en partant de bons pourboires... Quant aux enfants Mazeaud, eh bien, ils étaient comme tous les gosses de maintenant, trop gâtés, jamais contents. Le garçon, Alexandre, était un jeune homme turbulent, taquin mais pas méchant. La fille, plus désagréable, avec sa façon hautaine de donner des ordres... Estelle l'avait connue à l'âge ingrat, mais même en grandissant elle avait gardé un côté pimbêche autoritaire. Estelle la considérait comme une personne

44

ambitieuse et froide. Enfin, c'était son opinion personnelle sur la famille et elle n'allait certainement pas en faire part aux gendarmes...

– Votre fils ne vous a pas accompagnée, aujourd'hui ?

– En ce moment, il travaille à la coopérative. Ils ont besoin d'un coup de main.

– Il connaissait la famille Mazeaud ?

– Oh oui, très bien. Avant, Georges cultivait la vigne du Fonvert. Il s'occupait aussi de la cave.

– Avant quoi ?

– Il a arrêté d'aller chez Monsieur Mazeaud il y a trois ans.

– Pourquoi ? Ils se sont disputés ?

– Je crois que c'était à cause d'une jeune fille... (Estelle eut l'impression d'en avoir trop dit et s'arrêta net). Faut demander à Georges, c'est lui qui sait. A moi, il me raconte pas grand-chose.

– Mais vous vous parlez bien, entre vous ? Quand il vient déjeuner ?

– De son travail, oui. Mais pas de ses histoires de filles.

– Je crois que vous êtes veuve, Madame Pouchard ? Votre mari a eu un accident...

Le brigadier la fit parler un instant de choses sans rapport avec l'enquête puis revint brutalement à son affaire :

– Vous aussi vous êtes matinale ? Vous vous êtes réveillée de bonne heure hier matin ?

– Bien obligée. Je prenais mon service à sept heures et demie. Pour nous, y a pas de fêtes qui tiennent.

– Pendant que vous vous prépariez, vous n'avez rien entendu, rien remarqué dans votre rue ? Un bruit inhabituel ?

– Je me rappelle pas, non. J'ai rien entendu.

– Réfléchissez bien, Madame Pouchard. Tôt le matin... Un bruit de pas ? Une voiture ? Une moto qui pétarade ?

Estelle sentit une menace. Ses yeux allaient du brigadier au jeune gendarme silencieux, puis du jeune gendarme au brigadier, pleins d'un étonnement infini. Charbonnet comprit que la cuisinière ne savait rien, qu'il n'y aurait rien à tirer d'elle.

– Merci, Madame Pouchard. Vous pouvez partir. Si nous avons d'autres questions à vous poser, nous vous convoquerons à la gendarmerie.

Estelle se dirigea d'un pas hésitant vers la sortie puis, l'idée qui cheminait péniblement dans son esprit ayant enfin pris forme, la main sur la poignée de la porte, elle se retourna :

– Vous iriez pas soupçonner mon fils, tout de même ?

Le lendemain matin, samedi, Ghislaine et sa mère firent leurs valises. Elles avaient reçu l'autorisation de regagner leur domicile parisien à condition de se tenir à la disposition des enquêteurs. Les deux femmes habitaient le sixième arrondissement, dans des

46

appartements peu éloignés. Ghislaine avait hâte de rentrer chez elle, bien qu'elle craignît un peu de se retrouver seule dans le quatre cents mètres carrés du boulevard Montparnasse qu'elle occupait depuis presque trente ans avec son mari et qui paraissait déjà trop grand pour eux deux depuis le départ des enfants.

Juste avant de sortir, elles jetèrent un coup d'œil dehors. Les journalistes étaient revenus ; en plus, un camion de la télévision régionale stationnait devant la maison. Elles gagnèrent le garage par l'intérieur, contournèrent la Porsche, jetèrent leurs valises dans le coffre de la Jaguar et s'y engouffrèrent. Ghislaine ne manoeuvra la porte basculante qu'à la dernière minute. La grille du jardin avait été ouverte par Estelle qui avait aussi rapporté le courrier en courant sous les appels et les flashes comme une vedette du Festival de Cannes.

La porte du garage relevée, Ghislaine fonça, accompagnée sur une courte distance par deux ou trois reporters à scooter, vite découragés. Les voitures rapides ont leurs avantages et, pour une fois, la conductrice n'avait pas respecté la limitation de vitesse.

Comme d'habitude, elle fit le plein près de Dijon et en profita pour passer le volant à sa mère. Pendant que celle-ci conduisait, elle prit connaissance du courrier remis par Estelle, pour l'essentiel des factures et des dépliants publicitaires. Elle sortit d'une enveloppe une lettre bizarre : une feuille blanche, avec pour unique inscription, au centre de la page, un grand « **A** » imprimé sur ordinateur. L'enveloppe avait été postée à Mâcon et portait le cachet de la veille ; elle était adressée à Patrice Mazeaud, sur une étiquette informatisée. Ghislaine se dit qu'il devait s'agir du premier envoi d'un mailing à suspense expédié par une entreprise commerciale de la région : ils recevaient parfois des messages de ce genre, faits pour éveiller la curiosité. Sans s'y attarder, elle remit la lettre dans son enveloppe et l'abandonna avec les autres prospectus.

Patrice Mazeaud était resté dans un tiroir de la morgue, son nom accroché à un orteil, en attendant son tour d'être autopsié. Ghislaine aurait la permission de le rapatrier lorsque le légiste aurait fini son travail. Elle devrait alors redescendre à Villefranche avec un fourgon mortuaire pour ramener dignement le corps de son mari à Paris. Comme tous les membres de la famille, il serait enterré au cimetière Montparnasse dans un des caveaux Lafferrière. Il en existait deux, surmontés chacun d'un édicule d'inspiration hellénique à colonnes doriques et fronton : deux petits temples fermés par une grille ouvragée, dressés côte à côte comme une paire de guichets à l'entrée d'un monde meilleur. La concession perpétuelle des deux caveaux avait été acquise par Gaston Lafferrière, qui était le benjamin de quatre sœurs (sa mère ayant persévéré jusqu'à mettre au monde un garçon comme si elle pressentait que ce fils ferait la fortune de la famille). Il avait d'abord acheté le premier caveau pour ses parents, pour lui-même et son épouse, et pour leurs descendants directs. Le moment venu, il y avait aussi logé sa sœur aînée avec son mari. Mais, au décès de la deuxième, le nombre de places limité l'avait contraint à se rendre propriétaire de l'emplacement voisin. Quelque temps après, il était décédé lui-même, bientôt rattrapé par sa femme. Leur fils Germain avait ensuite enterré les deux sœurs restantes – ses tantes – et leurs époux. A la Toussaint, en attendant leur tour de venir y loger, les vivants venaient se recueillir devant les caveaux jumeaux, contents de savoir que leur place était prête.

L'entrée dans Paris fit du bien à Ghislaine. Raymonde proposa de l'accompagner et de passer la nuit chez elle, mais elle refusa ; elle ne souhaitait plus qu'être seule et dormir. Elle déposa sa mère devant sa porte en lui promettant de lui téléphoner le lendemain.

Les obsèques de Patrice Mazeaud eurent lieu le jeudi suivant à Saint-Sulpice. Son corps avait été rapatrié l'avant-veille. Finalement, comme Ghislaine ne s'en ressentait pas pour faire l'aller-retour de Villefranche en compagnie des croque-morts, prétextant la meute de journalistes qu'elle avait aux trousses, elle était tranquillement restée chez elle et avait laissé l'entreprise de Pompes funèbres se charger de tout. Au fond, qu'est-ce que ça changeait qu'elle soit ou non du voyage ? Ce n'était plus Patrice qui s'en soucierait.

La nouvelle de l'assassinat de l'éditeur faisait la une des journaux et les beaux jours de la télévision depuis le début de la semaine. Une centaine de faire-part avaient été envoyés et un avis de décès publié dans les rubriques nécrologiques du *Monde* et du *Figaro*. Le jour de l'enterrement, la place Saint-Sulpice était noire de monde.

En attendant l'arrivée de la famille, les relations conviées personnellement au service funèbre se pressaient sur le parvis. Le terre-plein central, autour de la fontaine, était envahi par une foule élégante dans laquelle on repérait plusieurs visages connus. Respectant tacitement la barrière invisible, mais aussi dissuasive qu'un mur de barbelés, qui les séparait du beau monde, les badauds s'agglutinaient sur les trottoirs au pied des immeubles qui bordaient la place, à la terrasse du Café de la Mairie voisin de l'église et dans les rues adjacentes. Le camion de TF1 et celui de France 2 stationnaient aux deux bouts opposés du terre-plein.

A dix heures moins cinq, les voitures de la tribu Mazeaud-Lafferrière apparurent. Les enfants de Ghislaine, Eléonore et Alexandre, en descendirent les premiers ; puis leur grand-père Germain (l'ex-mari de Raymonde et le père de Ghislaine) ; puis un frère de Patrice avec sa famille ; d'autres oncles Mazeaud, une grand-tante, des cousins... Ghislaine et sa mère quittèrent leur voiture les dernières, cachées sous de grands voiles noirs surannés bien utiles en la circonstance : Ghislaine détestait la publicité et Raymonde, obligée de différer son lifting, n'avait pas envie de montrer son visage affaissé à la télévision.

Les invités pénétrèrent derrière eux dans la nef qui fut remplie en un clin d'œil. Et commença l'office des morts. Les techniciens et les reporters, qui s'étaient installés à l'avance dans les bas-côtés, braquèrent leurs perches et leurs caméras entre les piliers. Mais bientôt, devant le peu d'intérêt médiatique des personnes présentes, ils renoncèrent, et sans attendre l'oraison funèbre, le prévisible dithyrambe sur la magnifique réussite de Patrice Mazeaud, le savoir-faire sans égal grâce auquel il avait développé l'entreprise déjà renommée léguée par son père, son désintéressement (une vie vouée toute entière à la culture et au service des autres), sa clairvoyance, et ainsi de suite, aux premiers accords d'une bruyante ponctuation des grandes orgues, ils s'éclipsèrent, suivis par un groupe d'invités qui se bousculaient au fond de la nef et ne voyaient pas de raison de rester là si les cameras ne s'y trouvaient plus.

En effet, le plus intéressant se passait dehors. Par cette matinée ensoleillée du jeudi 24 mai, ceux qui n'avaient pu entrer dans l'église se pavanaient et papotaient gaiement sur le terre-plein comme à un cocktail littéraire. Armés de leurs micros et flanqués de leur photographe ou de leur cameraman, les reporters commencèrent à circuler entre les groupes. Des images de people avec leurs petites phrases de circonstance seraient autrement amusantes pour les lecteurs ou les téléspectateurs qu'une famille affligée, les envoyés de deux cabinets ministériels, un académicien octogénaire et quelques écrivains oubliés du public.

Pour l'essentiel, l'assistance était composée de représentants de la profession éditoriale et d'auteurs-maison. Parmi ces derniers, on reconnaissait facilement :

la dernière gagnante de la Star Ac, au milieu d'une garde rapprochée d'ados hirsutes, une gamine de dix-neuf ans dont les Éditions Philibert Mazeaud publiaient les mémoires,

une jeune comédienne surdouée, elle aussi très entourée : après une exposition de ses œuvres picturales qui avait obtenu un grand succès critique, et la sortie d'un disque chuchoté tout aussi bien accueilli (la mode des hurleuses était passée, on en était aux chuchoteuses), elle livrait un premier roman salué comme un chef-d'œuvre par la presse unanime,

un champion de foot adulé du public qui signait son autobiographie (le nègre chargé de la rédiger était absent),

trois dames célèbres d'un âge respectable (découvertes en leur temps par Philibert lui-même), sortes de versions contemporaines des Femmes savantes et des Précieuses, auteures de romans de gare écrits dans un style ampoulé, ce qui ne les empêchait pas de faire partie de jurys littéraires prestigieux...

Il y avait aussi un ex-taulard qui achevait sa rédemption en apportant son témoignage sur le scandale des prisons ; une directrice d'agence de mannequins, auteure de *Le Mannequinat sans l'Anorexie*, ouvrage déjà vendu à cent mille exemplaires ; un animateur de télévision vaniteux, trop feignant pour écrire un vrai livre et qui, un critique servile lui ayant soufflé qu'il « excellait dans le court », se prenant du coup pour La Rochefoucauld publiait un recueil d'aphorismes banals et bêtes.

En cherchant bien, on pouvait même apercevoir un écrivain, assis seul à l'écart, au bord de la fontaine, un monsieur démodé et discret qui avait eu le Prix Goncourt quinze ans plus tôt, était traduit dans une vingtaine de langues et étudié dans les meilleures universités occidentales, mais auquel personne ne se serait risqué à adresser la parole de peur d'être filmé à côté d'un visage inconnu.

Les people dans la boîte, les reporters prirent des images de la foule anonyme du trottoir. Un jeune cameraman s'étonna qu'un éditeur, inconnu du public, ait pu déplacer autant de monde. L'odeur du sang, lui expliqua son équipier, la mort violente, surtout quand elle frappe des privilégiés, des hommes qu'on imagine invulnérables.

Soudain, les grandes orgues retentirent à l'intérieur de l'église. L'absoute prononcée, l'office s'achevait. Les invités sortirent aux accents de *Seigneur, maintenant s'ouvre le ciel*, de Jean-Sébastien Bach. Pendant que les croque-morts enlevaient le cercueil et le chargeaient dans leur minicar pour le transférer au cimetière, la famille se disposa en ligne sur le parvis afin d'y recevoir une première tranche de condoléances. Ghislaine était au centre de la rangée entre sa mère et sa fille. Elle avait relevé son voile, et Raymonde en avait fait autant, mais en le ramenant adroitement sur son double menton renaissant. En prévision des dizaines de mains à serrer, toutes deux avaient enfilé leurs gants de soie noire.

A cause de la foule nombreuse, le rituel se déroula de façon anarchique. Ghislaine serra d'abord des mains qu'elle ne connaissait pas : des fournisseurs de la maison d'édition ou d'anciennes relations perdues de vue.

Vinrent ensuite les amis et les proches collaborateurs de Patrice, parmi lesquels Madeleine, l'assistante du mari de Ghislaine depuis vingt-deux ans. Elle avait été sa maîtresse toute la première année, période pendant laquelle elle avait certainement su montrer d'autres compétences car lorsque son patron était passé à de nouvelles distractions, il l'avait maintenue à son poste (il

53

la tenait pour foncièrement gentille – une singularité en soi dans l'édition). Madeleine en savait plus sur Patrice que son épouse elle-même et, quand elle la rencontrait ou lui répondait au téléphone, par une empathie de femme ayant souffert par le même homme, lui parlait avec une douceur teintée de compassion que Ghislaine appréciait moyennement.

– Une mort si brutale, si cruelle, je suis si peinée…, lui dit-elle en étreignant sa main plus que de raison.

Et peinée, elle l'était sincèrement : pour le défunt, pour sa famille endeuillée, et pour elle-même qui avait cru finir tranquillement sa carrière dans la maison et, à cinquante ans passés, craignait de se voir bientôt privée d'emploi.

Madeleine n'était pas la seule « ex » présente. Ghislaine eut à subir le défilé des veuves : collaboratrices, actrices, apprenties chanteuses, écrivaines qu'elle avait pu apercevoir en compagnie de Patrice ou qui lui avaient été signalées par des ragots.

Une rousse pulpeuse d'environ vingt-cinq ans se présenta moulée dans une robe de satin sombre, en faisant scintiller un bracelet dans lequel Ghislaine reconnut le goût parfait de son mari : l'actuelle maîtresse (de quarante ans plus jeune). « Un homme si bon… si généreux… », pleurnicha-t-elle en s'épongeant le coin interne de l'œil avec la pointe de son mouchoir, geste qui la signalait comme disponible et propre à attirer les consolateurs car il lui fallait trouver rapidement un successeur à son vieil amant.

Anatole Maufras, le Président-Directeur général d'ALIZÉ, groupe de medias tentaculaire

(Télévision/Radio/Publicité/Édition/Presse quotidienne et magazines) à quoi s'ajoutaient des intérêts considérables dans l'agro-alimentaire, l'immobilier, l'hôtellerie et le transport maritime, était venu présenter ses condoléances en personne. C'était un homme élégant et affable, notoirement doté d'un bel appétit. Depuis longtemps, il rêvait d'avaler les Éditions Philibert Mazeaud, cette superbe entreprise familiale dont le prêtre officiant avait prononcé l'éloge en chaire un quart d'heure plus tôt. De son vivant, Patrice Mazeaud s'entêtait à refuser ses offres, pourtant très généreuses, mais à présent...

A présent les deux enfants allaient se partager les parts de leur père, ce qui représentait trente pour cent chacun. Le fils aîné venait d'ouvrir un cabinet d'architecte, il aurait bientôt besoin d'argent et serait trop content de vendre, sauf si sa sœur et sa mère s'y opposaient. La mère, une Lafferrière, avait fourni les fonds nécessaires au développement de la maison et détenait également un tiers des parts, mais elle ne s'intéressait pas particulièrement à l'édition. La fille, en revanche, se destinait à une carrière éditoriale, mais ne devrait pas être difficile à convaincre : on lui laisserait ses trente pour cent pour commencer et on la bombarderait PDG de l'entreprise de son père, tout en lui adjoignant un directeur financier du groupe. Puis, au premier bilan, on aviserait. Quant aux dix pour cent restants, octroyés en participation aux cadres de la boîte, il n'y aurait qu'à se baisser pour les prendre : face au bouleversement qui s'annonçait, les bénéficiaires auraient hâte de se débarrasser de leurs actions tant qu'elles valaient encore quelque chose. L'horizon se dégageait…

Le tycoon retint longuement la main de la veuve dans les siennes et lui offrit de mettre sa villa d'Antibes à sa disposition pour l'aider à surmonter son chagrin.

Il y eut encore d'autres gens, modestes collaborateurs de la maison, commerçants du quartier, membres du club de bridge de Ghislaine, et même quelques badauds qui avaient réussi à se glisser dans la file et trouvaient rigolo de se mêler au beau monde.

Le défilé se termina enfin et la famille se dirigea vers les voitures.

– Ces poignées de main, quelle corvée ! chuchota Raymonde. J'ai cru que ça n'en finirait jamais… Je plains les politiques !

Ghislaine savait qu'il y en aurait d'autres au cimetière, qu'on pouvait toutefois espérer moins nombreuses :

– Courage, maman ! dit-elle. On a fait le plus dur.

A treize heures, son mari en terre, Ghislaine emmena la famille et quelques amis proches déjeuner chez elle, un déjeuner entièrement confié à un traiteur, service et vaisselle compris. Le repas se déroula rapidement, sans la gaîté un peu nerveuse qui préside souvent aux déjeuners d'enterrement. On parlait à peine et à voix basse. Les circonstances tragiques et crapuleuses de la mort du défunt, totalement improbables dans ce milieu distingué, faisaient planer une gêne et décourageaient l'évocation des souvenirs ; le cœur n'y était pas. Les enfants quittèrent la table avant le café :

Alexandre devait reconduire sa sœur à Roissy : elle reprenait son avion pour Boston où elle devait passer les premières épreuves de ses examens dès le lendemain. Les autres invités ne tardèrent pas à les imiter. Après le départ des derniers, la veuve et sa mère allèrent s'allonger quelques heures.

Un peu avant huit heures, les deux femmes se préparèrent un plateau léger et s'installèrent devant la télévision pour regarder les informations. L'assassinat de l'éditeur Patrice Mazeaud faisait toujours la une de l'actualité. Les images de l'enterrement passèrent en début de journal : d'abord l'intérieur de l'église, avec sa musique et ses pompes, puis la foule insouciante qui paradait sur le terre-plein...

– Non mais regarde-les, s'exclama Raymonde, ils se croient à une garden-party, ma parole !

– J'aurais dû faire servir du champagne, plaisanta Ghislaine.

Le visage faussement affligé du champion de foot apparut en gros plan.

– Qu'est-ce qu'il fait là, celui-là ? demanda Raymonde.

– La maison publie son autobiographie.

– Ah oui ? Tu me la passeras, ça me fera quelque chose à lire.

– Un tissu de banalités bâclé en trois semaines par un tâcheron, la renseigna Ghislaine.

– Ah bon ?... Et lui, là, qui c'est ? continua sa mère en pointant son index en direction d'un personnage à la physionomie rébarbative qui tranchait sur l'assistance.

57

– Un policier, un homme de la PJ. Les enfants et moi avons déposé une plainte contre X à Paris, une instruction judiciaire est ouverte. Il devait essayer de repérer l'auteur.

– Lequel ? Il y en avait plein, des auteurs…

– L'auteur du crime. Ils parlent comme ça dans la police : il y a la victime et il y a l'auteur.

Fatiguée par les événements de la journée, Raymonde rentra chez elle tout de suite après les informations. Ghislaine resta seule dans l'immense appartement silencieux. Le salon éclairé par deux abat-jour baignait dans une lumière douce ; pénétrant par la fenêtre entrouverte, un air léger gonflait délicatement les rideaux. Elle s'étendit sur un canapé et ferma les yeux. Ce soir, il n'y aurait pas de bruit de clé dans la serrure, de claquement de porte, ni de pas lourds résonnant dans le hall d'entrée. La chambre et le bureau de Patrice resteraient comme il les avait laissés en partant pour le Fonvert. Plus rien ne bougerait… Tout d'un coup, Ghislaine se sentit pénétrée d'une grande paix. Une vie nouvelle s'ouvrait, avec tous ses possibles. En mourant, Patrice avait libéré un espace. Les morts – même ceux qui ont été aimés – font toujours un peu *place nette*.

Breuilly était en effervescence. Que l'assassinat perpétré dans la commune ait eu les honneurs, trois jours d'affilée, des grands journaux télévisés conférait au village une envergure nationale et le nimbait d'une gloire funèbre. Un soir, France 2 avait diffusé des images des

Actualités régionales et certains habitants s'étaient vus au Vingt-heures en train de répondre aux journalistes venus les interroger sur le marché : « Vous connaissiez Patrice Mazeaud ? » – « Ah ben, je le connaissais pas plus que ça, il était pas d'ici. » – « Vous saviez que c'était un grand éditeur de Paris ? » – « C'est-à-dire qu'on le savait sans le savoir... On s'intéresse pas trop à ces affaires-là, nous autres. » – « Nous, ça serait plus à la vigne qu'on s'intéresse... ». Etc. La directrice-institutrice de la Communale déclarait que M. Mazeaud était un homme bon qui s'était beaucoup dépensé pour l'école. Et une vieille, qu'il serrait d'un peu trop près les filles du pays et que tout ça devait mal finir – mais à elle on lui avait coupé la première partie de sa phrase, ce qui fait qu'on l'entendait seulement répéter « Ça devait mal finir... Ça devait mal finir... » sans qu'on sache pourquoi. Après ça, les Breuillois qui avaient eu la chance d'être filmés étaient devenus des vedettes ; des gens les arrêtaient dans la rue ou leur téléphonaient pour les féliciter.

L'enquête de gendarmerie se poursuivait. Pour commencer, dans l'espoir de recueillir un renseignement utile, les gendarmes avaient fait le tour du village et des environs au porte-à-porte. Mais ça n'avait rien donné. Ils s'étaient également rendus sur la place un jour de marché pour discuter avec les villageois. Sans plus de résultat. La victime était un étranger, un résident secondaire, à peine plus qu'un touriste : les habitants de Breuilly ne se sentaient pas vraiment concernés par sa mort et à tout hasard se serraient les coudes. Silence radio.

59

Le rapport de la balistique tomba, confirmant que la balle provenait d'une carabine de calibre 7.6, vraisemblablement équipée d'une lunette. Le brigadier Charbonnet eut alors l'idée de convoquer tous les hommes de la commune qui possédaient un permis de chasse avec leur fusil, ce qui faisait une quarantaine de chasseurs de dix-huit à soixante-quinze ans. Il n'espérait pas que l'un d'eux arriverait en brandissant l'arme du crime, mais les histoires de fusil, par définition, les intéressaient et ça faisait une bonne entrée en matière pour obtenir des renseignements sur les uns et sur les autres. Si parmi eux quelqu'un possédait une carabine, un fusil à longue portée non déclaré, ils le sauraient certainement. Bien que la chasse avec ce type de fusils soit très réglementée en France, les chasseurs savent apprécier une belle arme pour elle-même et sont tout à fait capables de conserver une carabine chez eux juste pour le plaisir de la posséder. C'était le raisonnement que se faisait le brigadier.

Même avec le renfort de la brigade de Villefranche, et en recevant les témoins simultanément dans deux bureaux séparés, l'audition d'une quarantaine de titulaires du permis prendrait bien une semaine et au moins, pendant ce temps-là, personne ne pourrait accuser les gendarmes de rester les bras croisés. Pour éviter qu'ils ne se rencontrent dans la salle d'attente ou dans un couloir, on convoquerait les chasseurs un par un à vingt minutes d'intervalle et on les renverrait par une sortie opposée.

On envoya aussitôt les convocations et le surlendemain les auditions commencèrent. Le milieu de la chasse est un petit monde, avec ses usages, ses pratiques clandestines, ses connivences, mais aussi avec ses jalousies et ses rancunes, sur lesquelles les gendarmes comptaient pour délier les langues. Et en effet, si la plupart des témoins se limitèrent à des réponses de Normand, des « Peut-être bien... Difficile à dire... Moi, en tout cas j'ai rien remarqué...Faudrait que je réfléchisse, mais là, tout de suite, non, je vois pas...», il s'en trouva quelques-uns qui ne se firent pas prier pour parler et les gendarmes en entendirent plus qu'ils ne le souhaitaient sur les braconnages, les constructions de cabanes illicites, la décimation des espèces protégés, les chasses nocturnes – toutes choses qu'ils savaient déjà –, mais aussi sur les rivalités amoureuses, les disputes, les tromperies, autant d'histoires qui ne les intéressaient pas, du moins tant qu'il n'y avait pas effusion de sang.

Les enquêteurs laissaient parler les bavards avant d'en arriver aux questions importantes : Avaient-ils entendu une moto le matin du crime ? Aperçu de bonne heure un passant dans la rue ou sur la route ? Connaissaient-ils quelqu'un qui possédait une carabine d'un fort calibre ou qui collectionnait les fusils ? Lequel, parmi les chasseurs du pays, était considéré comme le meilleur tireur ?... Et, sur ce dernier point, le nom qui revenait le plus souvent était sans conteste celui de Georges Pouchard : pour ça oui, le gars Georges était un fameux tireur, un des meilleurs fusils de la région, toujours bien classé dans les concours, ce qui n'avait rien d'étonnant parce qu'il s'entraînait toute l'année au ball-trap...

Le brigadier Charbonnet − il avait son idée − retint plus longtemps un nommé Louis Meunier, un ouvrier-viticulteur du même âge que Pouchard :

− Alors, commença-t-il, paraît que c'est vous le copain de Georges Pouchard ?

− Copain, c'est beaucoup dire... Ça fait longtemps qu'on se connaît, c'est tout.

− Vous vous connaissez depuis quand ?

− Depuis toujours. On a fait l'école en même temps.

− Vous cultivez la vigne tous les deux... Ça vous arrive de travailler ensemble ?

− Quand ça se trouve. Des fois on fait une partie de la saison chez le même propriétaire... C'est par hasard.

− Avec Georges, vous vous entendez bien ?

− Ben, ça dépend... Vous savez ce que c'est.

Le brigadier fonça dans la brèche :

− Quoi, qu'est-ce que je dois savoir ? Vous avez eu des histoires ?

− Ben... non, pas vraiment.

− Les histoires, c'était pour quelle raison ?

− Bah, rien... à cause d'une fille.

− Qu'est-ce qu'il y a eu ?

− Rien, je vous dis... C'est juste qu'elle sortait avec lui, puis après elle a mieux aimé sortir avec moi... Vous savez ce que c'est que les filles... A Georges, ça lui a pas plu, on a eu des mots.

− Ça fait combien de temps ?

− C'était juste après Noël, on avait pas mal picolé.

– Vous vous êtes bagarrés ?

– Un peu...

– C'est un jaloux, Georges ? Un coléreux ?

– Ça se pourrait.

Il y eut un silence. Le brigadier Charbonnet réfléchissait. Il lui semblait bien avoir lu ou entendu quelque part, sûrement dans le journal ou à la télévision, qu'on savait à présent déceler des instincts criminels chez les petits enfants...

– Vous êtes nés la même année, vous deux... Vous avez fait l'école maternelle ensemble alors ?

– Oui.

– Vous n'aviez rien remarqué à cette époque-là ? Qu'il était plus violent que les autres, Georges, plus indiscipliné ?

– Ah non, j'ai rien remarqué. Faut dire que moi aussi, hein, j'avais que trois quatre ans...

Le gendarme Morel fit entendre un petit rire, qui lui valut un regard furibond du brigadier.

– C'est bon, intima celui-ci à son témoin, suffit pour aujourd'hui, vous pouvez y aller... Non, pas cette porte... l'autre ! Et n'oubliez pas de remettre votre fusil dans son râtelier... C'est pas encore l'ouverture !

Si les chasseurs de Breuilly ne risquaient pas de se croiser dans les couloirs de la gendarmerie, sitôt sortis, ils se rencontraient Au Pressoir, le grand café de la place de l'Eglise, à l'ombre du clocher restauré aux frais de Patrice Mazeaud, avec sa magnifique horloge en chiffres romains qui sonnait les heures. Durant toute cette période, l'établissement, tenu par Micheline Blanchet dite Mimi, connut une affluence exceptionnelle. Les fusils s'accumulaient à l'entrée pire que le premier dimanche de la chasse. Du matin au soir et dans un boucan infernal, Mimi Blanchet remplissait les verres à tours de bras.

Les hommes qui avaient déjà été convoqués se retrouvaient là pour échanger leurs impressions et ceux qui n'étaient pas encore passés sur le gril venaient aux renseignements. Ça faisait déjà pas mal de monde en plus des habitués (principalement des retraités du pays : délogés par leurs femmes pendant qu'elles s'occupaient du ménage, ils se pointaient chaque matin à neuf heures, rentraient chez eux pour déjeuner et faire la sieste, et revenaient taper les cartes jusqu'à l'heure du dîner). S'y ajoutaient les curieux, des clients du samedi et du dimanche qu'on voyait maintenant tous les jours, et même des habitants des communes voisines qui avaient délaissé leur café habituel pour venir aux nouvelles chez Mimi. Mais ce qui mettait une animation extraordinaire au Pressoir, c'était surtout les journalistes, des représentants de la presse écrite (les télévisions et les radios avaient disparu jusqu'au prochain rebondissement) envoyés de tous les coins de l'hexagone par les journaux régionaux et nationaux.

Comme ils aimaient (quoique plus ou moins rivaux, car ils se sentaient tous une âme de détective) à se retrouver entre eux, Mimi leur avait installé une grande table commune dans la cour, sous l'auvent, à côté du pressoir ancien qui avait donné son nom à l'établissement, et ils passaient là le plus clair de leurs journées à manger, à boire et à échanger leurs points de vue sur l'affaire, en espérant mine de rien soutirer une information intéressante aux autres. Puis, sur le coup de quatre heures, ils se décidaient à sortir de table et s'en allaient par petits groupes, sur les chemins hospitaliers du Beaujolais, faire une promenade digestive jusqu'à la propriété de la victime.

Au Pressoir, donc, on discutait ferme. L'opinion qui prévalait au début que l'assassinat perpétré sur un étranger (lequel, si considérable qu'il fût à Paris, comme on l'a vu, n'intéressait pas grand monde au village) ne pouvait avoir qu'un autre étranger pour auteur, avait changé. On s'était avisé qu'il avait été beaucoup question du fils Pouchard pendant les interrogatoires et les Breuillois commençaient à penser que les gendarmes devaient avoir de bonnes raisons de le soupçonner. Quand ce fut à son tour d'être interrogé et qu'il poussa la porte du café pour s'encourager d'un petit verre, il fut accueilli par un grand silence. En le regardant marcher vers la gendarmerie, chacun se demandait s'il en ressortirait.

Un beau matin, un personnage nouveau fit son apparition chez Mimi Blanchet. Un villageois qui l'avait aperçu un peu plus tôt en train de discuter avec les gendarmes chuchota qu'il devait s'agir d'un policier de Paris. Après avoir parcouru la salle d'un regard aigu et salué l'assemblée d'un bref signe de tête, le nouveau venu but un café-calva au comptoir, acheta un paquet de Gauloises et ressortit. Toute la journée, on le vit arpenter les rues du village ou rôder autour du domaine de Fonvert. On sut bientôt qu'il s'appelait Jean Martineau, commandant de police Jean Martineau, et qu'il appartenait au Quai des Orfèvres.

Le commandant Martineau était un homme d'une quarantaine d'années, de taille moyenne, vêtu d'un costume de demi-saison gris clair médiocrement coupé, avec des cheveux bruns déjà rares pour son âge et le teint pâle des gens de la ville. Quelque chose entre Colombo et Maigret (sans le côté taquin du lieutenant californien ni la corpulence imposante des différentes incarnations du commissaire). En 1995, les grades de la police avait été calqués sur le modèle de l'armée : avec cette mesure gratifiante et peu coûteuse, le ministère pensait flatter les policiers et nourrissait l'espoir d'améliorer, par une sorte d'osmose avec l'esprit militaire, une discipline qui laissait notoirement à désirer. L'inspecteur Martineau qui avait déjà huit ans de service à cette époque-là avait été directement nommé capitaine puis, quelques années plus tard, promu au grade de commandant. Mais, commandant ou inspecteur, Martineau s'en fichait complètement : il avait toujours su qu'il était un bon flic.

Sur les informations chichement dispensées par les gendarmes (trop contents de se débarrasser de lui à bon compte et prétextant les interrogatoires en cours pour le laisser se débrouiller tout seul), Martineau se rendit d'abord au domicile de Madame Laroche, chez laquelle Ghislaine Mazeaud avait dîné la veille du crime.

Il fut reçu avec une politesse exquise par une dame d'une soixantaine d'années aux manières provinciales désuètes et raffinées. Madame Laroche était la veuve d'un industriel de Lyon et partageait son temps entre sa propriété du Beaujolais et son appartement de la place

Bellecour où, comme elle le confia à son visiteur, elle se sentait bien seule depuis son veuvage. Interrogée sur les Mazeaud, avec l'art consommé qu'ont les grandes bourgeoises de se faire plus bêtes qu'elles ne sont, elle se répandit en banalités (« ... Un drame affreux... Qui l'eût cru... Comment eussions-nous pu prévoir... Une famille si convenable... Elle, hôtesse parfaite, une relation charmante... Lui, un homme si brillant, une position en vue, splendide situation... Et leurs pauvres enfants qu'elle avait vu grandir... Une tragédie !... Un terrible malheur !... »). Le commandant eut vite fait de comprendre qu'il ne saurait rien de ce qu'elle pensait vraiment de Patrice Mazeaud, du couple qu'il formait avec son épouse, pas plus qu'il ne recueillerait ses impressions sur les monceaux d'âneries que sa célèbre maison d'édition publiait. Même son vin, une piquette qu'elle ingurgitait stoïquement chaque année à la fête des vendanges du Fonvert (« Qui la délivrerait du beaujolais nouveau ! »), devenait à l'entendre « un charmant vin de pays élevé dans les règles de l'art ». Le commandant sortit de là avec l'impression qu'on s'était foutu de lui.

Il se rendit ensuite chez Estelle Pouchard, que les gendarmes lui avait signalée comme témoin (tout en lui cachant que le fils de ladite était suspect, le brigadier Charbonnet considérant cette piste comme sa chasse gardée) et la croisa sur le pas de sa porte. Madame Pouchard partait faire ses courses et n'était pas en avance. Elle déclara au policier qu'elle avait déjà tout raconté au moins quatre fois aux gendarmes, qu'ils devaient garder ça écrit quelque part, et qu'il n'avait qu'à leur demander. Martineau l'accompagna tout de même un bout de chemin. Elle persista à refuser de répondre à ses questions en prétextant qu'elle ne se souvenait plus très bien, que tout s'emmêlait dans sa tête car une dizaine de jours avaient passé depuis le matin de l'assassinat, et parvenue sur la place du marché elle le planta là.

Puisqu'il était dans le centre de Breuilly, Martineau se rabattit sur les commerçants. Mais ceux-ci, qui dans l'ensemble ne s'étaient déjà pas montrés loquaces avec leurs gendarmes, le furent encore moins avec le policier de Paris. Après l'avoir fait poireauter comme un voyageur de commerce pendant qu'ils s'attardaient à servir et à plaisanter avec leurs clients, ils déclarèrent bien haut dans leur boutiques bondées que les habitants du village n'avaient rien à voir avec cette affaire, qu'il ferait mieux de chercher au pays de la victime, et qu'en tout cas les Breuillois n'avaient besoin de personne pour faire la police chez eux.

L'horloge de l'église sonnait la demie de midi. Martineau s'accorda une pause et alla se restaurer d'un steak salade à la terrasse du Pressoir.

Au début de l'après-midi, il se présenta à la mairie. Monsieur le maire, une figure du département, l'un des grands propriétaires viticoles du Beaujolais et vice-président de la Mutuelle agricole, accepta de le recevoir quelques minutes. Il le prévint d'emblée : il avait très peu connu les Mazeaud, qui étaient des Parisiens de souche sans attache dans la région. Le père – la malheureuse victime – n'avait jamais voulu entrer au Conseil Municipal bien qu'il ait été plusieurs fois approché. Trop occupé, que voulez-vous, pas assez de temps à consacrer aux Breuillois... Mais ce n'était pas un mauvais bougre et il avait fait de beaux gestes pour la commune... Le pauvre homme, hein, dans quel état on l'avait trouvé !... Quant à celui qui avait fait le coup, allez savoir... Oui, une bien triste affaire, et bien embêtante. Tout ce tapage à l'échelon national ça ne faisait pas de la bonne publicité à Breuilly et plus vite on arrêterait le coupable, mieux ça vaudrait. Ce qu'il y avait de sûr, c'était qu'on ne le trouverait pas au pays. Personne par ici n'avait de raison d'en vouloir au propriétaire du Fonvert. Sa vigne donnait un petit vin sans intérêt, poussé à grand peine sur une terre argileuse qui n'avait rien pour susciter la convoitise. Avant que Mazeaud ne l'achète, avec son sol médiocre et sa grande maison coûteuse à entretenir, la propriété était restée longtemps sans trouver d'acquéreur. On savait bien l'éditeur de Paris un peu coureur, mais il n'était pas le seul, les hommes d'ici étaient de bons vivants (Et qui n'aimait pas les belles filles, hein... ? fit remarquer l'édile avec un œil allumé), et si les gens devaient s'entretuer pour des histoires de cocuages, le département serait bientôt dépeuplé. Là-dessus, vous m'excuserez mais je suis obligé de vous laisser... Une réunion avec l'Association de Protection des Chemins de Randonnée... Ah la la, on n'en a jamais fini avec les marcheurs !

En sortant de la mairie, le commandant Martineau acheta *Le Progrès* à la librairie-papeterie et retourna s'asseoir à la terrasse de Mimi Blanchet. Il avait en main l'édition Beaujolais-Villefranche du grand quotidien lyonnais. Il alla directement au cahier « Beaujolais ». Pour ce qui concernait la commune de Breuilly, les événements se limitaient aux noces de diamants des époux Guyonnet, à la grande compétition annuelle de l'Amicale des Boulistes et à la soirée d'écriture érotique organisée, sur le thème « Froisser la chair des mots », par l'animatrice de l'atelier d'écriture La Plume alerte, auteure elle-même d'ouvrages coquins publiés aux éditions Paroles du Midi. Comme souvent dans la presse régionale, afin de ne pas démoraliser les habitants en empoisonnant l'atmosphère des communes, les sujets qui fâchent étaient renvoyés à un cahier général. Le commandant Martineau se reporta à la page Faits Divers – Rhône-Région. C'était un jour calme : Trois morts dans une collision frontale au carrefour des Quatre-routes – Hold-up raté à la Perception de Saint-Etienne – Le fils de l'agricultrice empoisonnait sa mère à petit feu à l'insecticide. Sur le crime du Fonvert, plus un mot ; au Progrès aussi, ils attendaient un nouveau rebondissement.

Martineau alluma son portable et appela le bureau du journal à Villefranche. Il se présenta, annonça qu'il était sur l'affaire Mazeaud et demanda à parler au rédacteur en chef. Celui-ci fut d'accord pour le rencontrer. Comme il n'avait plus un moment de libre jusqu'au soir, ils prirent rendez-vous pour le lendemain à l'heure du déjeuner. Après ça, Martineau ne voyait plus grand chose à faire. Fatigué par son voyage de la veille et par ses recherches infructueuses de la journée, il s'engouffra dans sa voiture de location et regagna son hôtel de Mâcon.

Le lendemain, comme convenu, il alla chercher son invité au journal à midi trente. Le policier et le journaliste sympathisèrent au premier coup d'œil. Ils étaient à peu près du même âge et leurs professions respectives leur faisaient voir la vie sous un angle pas si éloigné. De plus, ils étaient bien disposés : le commandant qui invitait le localier sur ses frais de fonctionnement était ravi de cette occasion de se faire piloter dans un bon restaurant et le journaliste trouvait amusant de déjeuner aux frais de la police. Comme c'était un homme délicat, il conduisit Martineau dans un restaurant simple, La Poule Grise (« Mais vous m'en direz des nouvelles... ») et tous deux s'installèrent dans un coin tranquille de l'arrière-salle. Ils commandèrent un Fleurie 2003 (excellente année pour le vin : l'année de la canicule) dont, en guise d'apéritif, ils burent un petit verre qui acheva de les mettre de bonne humeur. Pour le menu, ils suivirent les suggestions de la patronne : quenelles de brochet et andouillette lyonnaise.

René Girodet, rédacteur en chef de l'édition Beaujolais-Villefranche qui couvre sept cantons au nord du département du Rhône, connaissait bien son secteur, dont il était en quelque sorte un petit notable. Il rencontrait parfois Patrice Mazeaud dans des dîners ou à des cérémonies officielles et il leur était arrivé d'échanger quelques mots. Il le dépeignit comme un homme de droite, la droite la plus conservatrice, dans la ligne de son père, le fondateur de la maison d'édition. Le commandant apprit que les Éditions Philibert Mazeaud étaient l'une des dernières grandes maisons françaises indépendantes, lesquelles se comptaient désormais sur les doigts d'une main. Elle était convoitée par un conglomérat gigantesque, ALIZÉ, auquel Patrice

Mazeaud, qui tenait à rester maître chez lui, résistait farouchement. La tendance, expliqua le journaliste au policier, était à la concentration, dans l'édition comme dans la presse. *Le Progrès*, ainsi qu'un grand nombre de journaux régionaux, appartenait lui-même à un groupe important. – Et encore, remarqua-t-il, en ce qui nous concerne, nous n'avons pas trop à nous plaindre, le propriétaire n'est pas toujours sur notre dos. Mais enfin, vous avez peut-être jeté un coup d'œil sur le journal, ce n'est pas exactement une feuille subversive...

Il se tut : on leur apportait les quenelles, gonflées et dorées à souhait, la sauce Nantua encore grésillante dans les plats brûlants. Les deux hommes en dégustèrent quelques bouchées en silence, puis, sur une question du commandant, le localier reprit :

–Oui, la famille... La veuve est une Lafferrière, héritière d'une grosse entreprise absorbée par un groupe d'agro-alimentaire néerlandais, mais dont elle détient encore un important paquet d'actions. Ils fabriquent des aliments pour chiens et chats, genre Canigou-Ronron. Elle, c'est l'archétype de la femme riche, très élégante, de la classe malgré un comportement un peu guindé. Ses employés la disent radin... Il paraît qu'ils reçoivent beaucoup à Paris ; elle doit faire ce qu'il faut avec les gens qui peuvent leur être utiles, mais ici, à ce qu'on dit, les salaires des domestiques aussi bien que la nourriture, tout est calculé au plus juste.

– Je lui ai déjà parlé. Belle femme, nettement plus jeune que son mari.

– Mais une conduite irréprochable. Dans la région, en tout cas. A Paris, comment savoir.

– J'ai aussi aperçu les enfants...

– Le fils est architecte, un gars intelligent, à mon avis le plus sympathique de tous... La fille, très belle aussi, vous l'avez vue, elle ressemble à sa mère ; une jeune personne intimidante, très consciente de ses origines sociales et de ses capacités. Elle étudie la gestion d'entreprise en Amérique. D'après ce que m'avait dit Mazeaud, elle se préparait à travailler trois ans aux Etats-Unis dans une grande société d'édition, une filiale du groupe Bertelsmann si je me souviens bien. Elle devait ensuite rentrer en France pour le seconder. Probablement avec une conception du métier d'éditeur, disons, plus « moderne »...

– Peut-être qu'elle s'impatientait, la gamine ?

L'énormité du soupçon fit sourire Girodet :

– Si j'ai bien compris à quoi vous pensez, non, tout de même pas. Ça me paraît tout à fait impossible. Une fille commanditer l'assassinat de son père !... Et pour quelle raison ?

– On en aurait vu d'autres, répondit le commandant Martineau dont plusieurs années d'expérience dans la police n'avaient pas arrangé le tempérament naturellement soupçonneux. Et nous ne sommes pas devant un crime d'amateur... Un assassinat comme celui-là demande de l'organisation, un excellent tireur... Ça fait plutôt penser à un professionnel.

– C'est vrai que la façon de procéder a un petit parfum d'Amérique... Mais Eléonore Mazeaud et son père paraissaient très liés, ils avaient des affinités ; lui

73

aimait et admirait sa fille et il était prévu depuis longtemps qu'elle prendrait sa suite.

Martineau opina, pas vraiment convaincu. N'empêche, songeait-il, si la fille Mazeaud était l'instigatrice – machiavélique – de l'assassinat de son père, si elle avait réellement expédié un tueur des Etats-Unis pour le liquider, alors il pourrait toujours courir pour la confondre... Le crime du Fonvert irait rejoindre la pile des affaires non résolues.

– En tout cas, concéda Girodet, il ne s'agit certainement pas d'une affaire locale. Ici, les habitants et les résidents parisiens ou lyonnais se côtoient sans se fréquenter. Certains habitants sont contents de travailler pour les résidents secondaires, qui de leur côté s'efforcent de se faire accepter. Personnellement, je ne vois pas de place là-dedans pour un assassinat... Quant à la criminalité ordinaire, c'est comme partout, essentiellement de la petite délinquance : défonçages de distributeurs de billets, vols de voiture et conduite sans permis, un petit peu de drogue, des braquages de commerçants plus ou moins réussis, des bagarres... – Il sourit : Pour nous aussi, c'est la routine.

– C'est déjà arrivé un paysan qui pète les plombs, qui se met à tirer dans le tas...

– Ces affaires-là sont rarissimes. Et puis pourquoi Mazeaud, un étranger ? En général, dans les campagnes, il s'agit de vieux règlements de comptes familiaux, de rancunes ressassées pendant des années, parfois depuis des générations, et qui ne concernent que les paysans entre eux... Et puis il y a cette histoire de carabine à lunette, ce n'est pas une arme répandue dans le pays, ça. Nous n'avons pas de grandes forêts, on ne chasse pas souvent le sanglier ou le chevreuil dans nos régions, et les habitants ne s'offrent pas de safaris... En y réfléchissant, ce serait plutôt le genre d'arme qu'on trouve dans le milieu de la victime ; même si, à ma connaissance, Mazeaud n'était pas chasseur...

Il pense comme le maire, se disait le commandant. Mais son nouvel interlocuteur lui paraissait plus objectif et plus crédible car, si le désir bien compréhensible de protéger la réputation de sa commune risquait d'influencer le jugement de l'élu, logiquement, le journaliste ne pouvait pas voir d'un mauvais œil un fait-divers local bien sanglant qui aurait fait décoller les ventes de son journal pendant des semaines.

Le commandant garda ses réflexions pour lui ; d'ailleurs, on apportait les andouillettes, dorées et croustillantes, exhalant leurs effluves d'échalote et de Pouilly-Fuissé...

– C'est peut-être une histoire de fric, dit-il en attaquant la sienne après l'avoir humée une petite seconde. A supposer que Mazeaud ait eu des problèmes d'argent, il aurait pu en emprunter à des prêteurs douteux, une organisation criminelle par exemple, ou se compromettre dans une affaire de blanchiment. Et puis ne pas réussir à honorer ses engagements, ou refuser de continuer à rendre service, les envoyer se faire voir...

– Pour l'argent, il avait sa femme.

– Peut-être qu'elle refusait de l'aider.

– Possible. Elle en avait déjà mis pas mal dans la maison d'édition. Un argent qui lui rapportait

75

certainement moins que ses actions dans l'agro-alimentaire. Oui, elle aurait pu décider de fermer le robinet... Ça pourrait être intéressant d'examiner la situation financière de Mazeaud.

– C'est bien mon intention. Et le propriétaire du groupe dont vous m'avez parlé, là, ALIZÉ ? Celui qui avait des vues sur son affaire ?

– Anatole Maufras, dit *Anatole Malfrat*, dit *Anatole J't'entôle*...

– Édifiant ! apprécia Martineau.

– Il y avait un moment qu'il essayait de convaincre Mazeaud de vendre. Il a une branche presse et édition dans son groupe : racheter des boîtes existantes est la façon la plus rapide et la moins risquée de se développer. Et ces grands patrons ont une mentalité de prédateur, ils lâchent jamais le morceau...

– Un type comme lui, avec sa mentalité de prédateur et ses charmants surnoms, il serait capable d'aller jusqu'où pour mettre la main sur une entreprise ?

– Oh loin, très loin... tout dépend de l'enjeu. Quand il s'agit d'absorber ou d'éliminer un concurrent, ces hommes-là ne sont pas regardants sur les moyens.

– Ça peut aller jusqu'à l'élimination physique ?

– Ce genre d'accident « industriel » arrive dans certains pays étrangers, c'est de notoriété publique. En France, pas encore. Du moins pas à ma connaissance...

Ils continuèrent à discuter un moment. Martineau prenait plaisir à écouter cet homme disert et bien informé. Il n'avait pas si souvent l'occasion d'exercer son métier à une bonne table et en aimable compagnie.

76

Malheureusement, pour ce qui était de son enquête, en deux jours d'investigations, malgré ses efforts pour faire parler les témoins et ses explorations à la recherche d'un indice autour de la propriété de la victime, il était bien obligé de s'avouer qu'elle n'avait pas progressé d'un pouce.

La conversation se termina sur une vieille prune.

Après avoir raccompagné son invité au journal, Martineau regagna Mâcon en vitesse, déposa sa voiture de location chez Avis et attrapa de justesse le TGV de 14 h 50 pour Paris.

De la Gare de Lyon, il se rendit directement au Quai des Orfèvres. Ses collègues l'attendaient et lui mirent dans les mains une enveloppe que l'épouse de la victime leur avait apportée le matin même.

En rentrant à Paris au lendemain du drame, Ghislaine Mazeaud avait déposé une plainte contre X, à la suite de laquelle le commandant Martineau s'était rendu chez elle pour l'interroger. Au cours de cette première entrevue, il lui avait demandé si elle avait reçu un coup de fil, une revendication, un message quelconque qui pût être en rapport avec la mort de son mari. Sur le moment, Ghislaine ne s'était souvenue de rien, puis un peu plus tard, en y repensant, elle s'était rappelé la lettre bizarre qu'elle avait décachetée sur la route, pendant que sa mère conduisait, le jour de leur départ du Fonvert : cette page blanche imprimée d'une seule lettre, un gros « A », qu'elle avait prise pour le premier envoi d'une sorte de mailing publicitaire à suspense et qu'elle avait abandonnée dans la voiture avec les autres prospectus après avoir trié le courrier important. Ghislaine n'avait pas conduit la Jaguar depuis son retour de Breuilly : en ville, elle se servait d'une Audi plus facile à garer et plus maniable ; elle s'était donc rendue au garage et avait retrouvé la lettre en question dans la boîte à gants.

Martineau fit immédiatement envoyer l'objet au laboratoire et reçut son rapport le lendemain. Le papier employé était un papier machine Clairefontaine 80 g de format 21 x 29,7, sans filigrane, qu'on pouvait se procurer dans n'importe quelle papeterie. La lettre isolée au milieu de la page, le fameux « A », était en caractère Helvetica, un caractère bâton disponible dans tous les traitements de texte existants ; il avait été imprimé en corps 48, ce qui représentait une hauteur de 12 mm de la pointe du A à sa base. L'encre venait d'une cartouche utilisable sur de nombreux types de PC. L'enveloppe était un « Prêt à Poster » autocollant vendu dans tous les bureaux de Poste et l'adresse avait été imprimée sur étiquette sans faute d'orthographe. Bref, au point de vue matériel, on ne faisait pas plus commun.

Le cachet de l'enveloppe était celui de Mâcon et portait la date du 18 mai à 12 heures. Le 17, jour de l'Ascension, étant férié, le labo suggérait que la lettre avait pu être postée le 16 au soir après le dernier relevé, à n'importe quel moment de la journée du 17, ou le 18 dans la matinée. « Bien vu... », s'amusa le commandant Martineau.

Mais il y avait plus intéressant. Les techniciens du labo avaient relevé de nombreuses fibres textiles naturelles, provenant vraisemblablement des manches de l'expéditeur, quelques minuscules fibres synthétiques détachées d'un tapis de souris sur lequel la lettre avait dû être pliée et glissée dans son enveloppe, et trois cheveux châtain clair. Aucune empreinte : ils n'avaient décelé que d'infimes particules provenant certainement de gants de plastique. Les cheveux recueillis étaient courts, usés à la pointe, pourvus de leur racine, et l'un des trois comportait une partie dépigmentée : ces premières observations, en attendant un examen plus poussé (l'absorption éventuelle de drogue, par exemple ; ou, puisque on disposait des racines qui contenaient le précieux indice, la détermination de l'ADN, qu'on pourrait un jour comparer avec celui d'un suspect), laissaient supposer qu'ils provenaient d'un homme de race blanche d'environ quarante ans.

Les Péjistes furent d'accord pour penser que, si le message avait un lien avec l'affaire et s'il avait bien été envoyé par l'auteur du crime, il ne s'agissait pas d'un de leurs « clients » habituels, mais plutôt d'une personne inconnue des services de Police. Ils enfermèrent la missive à clé dans un tiroir en se promettant de garder l'information pour eux, c'est-à-dire de la cacher aux gendarmes de Villefranche et surtout de n'en pas souffler mot aux journalistes.

Les Éditions Philibert Mazeaud étaient situées rue d'Assas, à trois cents mètres du domicile de Patrice (de son vivant, il se rendait à son bureau à pied, petit footing matinal qui lui avait été recommandé par son médecin). Elles étaient installées, au fond d'une cour pavée, dans un grand bâtiment de quatre étages qui abritait cent cinquante collaborateurs. L'entreprise avait été créée par le père de Patrice au début des années trente. Quand étaient survenues la guerre et l'Occupation, Philibert, qui avait une conception de l'honneur très vieille France, avait fermé son établissement et s'en était allé attendre la fin des hostilités en Suisse avec sa famille, attitude radicale et digne, rare à l'époque, dont les Mazeaud s'enorgueillissaient encore.

A la Libération, le fondateur avait retrouvé sa maison comme il l'avait laissée. Le bâtiment n'avait pas intéressé les Allemands (en admettant, puisqu'on ne le voyait pas de la rue, qu'ils se fussent même aperçus de son existence). Et les affaires éditoriales avaient repris, d'abord timidement, puis portées par le formidable élan créatif de l'après-guerre.

En pénétrant pour la première fois dans l'immeuble, le commandant Martineau fut frappé par son aspect vieillot. Passé un perron de quatre marches, on arrivait dans une entrée exiguë, occupée aux deux tiers par un bureau à comptoir équipé d'un standard téléphonique derrière lequel disparaissait la réceptionniste-standardiste. L'endroit, dépourvu de fenêtre, était poussiéreux et sombre, éclairé par le peu de lumière du jour qui traversait la porte vitrée et par deux ampoules nues qui se balançaient au-dessus du standard. Le peu de surface disponible au sol était envahie par trois piles de manuscrits, encore dans leurs enveloppes d'expédition et entourées de la ficelle de la Poste. Il y avait la pile du matin même, la pile de la veille et celle de l'avant-veille, abandonnées là par un Service des Manuscrits débordé en attendant de leur trouver de la place. Les Editions

Philibert Mazeaud en recevaient quatre mille par an, soit une moyenne de vingt par jour ouvrable, qui s'abattaient sur la maison comme un torrent tumultueux et intarissable... (Les manuscrits ! Calamité, fléau, les sept plaies d'Egypte en une seule ! La croix des éditeurs, l'expiation de leurs péchés, promesse de paradis mais en attendant l'enfer sur la terre !!!...).

– Vous désirez ? fit la standardiste en tendant le cou.

– Commandant de police Martineau. – Il montra sa carte : Je viens voir Mme Potin.

– Vous avez rendez-vous ? s'enquit innocemment la jeune femme comme s'il était dans les habitudes de la police de prévenir de son arrivée.

– Elle me recevra, dit Martineau.

La standardiste l'annonça.

– Quatrième étage, au fond du couloir de droite, indiqua-t-elle ensuite avec un sourire narquois que Martineau comprit en constatant qu'il n'y avait pas d'ascenseur.

S'accrochant à la rampe, il entreprit l'ascension de l'escalier étroit qui sentait l'encre, le papier et la cire d'abeille. On devinait que le propriétaire cultivait ce côté vieillot, balzacien, qui, tout en lui épargnant des frais de rénovation, donnait à sa maison d'édition un cachet d'ancienneté de bon aloi. Les paliers s'ouvraient de chaque côté sur un long couloir desservant des bureaux en enfilade d'où, même en tendant l'oreille, Martineau ne percevait que des bruits assourdis. Privée de son chef, décapitée, la maison paraissait sinistrée ; l'anxiété était sensible. Derrière les portes closes, le travail continuait, mais avec un sentiment d'inutilité, de provisoire...

Madeleine Potin ouvrit la sienne au commandant.

– C'est plutôt calme chez vous, lui dit-il après les salutations d'usage.

– Que voulez-vous, après ce qui s'est passé, les gens sont inquiets.

Elle était grande, mince et possédait un visage gracieux aux traits réguliers ; debout au milieu de la pièce, elle posait sur son visiteur un regard direct et vif. Martineau la jugea attirante, bien qu'elle accusât cinquante ans, et il eut aussitôt la certitude qu'elle était ou avait été la maîtresse de son patron. Ça l'arrangeait. Il avait décidé de voir en premier l'assistante de Patrice Mazeaud plutôt qu'un de ses directeurs parce qu'il voulait parler d'abord avec quelqu'un qui lui fût proche.

– En quoi puis-je vous être utile ? demanda Madeleine.

– Bah, je suis juste venu bavarder un peu...

Elle l'invita à s'asseoir et reprit sa place derrière son bureau.

– Où étiez-vous pendant le week-end de l'Ascension ? commença Martineau.

– En Haute-Savoie, à Saint-Gervais chez ma mère. Elle précisa avec un petit air moqueur : C'est un village, tout le monde m'a vue ; je vous dis ça au cas où je serais suspecte...

– Parlez-moi un peu de votre patron, dit Martineau sans relever l'ironie. Quel genre d'homme était-ce ?

82

– Un homme comme tous les hommes, dit Madeleine.

– Vous aviez des relations autres que professionnelles avec lui ?

– Oh, ça c'était au début… Il n'y avait plus rien entre nous depuis vingt ans.

– Il était apprécié de son personnel ?

– Comme ci, comme ça… C'était un patron traditionnel, assez autoritaire. Il déléguait très peu. En fait, c'est lui qui décidait de tout.

– Il s'est passé quelque chose récemment, un désaccord, une dispute qui aurait pu faire naître de la rancune ? Un employé licencié ?

– Non, récemment, je ne vois pas. Patrice n'aimait pas changer de collaborateurs et il avait horreur de mettre les gens à la porte. Des accrochages, ça oui, il y en avait tous les jours, comme dans toutes les maisons d'édition. Des membres du comité de lecture qui n'étaient pas d'accord pour publier un livre, des problèmes avec les imprimeurs, avec la distribution, avec les medias… Ou bien des différends avec les auteurs. Les auteurs sont des gens difficiles, terriblement susceptibles. Patrice avait dû faire capitonner son bureau pour étouffer les cris.

– En dehors de la maison, vous lui connaissiez des ennemis ?

– Il avait des rivaux, des concurrents…

– Ça se traduit par quoi ces rivalités, cette concurrence ?

– Oh, s'exclama Madeleine dans un élan sincère, les éditeurs entre eux sont capables de tout : détournements d'auteurs, rumeurs mensongères, délation, coups tordus, les pires bassesses...

– Comme partout, constata sombrement Martineau.

–... mais ils n'iraient pas jusqu'à s'entretuer. Ce n'est pas la Mafia, tout de même.

– Evidemment, commenta Martineau, toujours confiant dans la nature humaine, les livres ne rapportent pas autant que la drogue.

– Ça n'empêche pas qu'une maison comme la nôtre éveille les appétits, répliqua Madeleine qui commençait à s'échauffer. Le propriétaire d'ALIZÉ, par exemple, il y a bien trois ans qu'il essaie de nous racheter. Il avait entrepris auprès de Patrice un siège en règle.

– Il était à l'enterrement, dit Martineau. Je l'ai reconnu, je l'avais déjà vu à la télévision.

– Ce vieux forban a toutes les chances d'obtenir ce qu'il veut à présent...

– Qu'est-ce que vous voulez dire ?

– La femme de Patrice et son fils seront probablement d'accord pour vendre. A eux deux, ils détiennent une confortable majorité.

– Vous connaissez Madame Mazeaud ?

– Ghislaine ? Bien sûr que je la connais. Il m'arrivait d'aller chez eux le samedi pour travailler avec Patrice, et je la prenais souvent au téléphone. Elle me demandait parfois un petit service...

84

– Par exemple ? demanda Martineau, voyant que l'assistante avait quelque chose sur le bout de la langue.

– Et bien, par exemple, il y a trois ou quatre mois, c'est moi qui lui ai trouvé son entraîneur de gymnastique particulier. Elle m'avait demandé de lui chercher un coach et je lui ai présenté un prof de la salle où je vais m'entraîner moi-même. Elle changeait souvent de coach, Ghislaine...

– Vous pensez qu'il était devenu son amant ?

– Probable. Par la suite, je l'ai aperçu à plusieurs reprises dans des cocktails, des soirées où il n'avait rien à faire... Pas auprès de Ghislaine, bien sûr, mais elle était tout de même la seule à avoir pu l'inviter. Inutile d'être très malin pour comprendre... Au fond, c'est commode, un coach, pas compromettant : on peut le recevoir chez soi trois fois par semaine sans que personne y trouve rien à redire...

– Madame Mazeaud et son amant avaient peut-être des projets plus sérieux ?... Il aurait pu l'aider à se débarrasser de son mari.

Madeleine éclata de rire :

– Ah non ! Nous ne sommes pas dans un roman d'Hadley Chase, tout de même ! Ghislaine épouser son prof de gym !... On voit que vous ne la connaissez pas ! Les Mazeaud-Lafferrière savent tenir leur rang.

Sur le point de la questionner sur les enfants, Martineau renonça ; l'assistante ne lui en apprendrait probablement pas plus que le journaliste du Progrès.

Il y eut un silence.

– Vous voulez voir le directeur-adjoint ? proposa Madeleine.

– Vous pensez qu'il aura quelque chose à me dire ?

– Je ne crois pas. Il est inquiet, lui aussi. Ça se comprend. Il espère prendre la direction générale à la place de Patrice, au moins pendant la durée de l'interim.

Martineau considéra cette jolie femme de cinquante ans, intelligente et fraîche, et il eut un mouvement de compassion :

– Pour vous, comment ça va se passer ?

– Oh moi, quoi qu'il arrive, je suis virée ! Trop proche de Patrice, trop identifiée à l'ancien directeur... Le nouveau, quel qu'il soit, voudra quelqu'un à lui.

– Qu'est-ce que vous allez faire ?

– Je ne sais pas. A mon âge, on ne m'engagera plus nulle part... Et puis cette histoire d'assassinat, cette aura sanglante au-dessus de ma tête... ils auront peur que je leur porte la poisse. Heureusement, j'aurai mes indemnités, j'ai l'intention de les négocier ferme. Et je n'ai pas d'enfant, j'ai pu faire des économies... Non, ce n'est pas l'argent qui m'inquiète, plutôt la perspective de toutes ces années sans rien faire.

Tout en parlant, Madeleine s'était levée ; elle ouvrit une porte de communication.

– Vous voulez voir son bureau ?

Martineau passa devant elle et pénétra dans une pièce basse de plafond (on était au dernier étage) mais claire. Ici, il y avait eu des travaux, des cloisons avaient été abattues et on avait percé une baie vitrée qui s'ouvrait largement sur le ciel, les toits et la cime des arbres de la

86

cour, de sorte que le bureau où travaillait l'éditeur semblait relativement spacieux. Des piles de livres et de manuscrits s'entassaient par terre et sur une grande table à tréteaux.

– Il lisait ?

– Très peu : les premières pages. Il prétendait que c'était suffisant pour savoir si un livre avait des chances de se vendre... Son père, Philibert, lisait. Mais l'édition a beaucoup changé depuis quelques années. On rencontre maintenant des éditeurs qui se vantent de ne jamais ouvrir un livre...

Le commandant Martineau sortit de la maison d'édition l'esprit confus. Comme il atteignait les grilles du Luxembourg, il renonça à rentrer directement au Quai et s'accorda une petite promenade dans le jardin. Il sentait le besoin de faire une pause, de prendre le temps de réfléchir. Parmi les personnes dont la mort d'un homme aussi important allait changer le destin ou qui y avaient plus ou moins intérêt – Anatole Maufras, les enfants de la victime, sa femme –, chacun faisait un coupable possible, mais le commandant ne voyait pas de raison sérieuse de s'intéresser à l'un plutôt qu'à l'autre... Même la femme, bien qu'elle eût un amant, ne lui semblait pas particulièrement suspecte : après tout, Madame Mazeaud pouvait bien avoir de petites aventures, ça ne signifiait pas qu'elle n'était pas attachée à son mari, le père de ses enfants, et à sa position d'épouse d'un grand éditeur... Pour tout arranger, il y avait aussi cette drôle de lettre, nette d'empreintes, avec pour seul contenu un « A » dépourvu de sens et postée avant que l'assassinat ne soit annoncé dans la presse – ce qui signifiait (si elle avait bien un rapport avec le crime) que son auteur était déjà au courant. Et le comportement de la famille n'était pas moins déconcertant. L'univers de ces gens semblait si ordonné : il ne s'était pas écoulé quinze jours depuis le drame et le fils vaquait à ses affaires, la fille était retournée passer ses examens à Boston, sa mère se reposait en Bretagne dans une villa amie (elle avait laissé son adresse à la PJ). Tout le monde paraissait si calme, si normal, on aurait dit que Patrice Mazeaud était mort dans son lit…

Et pourtant, cet homme, ce grand bourgeois connu et respecté, quelqu'un, armé d'une carabine à lunette, l'avait tiré comme un sanglier pendant qu'il se rasait tranquillement dans sa salle de bain.

Tandis qu'à Paris le commandant de police Martineau piétinait, à Breuilly, le brigadier-chef Charbonnet suivait son idée.

Le lundi 4 juin au matin, l'affaire ayant été transférée (au grand dam du juge de Villefranche en charge du dossier) à un juge d'instruction parisien, il se présenta sans mandat à la Coopérative où le fils de la cuisinière des Mazeaud effectuait un remplacement de quelques semaines. Comme toujours, il était accompagné du gendarme Morel.

– Nous voulons parler à Georges Pouchard, prononça-t-il d'une voix forte qui résonna dans le grand hall cimenté.

Les ouvriers qui empilaient des caisses de bouteilles sur des chariots s'immobilisèrent. Emergeant de la cage vitrée où il faisait ses comptes, le directeur alla prévenir l'intéressé qui arriva du fond du hangar en s'essuyant les mains :

– Qu'est-ce qui se passe, dit-il, qu'est-ce que vous me voulez ?

– Suivez-nous, ordonna le brigadier d'un ton comminatoire et toujours à voix haute. Nous avons quelques questions à vous poser.

– Quoi, quelles questions ? J'ai déjà dit tout ce que je savais.

– Ben vous allez nous le répéter, cria de plus belle Charbonnet, on n'a pas bien compris !

Georges Pouchard recula d'un pas :

– J'ai à faire, là ! Je pourrais aussi bien passer ce soir à la gendarmerie...

– Pour ça, c'est moi qui décide ! Allez, suivez-nous tout de suite sans faire d'histoires.

– Ça se fait pas de venir déranger le monde au travail ! protesta énergiquement Pouchard. C'est pas des manières !...

Soudain, il sentit que l'attention était fixée sur lui. Le brouhaha affairé qui emplissait les lieux d'habitude avait fait place à un silence mortel. Ses collègues avaient tout à fait cessé leur travail, tandis que devant le comptoir de dégustation des touristes observaient la scène bouche bée, leur appareil photo en bandoulière... Submergé par la honte et par la colère d'être ainsi offert en spectacle, flairant une manipulation, il réagit exactement comme le brigadier l'escomptait :

– Mais qu'est-ce que c'est que ce cirque ! Vous êtes complètement dingues, ma parole ! Qu'est-ce qui vous prend de venir m'emmerder ici... Foutez-moi donc la paix !...– Et il tourna les talons.

Le gendarme Morel se précipita à sa suite et le rattrapa par le bras.

– Foutez-moi la paix, merde ! répéta Pouchard en se dégageant brusquement et en accélérant le pas. Qu'est-ce que c'est que ce bordel...

– Rébellion ! Insultes à agents de la force publique ! hurla Charbonnet, fou de joie, car du coup cette interpellation sans mandat plus ou moins régulière devenait parfaitement légitime.

Les deux gendarmes se jetèrent alors sur le forcené, réussirent à lui passer les menottes et l'entraînèrent jusqu'à leur voiture.

Sitôt à l'intérieur, le ton du brigadier changea.

– T'avais pas besoin de te mettre dans des états pareils, Georges, commença-t-il d'une voix navrée. Regarde un peu ce que tu nous obliges à faire... Nous, on n'a rien après toi, on veut seulement parler, on a besoin d'un complément d'information, tu comprends... Y a eu mort d'homme tout de même, faudrait pas l'oublier... C'est ton devoir de nous aider à trouver le coupable.

Sonné par ce qui venait de lui arriver, l'humiliation publique devant ses collègues, son employeur, et même devant un groupe de touristes japonais, Pouchard restait prostré.

– Tiens, reprit le brigadier, conciliant, en s'adressant à son jeune collègue qui tenait le volant, Georges va se tenir tranquille maintenant, donne-moi la clé, je vais lui ôter les menottes... – Il continua tout en libérant son suspect : C'est juste comme témoin qu'on veut t'entendre, on a seulement besoin de renseignements sur la victime... Tu le connaissais bien, toi, Monsieur Mazeaud, t'as travaillé chez lui...

Contemplant la tenue du jeune homme, simplement vêtu d'un jean et d'un T-shirt, il proposa, paternel :

– On s'en va au chef-lieu, là...Tu veux pas passer chez toi prendre une veste ?

L'appréhendé recouvra la parole :

– Ma moto...

– T'en fais pas pour ta moto. Tu viendras la chercher plus tard. Elle risque rien sur le parking de la Coopé.

Georges Pouchard habitait un petit studio au deuxième et dernier étage d'une vieille maison du centre de Breuilly où le gendarme Morel les conduisit sans même demander l'adresse.

– Prends ton temps, prends tout ce qui te faut, dit aimablement Charbonnet en franchissant le seuil du studio. Tu peux te faire un café, si tu veux, ça te remontera... – C'est bien arrangé chez toi, apprécia-t-il, c'est fonctionnel... Tu permets qu'on jette un coup d'œil en attendant ?

Pouchard passa dans la cuisine sans répondre.

Et les gendarmes commencèrent leur investigation, pas mécontents du succès de leur stratagème : ainsi, après avoir embarqué plus ou moins légalement leur suspect, ils en étaient à perquisitionner son domicile avec son accord tacite.

Dudit domicile, ils eurent vite fait le tour. C'était un logement de célibataire, composé d'un séjour de dimension moyenne, d'un cabinet de toilette avec douche et d'une minuscule cuisine. Trente-cinq mètres carrés à tout casser. Pendant que Morel auscultait la douche, Charbonnet inventoria le séjour. Il retourna un vase vide, ouvrit quelques tiroirs, souleva le couvercle des boîtes qui y étaient rangées, feuilleta l'agenda posé à côté du téléphone et le fit disparaître dans sa poche et, pour finir, manoeuvra la porte à glissière d'un placard mural. Le placard était à moitié vide. Côté penderie, il n'y avait qu'un jean, un pantalon de ville et un anorak ; en bas : une paire de bottes en caoutchouc, des mocassins fatigués et des souliers à lacets presque neufs. Côté rayonnages, le rayon supérieur ne contenait qu'un peu de linge, deux chemises propres, trois T-shirts et deux pulls soigneusement pliés ; au rayon du dessous, près d'un écouvillon et d'une boîte de cartouches, deux fusils étaient allongés. Le brigadier les prit en main pour les examiner : ce n'était que deux vieux fusils de chasse bien graissés et au canon luisant, deux braves pétoires tout juste bonnes à tirer des perdrix ou des lapins à quarante mètres...

Pouchard réapparut sur le seuil de la cuisine, une tasse de café à la main.

– Vous cherchez la carabine ? dit-il, comprenant que la visite à son domicile était préméditée. Mais sa colère était tombée, il semblait maintenant résigné. – Il ajouta : Ceux-là, vous les avez déjà vus, je vous les ai apportés l'autre jour...

– Tu vas pas me dire que tu gagnes tes compétitions avec ça ? dit Charbonnet en reposant les fusils.

– On m'en prête au stand de tir. – Pouchard vida sa tasse et décrocha sa veste du porte-manteau : Alors, on y va ?

– On y va, dit le brigadier en se promettant de revenir un de ces jours avec un mandat pour une perquisition plus poussée.

Au même instant le gendarme Morel sortit de la douche, brandissant triomphalement une paire de baskets usagées.

– Tenez, chef, regardez ce que j'ai trouvé... Elles étaient sur le rebord de la fenêtre !

Le brigadier leur jeta un coup d'œil :

– Parfait, dit-il, emmène-les.

A onze heures moins le quart, Morel déposa ses passagers devant la gendarmerie de Villefranche et s'en retourna à Breuilly relever un collègue.

Georges Pouchard fut immédiatement conduit au deuxième étage où, après lui avoir annoncé qu'on allait s'occuper de lui tout de suite, on le laissa mariner une bonne heure sur un banc du couloir. Ce temps d'attente, évidemment destiné à la déstabiliser, eut le résultat contraire : il lui permit de réfléchir. Pouchard se remémora les événements de la matinée, depuis son arrestation spectaculaire jusqu'à la visite « improvisée » à son studio, et comprit qu'il s'était laissé manœuvrer comme un bleu. En outre, il avait faim. Levé à six heures pour prendre son travail à la Coopérative à sept, il avait l'habitude de manger un casse-croûte à dix heures – un sandwich au saucisson ou au jambon persillé arrosé d'un verre de vin –, ce qui bien sûr n'avait pas été possible. Les tiraillements de son estomac ajoutés à ses pensées moroses réveillèrent sa mauvaise humeur. Mais Georges Pouchard n'était pas un sot ; quand, à midi moins dix, un gendarme vint enfin le chercher, il était bien résolu à se dominer.

On l'introduisit dans un bureau propre et clair, fraîchement repeint. Le brigadier-chef Charbonnet l'y attendait en compagnie d'un autre gradé :

– Voici le brigadier-chef Deniaud de la brigade de Villefranche, qui suit également l'affaire et qui va te poser quelques questions. Raconte-lui ce que tu sais sans rien oublier et tout se passera bien. – Sur quoi, il quitta la pièce.

Entra un troisième gendarme, qui tourna rapidement la tête vers le nouveau « client » dont il allait taper la déposition et s'installa devant l'ordinateur. Le brigadier Deniaud fit raconter à son témoin les circonstances dans lesquelles, appelé au secours par sa mère bouleversée, il avait découvert le corps de l'éditeur le matin de l'assassinat. Récit que Pouchard répéta patiemment bien qu'il l'eût déjà fait plusieurs fois à la gendarmerie de Breuilly et qu'il fût consigné dans un rapport signé de sa main. L'enquêteur lui demanda ensuite pendant combien de temps il avait travaillé chez les Mazeaud, et Pouchard déclara qu'il avait été engagé la première fois au début de l'année quatre-vingt-dix-neuf, et que c'était sa mère qui avait parlé de lui à son patron quand ce dernier avait eu l'idée de cultiver la vigne en friche qui entourait sa propriété. En tout, il avait fait chez lui cinq saisons.

– Cinq ? s'étonna l'enquêteur. Pourtant vous venez de me dire que la première datait de huit ans... ?

– Je travaillais plus pour lui depuis un moment.

– Pourquoi ? Vous vous étiez disputés ?

– Non, j'en avais marre c'est tout. De toute façon, je cultive la vigne de plusieurs propriétaires.

– Tu me dis pas tout, répliqua l'enquêteur, l'air finaud, en passant brusquement au tutoiement. Moi ce que je crois, c'est qu'il y a eu une histoire de fille...

– Le plus beau cul du canton, commenta Charbonnet qui revenait avec un sandwich et une canette de bière.

– Oh ça, c'est de l'histoire ancienne, dit Pouchard. Y a bien trois ans que je l'ai pas vue, cette fille...

– Mais ça t'avait contrarié, hein, que ton patron te pique une copine ? Ça ferait plaisir à personne, faut dire.

– Une petite pute, dit Pouchard. Mazeaud l'a laissée tomber au bout d'une semaine.

Les deux gendarmes le titillèrent un moment avec cette histoire sans parvenir à le faire sortir de ses gonds ce qui obligea Charbonnet à changer son fusil d'épaule :

– Moi je sais qu'il y en a eu une autre, d'histoire de fille, et pas plus tard que l'hiver dernier. Tu t'es battu avec ton copain Meunier.

– Qui c'est qui vous a raconté ça ?

95

– Ben, Meunier, pardi ! Une petite t'a laissé tomber pour aller avec lui et tout ce que t'as trouvé à faire, c'est de lui casser la gueule... Casser la gueule à ton meilleur copain pour une fille !...Je te comprends, remarque : on peut dire que toi, t'as pas de chance avec les femmes !

– Moi j'ai idée que t'es du genre coléreux, embraya le brigadier Deniaud. T'as l'air d'un type qui se met en rogne facilement. Peut-être même bien que t'es rancuneux !

En accord avec sa résolution, Pouchard s'abstint de répondre à la provocation ; il s'absorbait dans la contemplation du sandwich et de la canette posés devant lui sur un coin du bureau.

– Bon, trancha Deniaud qui s'impatientait et bien maintenant on va passer aux choses sérieuses. Raconte-nous un peu ce que tu faisais pendant la nuit du seize au dix-sept mai.

– J'étais chez moi. Je dormais.

– Tout seul ?

– Oui.

– C'est dommage. Parce que du coup t'as pas d'alibi. Nous, hein, on peut aussi bien penser que t'étais ailleurs... Dans la vigne du Fonvert, par exemple.

– Pensez ce que vous voulez, dit Pouchard.

– On se contente pas de penser, intervint Charbonnet. On a des preuves !

– Sans blague, fit Pouchard.

– Fais pas le malin ! On vient de comparer les semelles de tes baskets avec les empreintes de pas relevées sur le coteau juste à l'endroit où le coup qui a tué Mazeaud a été tiré !

– Ah, me faites pas rigoler ! Mes baskets, je les ai achetées au supermarché ATAC à la sortie de Breuilly. Ils en avaient tout un lot à huit euros la paire ! Ils ont dû les vendre par dizaines !

– Eh ben alors, pourquoi tu les avais cachées ? Elles étaient planquées derrière la vitre sur le bord de la fenêtre de ta douche, une vitre qu'est pas transparente, on voit rien à travers, tu croyais peut-être qu'on penserait pas à chercher là... Tu nous prendrais pas pour des cons, par hasard ?

– Elles étaient là parce que je les avais mises à sécher... Je les ai lavées hier : samedi tantôt un container de dix litres a été écrasé et c'est moi qui ai nettoyé par terre ; elles étaient pleines de vinasse, ces baskets... Vous avez qu'à demander à la Coopé.

Charbonnet saisit son sandwich, le débarrassa avec précaution du papier qui l'enveloppait et mordit paisiblement dedans. Il en aurait fallu davantage pour l'ébranler. En admettant que Pouchard ait épongé du vin renversé et ait dû ensuite laver ses baskets, n'empêche que leur semelle correspondait exactement aux traces de pas relevées au Fonvert : même dessin, même pointure ; pendant que Pouchard attendait dans le couloir, il les avait comparées avec les empreintes photographiées au pied du plant de vigne retenu comme la place du tireur... Le prévenu pouvait bien raconter ce qu'il voulait, la conviction du brigadier Charbonnet était faite, étayée par un solide faisceau de présomptions. Si chacune prise à part pouvait sembler discutable, toutes ensemble elles

97

étaient largement suffisantes à ses yeux pour envoyer le suspect devant un juge d'instruction :

Comme preuves matérielles, il avait déjà les baskets ; et il ne doutait pas de mettre bientôt la main sur la carabine. Pour le mobile, pas besoin de chercher loin, c'était l'histoire de la fille au beau cul : normal que Pouchard ait gardé un chien de sa chienne à son patron. C'était un gars vindicatif et rancunier, comme le prouvait sa bagarre avec son copain Meunier. En plus, il était connu comme un des meilleurs fusils de la région, et il avait fallu une fameuse gâchette pour tuer Mazeaud dans les conditions où il l'avait été. Il s'entraînait au stand de tir où il avait avoué lui-même qu'il avait la possibilité d'emprunter des armes et où, avec un peu de chance, on trouverait la carabine recherchée. Et par dessus le marché, il n'avait pas d'alibi pour la nuit du crime...

Mais ce qui surtout fondait la conviction du brigadier-chef Charbonnet c'était la perspective de terminer sa carrière sur un succès. Un rêve qu'il caressait depuis plusieurs jours. A un an de la retraite, dans sa région d'origine où il finissait son temps, il se serait bien vu, avant de partir, résoudre une affaire difficile au retentissement national. Sa photo dans le journal, ses enfants fiers de leur papa, son épouse ravie, ses collègues envieux et admiratifs... Et pourquoi pas une récompense, un grade un peu supérieur, une petite rallonge à sa pension ?... Plus le brigadier se représentait son triomphe, plus la culpabilité de Pouchard lui semblait évidente.

Sans doute, vu l'importance de la victime, l'adresse de son domicile principal et le fait que la plainte de la famille avait été déposée à Paris, l'enquête était maintenant entre les mains du Quai des Orfèvres. Mais justement, les policiers de Paris n'étaient pas des maladroits et si, depuis bientôt trois semaines que Mazeaud avait été tué, ils n'avaient toujours rien trouvé (et Charbonnet n'ignorait pas que plus le temps passait, plus les chances de mettre la main sur le coupable s'amenuisaient), n'était-ce pas qu'ils faisaient fausse route en cherchant dans l'entourage parisien de la victime ? Que la solution se trouvait ici même, à Breuilly, et que c'était lui, le brigadier-chef du canton, qui était sur la bonne piste ? Oui, se disait Charbonnet en mordant avec appétit dans son sandwich, tout s'ajustait à la perfection et on verrait bientôt qui était dans le vrai...

– Tiens, déclara soudain son collègue Deniaud, je commence à avoir la dalle, moi aussi. Je vais me chercher quelque chose.

– Vous pouvez me rapporter un jambon-beurre, chef ? demanda le gendarme dactylographe qui n'était pas censé s'éloigner de son ordinateur.

– Et pour moi ? risqua Pouchard. J'ai rien mangé depuis six heures ce matin. J'ai de quoi payer.

– Un peu de patience, lui intima Charbonnet la bouche pleine. On a encore à causer.

– Faut d'abord prévenir ma mère. Je devais déjeuner chez elle à midi. Elle doit s'inquiéter.

– Penses-tu. En te voyant pas, elle aura téléphoné à la Coopé. Ils ont dû lui dire que t'étais en bonnes mains !
– Le gendarme ponctua sa blague d'un gros rire.

– Mais qu'est-ce que vous avez contre moi, à la fin ? éclata Pouchard. J'ai rien fait, moi, j'y suis pour rien dans votre affaire !

Charbonnet prit le temps de terminer son repas, s'essuya longuement la bouche, froissa sa serviette en boule et la jeta dans la corbeille.

– T'as pas d'alibi. Et il y a ces empreintes de baskets qui me tracassent...

– Des empreintes de baskets comme les miennes, vous en trouverez partout. Je viens de vous dire qu'ils en vendaient tout un tas chez ATAC. C'est pratique pour travailler dans les vignes et j'ai vu au moins trois ouvriers qui portaient les mêmes...

– C'est ta pointure. Et au labo, ils ont dit que, vu l'enfoncement de la semelle dans la terre, ça devait être quelqu'un de ta corpulence et de ta stature.

– Je suis moyen, dit Pouchard. Je connais une dizaine de dix types qui mesurent à peu près comme moi.

– Et puis on t'a trouvé sur le lieu du crime, faut pas l'oublier... c'est peut-être pas par hasard.

Cette fois, c'était trop gros : la mauvaise foi était flagrante. Cette tentative pour mettre le témoin hors de lui fit long feu... Il haussa les épaules :

– Ma mère venait de m'appeler. C'est moi qui vous ai téléphoné le premier, je vous rappelle.

– Ça prouve rien, fit Charbonnet.

Le brigadier Deniaud rentrait. Il tendit un sandwich et une bière au gendarme dactylographe, s'assit d'une fesse sur le bureau, puis, sous les yeux de Pouchard affamé, entreprit de dévorer le sien.

Et l'interrogatoire continua. Les enquêteurs, qui s'étaient mis en tête de lui faire avouer le crime du Fonvert, soumirent leur témoin à un feu nourri de questions, l'obligeant à reprendre toute l'histoire depuis le début, puis par différents bouts, dans l'espoir de le faire s'énerver, se couper et se contredire. Mais Pouchard tint bon : il avait déjà vu ça au cinéma. Au milieu de l'après-midi, les gendarmes essayèrent même de l'humilier en lui offrant une tranche de cake, qu'il se paya le luxe de refuser : il ne se nourrissait pas comme une gonzesse. Pour s'encourager à supporter l'épreuve, il pensait à la guerre, aux gars qui se battaient à ce moment même en Irak ; ce qu'on était en train de lui faire subir, à côté, c'était de la rigolade. Lui, il n'avait même pas eu à faire son service militaire, mais ça ne voulait pas dire qu'il allait se conduire comme une lavette...

A six heures du soir, à moitié mort de faim et de soif, avec des vertiges et la bouche sèche, Pouchard annonça qu'il ne dirait plus rien. Les enquêteurs étaient eux-mêmes fatigués. Ils firent imprimer sa déposition et la lui donnèrent à lire. Tout ce qui avait été dit dans l'après-midi était condensé dans un résumé de deux pages. Le prévenu en prit connaissance et refusa de signer.

– T'es obligé de signer, mentit Charbonnet.

– Je signerai pas ça.

– C'est bien ce que t'as dit pourtant !

– Vous avez écrit : « Mes baskets étaient cachées sur le bord de la fenêtre... ». J'ai jamais dit ça. J'ai dit qu'elles « séchaient » sur le bord de la fenêtre.

– Eh ben quoi, cherche pas la petite bête, répliqua Charbonnet, elles étaient bien cachées, tes baskets... Elles étaient cachées par la vitre de douche qu'empêchait de les voir !

Pour toute réponse, Pouchard reposa le stylo qu'il tenait en main. Et ce fut le brigadier Deniaud qui s'énerva :

– Tu nous fais perdre notre temps ! Ma parole il est têtu pire qu'un âne, celui-là !... Tu vas signer, oui ou merde ?

Pouchard secoua la tête.

– Allez, y en a marre, conclut Charbonnet. A partir de maintenant, t'es en garde à vue ! – Il ouvrit la porte et appela le gendarme en faction : Conduisez le prévenu en cellule... Ça lui fera toute la nuit pour réfléchir !...

– Bonne nuit à vous aussi, les salua Pouchard en sortant.

2

De l'avis général, le golf d'Outreville était l'un des plus beaux parcours de France. Ce dix-huit trous avait été construit au début des années cinquante, sur les terres d'un élégant castelet offert, disait-on, par un intendant de Louis XV à l'une de ses protégées. Blotti comme un bijou dans l'écrin verdoyant de la forêt de Fontainebleau, il s'étendait sur six hectares en une succession harmonieuse de fairways sinueux bordés de buttes herbeuses, d'obstacles d'eau entourant de charmants îlots, de roughs délicieusement inquiétants disséminés sur le green, dont les photos sur papier glacé paraissaient régulièrement dans de luxueux ouvrages spécialisés. Non que le club d'Outreville recherchât la publicité ; il la fuyait, au contraire. Aucun rapport avec ces golfs aménagés à la hâte, sur la moitié d'un parc entourant un château, pour convaincre le maire d'une commune de rendre l'autre moitié constructible (autorisant ainsi de juteuses opérations immobilières), et qui attiraient vulgairement leurs adhérents au moyen de brochures et d'annonces publicitaires. Le golf d'Outreville était un club très fermé, aux droits annuels exorbitants, dont les membres se recrutaient exclusivement par parrainage.

Dans ce cadre idyllique, au soir d'un doux dimanche de la mi-juin où les parties s'étaient succédé sans incident, en un ballet gracieux sur lequel, de la fenêtre de son bureau, le directeur du club jetait de temps en temps un coup d'œil satisfait, le chef de la maintenance qui finissait de ranger son matériel s'aperçut qu'il lui manquait une voiturette. On approchait de dix heures, les joueurs et la plupart des employés étaient partis. Ne restaient plus sur place que le barman du club-house qui préparait sa salle pour le lendemain, un jardinier occupé à aplatir les mottes de terre arrachées par les néophytes et dont la silhouette paisible, poussant son rouleau, se détachait sur le ciel crépusculaire, et lui-même qui venait de rentrer les voiturettes abandonnées par les joueurs devant leur garage. Le golf d'Outreville en possédait douze, chacune avec son décor personnalisé qui permettait de les repérer de loin et, en se référant au registre des emprunts, de savoir instantanément qui les conduisait. Par exemple, la numéro 1 était décorée de tournesols qui la recouvraient entièrement depuis sa carrosserie jusqu'à son petit toit pare-soleil ; la numéro 2 évoquait un champ de coquelicots ; la numéro 3 arborait les couleurs d'un tartan écossais... etc ; de sorte que le responsable du matériel vit tout de suite que c'était la numéro 6, en robe de zèbre, qui manquait.

Sans prendre le temps de chercher qui l'avait empruntée – il n'était pas question de perdre une seconde

–, il attrapa sa trousse de secours, ses jumelles et se précipita dehors.

On ne dit pas assez que le golf est un sport dangereux. Depuis quinze ans qu'il était dans le métier, le chef de la maintenance avait été le témoin, et souvent le secouriste, d'accidents nombreux. Pour commencer, les coquards étaient fréquents : au lieu de la périphérie du trou visé, une balle terminait malencontreusement son vol dans l'œil d'un joueur ou d'un spectateur. Il arrivait aussi qu'elle finisse sur une bouche, faisant sauter quelques dents coûteuses. On avait des insolations, des évanouissements, voire des malaises cardiaques – heureusement la plupart sans gravité – sous le coup d'une émotion violente, peut-être causée par un *birdie* inespéré. Il se souvenait aussi de ce triste jour où une balle avait atterri sur la tempe du Président de la Fédération qui s'était déplacé en personne pour une importante compétition et l'avait étendu pour le compte. Mais, heureusement, les accidents mortels étaient rares : dans toute sa carrière, il n'en avait vu que deux, deux infarctus à l'issue, hélas, fatale : un joueur avait été foudroyé dans un rough broussailleux où il s'énervait à chercher sa balle sous les railleries de la partie suivante ; et, quelques années plus tard, un rocker septuagénaire s'était écroulé sur le green au milieu d'un swing phénoménal, salué par les rires de sa cour qui avait cru à une plaisanterie.

Du poste d'observation qu'il avait choisi, un départ en surplomb, un rapide tour d'horizon de ses jumelles suffit à le renseigner : la voiturette zèbre avait piqué du nez dans un bunker à proximité du trou 14. Espérant encore que le conducteur qui l'avait enlisée dans le sable, plutôt que d'essuyer la honte d'un tel aveu devant les autres membres du club, avait préféré s'enfuir en la laissant où elle était, il s'élança.

Mais plus il s'approchait, courant toujours, de la voiturette, plus il lui semblait qu'elle n'était pas si profondément enlisée qu'un homme ne puisse la sortir de là en la soulevant au moyen d'un levier, peut-être avec l'aide d'un joueur compatissant appelé à la rescousse. Arrivé tout près, ses derniers espoirs s'évanouirent : le conducteur était bien à l'intérieur, couché en travers de la banquette où il avait basculé sur le côté droit. Sur son flanc gauche, à la hauteur du cœur, une tache de sang s'élargissait sur sa chemise de sport Ralph Lauren à carreaux jaunes et bruns. Il portait une autre blessure au cou, qui avait dû faire claquer la carotide, car un flot de sang s'en échappait et s'écoulait lentement entre la banquette et son dos en un ruisseau poisseux, déjà épaissi. Son bras gauche pendait à vingt centimètres de sa casquette blanche, immaculée, projetée sur le plancher où par miracle pas une goutte de sang ne l'avait atteinte. Aucun doute, l'homme était mort : sa tête, légèrement tournée sur sa gauche, comme si dans un ultime réflexe il avait cherché d'où venait les coups, laissait voir sa bouche ouverte sur un dernier cri de surprise et de terreur. L'emplacement des blessures et le fait qu'il y en eût deux excluaient l'hypothèse d'un suicide, du geste définitif d'un golfeur désespéré par la médiocrité de ses performances (d'ailleurs, si passionnés qu'ils puissent être, le chef de la maintenance n'avait jamais entendu dire qu'aucun en fût arrivé à pareille extrémité). A l'évidence, l'homme avait été assassiné, vraisemblablement par balles.

Il ne restait plus qu'à avertir le directeur du club, qui par chance demeurait tout près, dans une belle maison XVIIIe du centre d'Outreville.

Le jardinier et le barman avaient également été alertés : quand le directeur apparut pressant le pas sur le fairway, ils étaient trois à l'attendre, à distance respectueuse du véhicule. Le jardinier, un vieil Algérois qui en avait vu d'autres, levait et abaissait les bras dans un geste de désolation et d'impuissance, tandis que, pâle et tremblant, le jeune barman gardait les yeux fixés sur la pointe de ses chaussures impeccablement cirées. Sa trousse de secours à la main, le chef de la maintenance ne put que déclarer d'une voix navrée qu'il n'avait rien pu faire.

Le directeur se pencha d'abord par la gauche. Ayant constaté de ses yeux les dégâts, il ordonna au barman de prévenir immédiatement la police. Il contourna ensuite la voiturette et se pencha de l'autre côté pour voir la tête du conducteur de plus près.

– Merde, dit-il en se redressant, ça va faire du pétard... Je le connais, c'est Jean-Michel Tellier, le président des Éditions Jouvin-Cornaut.

Juliette Leroy fut l'une des premières à apprendre la nouvelle. Levée à cinq heures trente, elle avait l'habitude de tourner le bouton de la radio pour les informations de six heures, dont les litanies alarmistes achevaient de la réveiller. Elle était en train de préparer ses deux fils pour les conduire l'un à la crèche, l'autre chez une voisine qui l'emmènerait un peu plus tard avec le sien à la maternelle, quand elle entendit annoncer la mort de son patron.

Juliette vivait seule avec ses enfants. Leur père, pris de panique face au surcroît de responsabilités qui s'annonçait, l'avait laissée tomber peu avant la naissance du deuxième. Il payait à grand peine une petite pension pour ses fils et, sans ses parents qui l'aidaient à régler le loyer du F3 qu'elle habitait dans la banlieue sud et les traites de sa Clio, elle n'aurait pas pu y arriver.

Aux Éditions Jouvin-Cornaut, Juliette Leroy occupait le poste de Responsable des Manuscrits – un titre un peu ronflant pour une fonction et un salaire en réalité bien modestes ; elle se voyait plutôt comme une sorte de manutentionnaire-expéditionnaire.

Côté manutention, son travail consistait en premier lieu à ramasser le paquet de manuscrits déposé chaque matin dans l'entrée par le facteur – elle réceptionnait une quinzaine de manuscrits par jour – et à le transporter jusqu'à son bureau où il rejoignait quatre ou cinq autres paquets attendant leur tour d'être enregistrés car le retard s'accumulait. Il arrivait que la ficelle de la poste casse pendant le transport ; Juliette devait alors ramasser à quatre pattes les manuscrits éparpillés, reformer la pile et la reficeler avec un lien plus solide. Parvenue dans son bureau, elle posait sur sa table le plus ancien des paquets en attente et enregistrait les manuscrits un par un dans son ordinateur ; la chose faite, elle les emportait dans une pièce attenante qui faisait office de réserve.

C'était une pièce de dimensions moyennes aux murs entièrement recouverts d'échelles Bruynzel, des étagères rustiques et solides capables de supporter des centaines de kilos de littérature mais qui malheureusement étaient surchargées en permanence, de sorte que Juliette se contentait de poser le paquet nouvellement enregistré par terre. Petit à petit, les nouveaux paquets s'amoncelaient devant les échelles, ce qui obligeait Juliette à les soulever et à les déplacer pour attraper les manuscrits empilés sur les rayons quand était venu leur tour de subir un traitement quelconque, puis à les soulever de nouveau pour les remettre où ils étaient ou les ranger à la place laissée libre sur l'étagère.

Elle allait ensuite au rayonnage des « refusés », qui occupaient à eux seuls un mur entier, en retirait deux ou trois piles et les transportait l'une après l'autre dans son bureau pour remplir les circulaires de refus et les mettre sous enveloppe. Ses lettres prêtes, elle rapportait les manuscrits dans la réserve où leurs auteurs n'auraient plus qu'à venir les chercher, ou bien qu'elle leur expédierait contre un envoi de timbres, mais, bizarrement, comme s'ils s'en désintéressaient quand ils n'étaient pas acceptés, les auteurs malchanceux étaient nombreux à les abandonner et, à Juliette, ça lui faisait encore des piles à coltiner pour les envoyer au rebut.

L'avantage était qu'à la longue elle s'était fait des biscoteaux. C'était même devenu un sujet de plaisanterie dans la maison. Quand quelqu'un la rencontrait dans le couloir charriant ses colis, ça ne ratait pas : « Alors, ma petite Juliette, on se fait des muscles ? ».

Côté responsabilité, ça se passait l'après-midi. Elle devait effectuer un premier tri de manière à éliminer les manuscrits qui ne méritaient pas de faire perdre leur temps aux lecteurs de la maison ou qu'on engage des frais pour les faire lire à l'extérieur. Les manuscrits rescapés étaient posés sur une étagère située près de la porte et d'un accès facile, où les membres du service littéraire venaient en choisir un de temps en temps. Les manuscrits n'étaient pas nombreux à franchir ce premier cap, mais les lecteurs trouvaient que c'était encore trop et les lui rapportaient avec des soupirs dégoûtés tout en lui jetant des regards haineux comme si c'était elle-même qui les avait écrits.

Une fois, un directeur de collection l'avait invitée à déjeuner pour lui expliquer qu'elle devait se montrer plus sélective. Elle avait obéi, elle était devenue plus sévère. Mais le même était revenu quelques semaines plus tard en lui secouant un manuscrit sous le nez, un truc idiot pourtant, une histoire de partouse estivale dans une villa du Lavandou, écrite en dépit du bon sens et truffée de dialogues sans intérêt, qu'elle avait éliminée à la troisième page sans hésitation.

Pas de chance, c'était l'œuvre de la fille du directeur d'un hebdomadaire à grand tirage. Cette demoiselle avait eu l'idée saugrenue (courageuse mais saugrenue) d'envoyer son manuscrit par la poste comme n'importe qui : elle voulait prouver qu'elle pouvait réussir par elle-même et se passer de piston. Ensuite de quoi, sa circulaire de refus en mains, elle était allée se plaindre à son père de l'accueil fait à son œuvre. Et Juliette avait eu droit à un beau savon : « Il est très bien ce texte, c'est une écriture très libre, très moderne ! Vous n'y comprendrez jamais rien, ma parole ! On se demande ce que vous foutez dans ce métier !... », etc.

Une autre fois, une fiche de lecture rédigée par un lecteur de l'extérieur avait été oubliée entre les pages d'un manuscrit renvoyé et était arrivée sous les yeux de l'auteur, un psychanalyste de Toulouse qui s'essayait au roman. Juliette se souvenait très bien du contenu de la fiche : « Invraisemblable fatras psy... le type est complètement siphonné...c'est pas une maison d'édition qu'il lui faut, plutôt une maison de santé... », et ainsi de suite sur trois quarts de page. Furieux, l'auteur avait fait le voyage jusqu'à Paris et s'était pointé en brandissant son rapport de lecture... Le foin qu'il avait fait !... – Et naturellement c'est encore Juliette qui s'était fait engueuler.

Elle devait aussi répondre au téléphone. En principe, c'était le travail de la standardiste de filtrer les appels et celle-ci avait pour consigne de ne jamais passer un auteur inconnu à quiconque dans la maison. Mais il y avait des auteurs tenaces et, lassée, la standardiste s'en débarrassait en les passant à sa collègue du rez-de-chaussée qui du coup héritait des appels les plus emmerdants.

Juliette avait parlé à quelqu'un du Service Gestion d'une maison d'édition concurrente qui avait résolu le problème d'une manière ingénieuse : au lieu d'envoyer une circulaire de refus, ils envoyaient un avis de réception dès l'arrivée du manuscrit en précisant que l'auteur pourrait suivre l'évolution du traitement de son œuvre sur leur site Internet. En réalité, tout ce que les auteurs pouvaient lire sur le site, c'était « En lecture » (même quand leur manuscrit dormait encore et pour un bon moment sur une étagère) puis « Non retenu » ensuite. Mais ce laconisme informatisé leur faisait l'effet d'une douche froide, ça les décourageait de téléphoner pour en savoir davantage et il ne leur restait plus qu'à reprendre leur manuscrit, s'ils le souhaitaient. Finalement, l'éditeur gagnait sur tous les tableaux : il économisait le temps perdu par ses employés à répondre au téléphone et chaque connexion des auteurs impatients lui rapportait un peu d'argent. Les gestionnaires de Jouvin-Cornaut avaient trouvé que c'était une bonne idée, puis les choses en étaient restées là.

Juliette se disait souvent que l'édition serait un métier épatant s'il n'y avait pas les auteurs. Elle rêvait toute éveillée que la maison faisait paraître une annonce, par exemple une page entière du Monde et des principaux magazines littéraires, pour demander aux écrivains de limiter leurs envois, ou même de ne plus lui envoyer de manuscrits du tout, en les prévenant qu'ils ne seraient pas lus (de toute façon, c'était déjà le cas la plupart du temps). L'idéal : seulement publier les morts (bien qu'un collègue expérimenté lui eût objecté que les ayants droit pouvaient être encore plus emmerdants que les auteurs).

Juliette ne réceptionnait pas les manuscrits adressés nominativement et sur recommandation, lesquels atterrissaient directement sur le bureau de leur destinataire. Elle ne les voyait que pour les retourner sans suite à l'expéditeur, accompagnés cette fois d'une lettre polie d'un lecteur de la maison, qui semblait pourtant craindre de se faire connaître car on demandait souvent à Juliette de signer elle-même : « La responsable des Manuscrits ».

Chez Jouvin-Cornaut, la discrétion était érigée en valeur suprême. L'édition, comme l'armée, a le goût du secret (sauf que Juliette n'aurait pas surnommé la corporation la Grande Muette, mais plutôt la Grande Invisible : on n'imagine pas un bataillon d'éditeurs défilant aux Champs-Elysées un 14 juillet...). On envoyait bien certains collaborateurs en première ligne, à la radio et à la télévision, pour promouvoir les ouvrages publiés par la maison (et par la même occasion se promouvoir eux-mêmes, car la plupart étaient écrivains et, s'ils se cachaient des auteurs inconnus dont ils refusaient les œuvres, ils ne rataient pas une occasion de se montrer aux téléspectateurs), mais ceux qui comptaient vraiment dans la profession, les vrais décisionnaires, les patrons préféraient se tenir ignorés du public.

Du moins, Juliette existait-elle vraiment. Chaque mois, elle recevait une feuille de paye avec son titre, Responsable des Manuscrits, indiqué en haut et à gauche. Un salaire était viré sur son compte en banque, elle payait des charges sociales et faisait sa déclaration d'impôts, preuve qu'elle était bien vivante. Mais elle connaissait des maisons d'édition où la « Responsable des Manuscrits » signataire des réponses négatives n'existait pas du tout, c'était juste un faux nez.

Deux heures plus tard, ses enfants en bonnes mains, son ménage fait et le repas du soir préparé, Juliette s'engagea sur l'autoroute, l'esprit un peu plus libre. Comme chaque matin, les voitures roulaient au pas. Elle alluma une cigarette et remit les informations.

La nouvelle était confirmée : hier, dimanche dix-sept juin, le président des Éditions Jouvin-Cornaut avait été tué de deux coups de fusil pendant sa partie dominicale au Golf d'Outreville, un club très huppé d'Ile-de-France, dans le département de la Seine-et-Marne. La police était arrivée sur le lieu du crime avec une grande célérité. Les premières constatations effectuées, le corps avait été transporté à l'Institut médico-légal pour procéder à l'autopsie. Le SRPJ de Versailles en charge de l'affaire commençait dès aujourd'hui l'audition des témoins, c'est-à-dire de toutes les personnes présentes au club d'Outreville pendant la journée de dimanche. Sur un ton excessivement révérencieux, le présentateur poursuivait en décrivant avec complaisance ce golf privé ultra sélect (« ...un club de renommée internationale, théâtre de compétitions prestigieuses et dirigé de main de maître par M. Jean-Louis Ménard, lui-même ex-champion classé au British Open de St Andrews en 1984, et fréquenté par des personnalités de premier plan appartenant au monde des affaires, de la politique et de la culture...), mais ce n'était peut-être qu'un moyen de meubler l'antenne faute d'informations plus précises sur les circonstances du drame. Puis il passa au reste de l'actualité, c'est-à-dire à la revue quotidienne des calamités planétaires.

Juliette éteignit la radio.

A neuf heures vingt, elle réussit à trouver une place sur le terre-plein du boulevard Raspail et gara sa Clio.

Elle était en retard, c'était le cas un matin sur deux à cause des embouteillages sur l'autoroute et aux portes de Paris, mais elle savait qu'aujourd'hui ça n'avait pas d'importance, personne ne s'en apercevrait ni ne lui ferait d'observation. Elle s'engagea dans la rue Huysmans et vit les journalistes qui attendaient devant la maison d'édition, dispersés sur les trottoirs et sur la chaussée de cette rue peu passante. La voyant s'approcher, ils se formèrent en groupe compact pour lui barrer le chemin, en brandissant leur quincaillerie de micros, de caméras et de téléobjectifs. « Mademoiselle... Mademoiselle... Vous travaillez ici ?... Votre avis sur le meurtre de Jean-Michel Tellier... C'est le deuxième assassinat d'éditeur en un mois... Qu'est-ce que vous en pensez ?... Dites-nous quelque chose... Mademoiselle... S'il vous plaît... Juste un mot...». Tête baissée, Juliette fonça dans le tas, s'écorchant le bras contre une boîte métallique au passage, et parvint à s'engouffrer dans l'immeuble et à refermer derrière elle.

Un silence inhabituel régnait au rez-de-chaussée ; les bureaux étaient déserts, dans certains la lumière n'avait même pas été allumée. Personne non plus autour de la machine à café, pourtant très fréquentée d'ordinaire à cette heure matinale. Juliette monta au premier étage et perçut du bruit venant de la salle de réunion. Elle poussa doucement la porte.

Tout le personnel de la maison était là, une petite centaine de collaborateurs, la plupart debout, les autres assis autour de la grande table ovale où trônait le Directeur financier, Eric Lolland, le numéro deux de la boîte du vivant de Jean-Michel Tellier et son bras droit.

C'était un superbe Danois que le patron avait ramené cinq ans plus tôt d'un de ses voyages à Copenhague pour l'aider à redresser son affaire qui traversait une passe difficile. A cette époque, Lolland ne connaissait rien à l'édition mais il avait un solide bagage dans le management et la finance et avait déjà fait ses preuves dans le secteur des cosmétiques. Les employés (ceux qui avaient survécu au dégraissage) lui reconnaissaient une certaine compétence car, d'une entreprise au bord du dépôt de bilan, il avait fait grâce à des réductions d'effectifs drastiques et à des opérations financières obscures (auxquelles Tellier lui-même, qui n'avait jamais eu l'esprit tourné vers les chiffres, ne comprenait rien) une maison d'édition à peu près en équilibre.

Il était flanqué à sa gauche du Directeur du Marketing, la mine grave, et à sa droite, du Directeur des Ressources Humaines, l'air non moins pénétré, conscient dans ces circonstances tragiques de devoir jouer pleinement son rôle, qui était de soutenir et réconforter ses troupes.

A la nouvelle de l'assassinat de leur patron, les employés de la maison Jouvin-Cornaut avaient aussitôt fait le rapprochement avec celui du Président des Éditions Philibert Mazeaud, survenu le 17 mai précédent, soit un mois plus tôt jour pour jour, et qui avait fait du bruit dans le landerneau. Ainsi, on s'en prenait aux éditeurs... Plongés dans la perplexité et la stupeur, encore incrédules devant ces deux crimes qu'ils pressentaient annonciateurs d'événements terribles, ils s'étaient spontanément réunis au premier étage et se serraient les uns contre les autres comme des poulets apeurés, tandis que leurs trois directeurs leur prodiguaient paroles apaisantes et directives, dont la principale était de reprendre le travail comme si de rien n'était.

Le calme relatif de cette réunion générale improvisée, maintenu grâce au sang-froid des cadres supérieurs de la maison, était cependant troublé par les sonneries incessantes des téléphones mobiles : la nouvelle diffusée par les radios avait déjà fait le tour de la profession et les appels se succédaient d'amis qui, sous couleur de sollicitude, allaient à la pêche aux informations... Excédé, le DRH pria les personnes de l'assistance d'éteindre leur portable ou de sortir.

A l'heure du déjeuner, les restaurants et les cafés du sixième arrondissement se remplirent en un clin d'œil. A peine retombée, l'effervescence qui avait suivi le premier assassinat était repartie de plus belle. Tout le microcosme éditorial était en émoi. Les yeux brillants de crainte et d'excitation, les gens se regroupaient, s'étreignaient, se faisaient la bise (à la différence des milieux du spectacle, les échanges de bises ne sont pas d'un usage courant dans l'édition), se répétaient les détails macabres du premier crime (lequel avait été abondamment décrit dans la presse), s'amusaient à se faire peur pour se réconforter ensuite... On cherchait une explication, un motif, on formait des hypothèses, et naturellement ce fut la plus folle qui prévalut. Quelqu'un ayant émis l'idée que les assassinats pouvaient avoir été commandités par les Islamistes à titre de représailles contre la publication de livres *indécents*, la nouvelle se répandit aussitôt dans le quartier qu'il s'agissait d'un attentat terroriste, qu'une

117

fatwa avait été lancée contre les éditeurs de livres cochons.

Du coup, ils se sentaient tous menacés : pas un d'entre eux dont la maison n'eût publié récemment un texte érotique (et non pornographique, il y avait une nuance – nuance dont chacun pressentait, hélas, qu'elle échappait totalement aux intégristes) ; pas un seul roman qui ne contînt ses quelques pages de cul, ingrédient considéré comme indispensable à son succès, et dont – bien imprudemment, on s'en rendait compte aujourd'hui –, afin d'allécher les lecteurs, on joignait les passages les plus croustillants au dossier remis aux critiques littéraires afin qu'ils les publient dans la presse.

A une heure moins le quart, Juliette pénétra dans la salle bondée du café Les Editeurs, au carrefour de l'Odéon. Elle aperçut de loin Madeleine Potin, l'une de ses amies, qui avait réussi à trouver une table et lui faisait signe de la rejoindre. Juliette se fraya un chemin jusqu'à elle.

– Tu es seule ? s'étonna Madeleine. L'assistante de Tellier n'est pas venue ?

– Elle s'est volatilisée. On a fait une assemblée générale ce matin, et elle a disparu aussitôt après. – C'est une émotive, expliqua Juliette, elle a peut-être eu peur. Et toi comment ça va ?

– Je suis virée.

– Ma pauvre...

– T'inquiète pas pour moi, j'ai eu une belle indemnité. Pour une fois, ils n'ont pas mégoté, ils avaient peur que j'écrive un livre, que je balance sur Patrice et

118

sur la maison... Tu penses, en vingt ans, avec tout ce que j'ai vu, j'aurais des choses à raconter... J'avais déjà été approchée par quelqu'un de chez Calfont... Enfin, pas question de livre, ils m'ont fait signer un accord, j'ai les mains liées ; et pas question non plus d'interview : en principe, j'ai même pas le droit de parler à un journaliste !

– Fais ta maison d'édition, proposa Juliette, je viendrai bosser avec toi.

Madeleine éclata de rire :

– Ah non merci ! Pour dilapider mon capital... Il y a bien assez de bouquins comme ça sur le marché !

– Chez Mazeaud, comment ça s'est passé ? s'enquit Juliette, qui commençait à se faire du souci pour son avenir.

– Oh la la, depuis un mois, il y a eu du changement... Finalement, Anatole Maufras a obtenu ce qu'il voulait, et il a dû proposer le prix fort parce que ça n'a pas traîné : Ghislaine et son fils lui ont vendu leurs parts... La fille est rentrée des Etats-Unis, Maufras l'a nommée PDG de la boîte ; elle, elle a gardé ses parts et elle s'imagine qu'elle va diriger la maison, mais en réalité ils vont lui faire faire la potiche. On lui a collé un second, un directeur général, je te dis pas... Je sais pas où Maufras est allé le chercher celui-là, probablement dans une de ses sociétés immobilières... Tu le verrais : un vrai bloc de béton, il a pas de cou ! (Juliette gloussa.) Ça m'étonnerait que la petite fasse long feu avec un gabarit pareil !

– Elle ira monter sa propre maison.

– Elle n'aura même pas le droit d'utiliser son nom : Mazeaud, c'est une marque, ça a de la valeur... Et Maufras détient presque les trois-quarts des actions : il est propriétaire du nom, du fonds, de l'immeuble... tout !

Juliette entendit des rires derrière elle et se retourna. On sentait un grand énervement dans l'assistance, et pourtant le brouhaha était presque joyeux, l'atmosphère plus légère, plus libre, comme si la catastrophe qui frappait le monde de l'édition avait mis la vraie vie entre parenthèse, créé un moratoire délivrant chacun, momentanément, de ses obligations et de ses soucis ordinaires. Ils parlaient tous beaucoup, excités par les journalistes qui avaient remisé leurs appareils et offraient des verres à tours de bras. Evidemment, les collaborateurs des maisons endeuillées étaient les plus sollicités. Deux reporters, envoyés d'un grand hebdomadaire et d'un magazine people, s'approchèrent des deux femmes et les invitèrent à dîner pour le soir même.

Madeleine Potin déclina à regret, imitée par Juliette.

Pendant ce temps-là, le commandant de police Martineau dormait à poings fermés. Ça faisait maintenant quatre semaines qu'il s'escrimait sur l'affaire Mazeaud et il commençait à désespérer d'y voir clair. La veille, il s'était encore plongé dans le dossier jusqu'au milieu de la nuit pour finir, découragé et avec plusieurs jours de sommeil en retard, par rentrer se jeter sur son lit où il s'était endormi comme une masse.

A treize heures quinze, la sonnerie du téléphone le réveilla en sursaut. C'était un de ses collègues du Quai : « Il y a du nouveau... ». Sitôt informé des événements du dimanche, Martineau bondit dans sa douche.

Une demi-heure plus tard, il pénétrait presque sans frapper dans le bureau du commissaire.

– Tiens, Martineau... Quelle bonne surprise ! Alors, votre affaire, ça avance ? Je viens justement de recevoir un coup de fil du ministère. Ça fait un moment qu'elle traîne cette histoire, vous dormez dessus ou quoi ?

Le commandant encaissa ; depuis quelques jours, même ses collègues lui envoyaient des vannes, il commençait à s'y faire. Il répondit :

– C'est un cas difficile. Pas un crime de voyous, on n'a pas de renseignements... Mais ça va se débloquer, reprit-il avec espoir. On a eu un autre assassinat hier, au Golf d'Outreville, un truc du même genre.

– Je suis au courant, le coupa le commissaire, qui ajouta, rêveur : Outreville, j'y ai déjeuné une fois... Quel magnifique endroit... On aurait presque envie de se mettre au golf... Mais quel rapport avec votre affaire ?

– La victime dirigeait une maison d'édition, Monsieur le Commissaire ! Exactement comme Patrice Mazeaud !

– C'est peut-être une coïncidence.

– Le deuxième a été tué par balles, comme le premier. Ils appartenaient au même milieu social et ils étaient tous les deux parisiens. Même ville, même profession... Je suis sûr qu'il y a un lien entre les deux affaires, je le sens... Pour le moment, c'est le SRPJ de

Versailles qui est sur le coup. Un gars de mon équipe leur a téléphoné en fin de matinée. Ils lui ont dit que le corps avait été envoyé à l'autopsie dans la nuit et que les projectiles extraits étaient déjà au laboratoire... Ma main au feu qu'il s'agit de la même arme !

– Dans ce cas, attendez le rapport balistique.

– Mais on n'a pas une minute à perdre, Monsieur le Commissaire ! Même si c'était pas la même arme, ça voudrait pas dire que c'est pas le même tireur... Il faut que je me rende là-bas tout de suite. On n'arrivera à rien en travaillant chacun de son côté.

Le commissaire hésitait. Les enquêteurs n'aiment pas qu'on vienne marcher sur leurs plates-bandes et il n'avait pas envie de se mettre mal avec son homologue de Versailles. Il regarda son subordonné, bouillant d'impatience, et comprit qu'il ne s'en débarrasserait pas facilement. Et puis après tout, pourquoi pas ? Le raisonnement du commandant n'était pas si bête, il y avait peut-être quelque chose à creuser par là... Il consentit :

– D'accord. Allez voir ça de près si vous y tenez.

– Merci. Excusez-moi, Monsieur le Commissaire, mais faudrait les prévenir, ceux de Versailles... Je peux pas me pointer là-bas comme ça.

– Allez-y, Martineau. On fait le nécessaire.

Le commandant se rendit directement sur le terrain d'Outreville où, comme il s'y attendait, on l'accueillit fraîchement. Ils étaient déjà cinq sur la scène de crime : un capitaine et un lieutenant de la brigade criminelle de Versailles, deux jeunes agents du commissariat de

Fontainebleau, plus l'expert de la police scientifique de Melun... Le renfort d'un représentant de la capitale de région leur semblait superflu.

– Faites ce que vous voulez, lâcha le capitaine quand le commandant Martineau se fut présenté. – Il ajouta « On a des ordres », d'un air de désaccord profond avec les ordres reçus. (Les deux victimes étaient éditeurs, et alors ? Il y en avait des centaines comme eux en France. Ça ne voulait pas dire qu'il y avait un rapport entre le crime d'Outreville, dans *son* secteur, et un crime commis quelques semaines plus tôt à quatre cents kilomètres de là !).

Occupé à collecter des indices, l'expert tournait autour de la voiturette qui n'avait pas été bougée et piquait toujours du nez dans le bunker, ses roues avant à demi enfoncées dans le sable. Martineau jeta un rapide coup d'œil à l'intérieur, sur les traînées de sang séché, la casquette blanche étrangement intacte, le luxueux matériel sportif à l'arrière, puis il s'écarta pour s'intéresser au grillage qui délimitait le terrain de golf et le séparait de la forêt : c'était un grillage métallique tout ce qu'il y a d'ordinaire, léger, haut de deux mètres cinquante environ, qui passait à une cinquantaine de mètres du trou 14, près duquel la victime avait été tuée. De loin, il semblait que la partie qui se trouvait dans l'axe de la voiturette, était écrasée, mais elle avait pu être endommagée par les animaux de la forêt... Martineau marcha jusqu'à la clôture et constata qu'en fait le grillage à cet endroit avait été cisaillé. De l'autre côté, l'épaisse broussaille maintenue volontairement en l'état, dense et épineuse, pour rendre les abords du golf inaccessibles et tenir les curieux à l'écart, avait été elle aussi taillée, puis écartée et piétinée. Il n'était pas exclu que le tueur ait tiré d'ici, à l'extérieur du parcours.

Pendant que l'expert poursuivait son travail sous l'œil des deux jeunes agents laissés sur place pour garder les lieux, les enquêteurs de Versailles, suivis de Martineau, remontèrent au château afin de procéder à l'interrogatoire du personnel. Dans ces circonstances tragiques, le golf avait été exceptionnellement fermé, aucun adhérent n'était présent, mais les employés, vingt-deux personnes en comptant le directeur, étaient au complet ; on les rassembla dans la salle à manger du club-house, tandis que les policiers s'installaient dans le fumoir contigu afin d'entendre les témoins un par un.

Le SRPJ de Versailles venait de recevoir les premières conclusions de l'autopsie : le légiste situait la mort entre dix-huit et vingt heures la veille. Elle avait été instantanée : la première balle qui avait touché le côté gauche de la cage thoracique avait pénétré jusqu'au coeur. La seconde, atteignant la carotide, était inutile : le tueur avait dû tirer deux fois par sécurité.

On appela le directeur en premier. Jean-Louis Ménard entra, très pâle, visiblement commotionné. Ça se comprenait. Jamais il n'avait été confronté à une affaire aussi grave, aussi dramatique pour son club, et qui, s'il s'avérait que l'assassin faisait partie des membres ou du personnel, risquait de le faire fermer pour longtemps et d'en ternir la réputation pour toujours. D'une voix blanche, il déclara qu'il n'avait pas quitté le château de l'après-midi. A l'heure du crime, il était dans son bureau, plusieurs personnes pouvaient en témoigner. La journée s'était déroulée normalement, en tout cas on ne lui avait rien signalé de particulier. On lui demanda s'il avait entendu parler, récemment, d'un différend entre certains de ses adhérents, quelque chose, par exemple, qui eût à voir avec leurs affaires, ou même avec une personne du sexe féminin. Le directeur déclara qu'il ne lisait pas la presse économique et ne se mêlait pas de la vie privée de ses clients. Le commandant Martineau – jusque-là il avait laissé faire ses collègues de Versailles – intervint alors pour demander si un nommé Patrice Mazeaud était inscrit au Golf d'Outreville ou s'il l'avait été dans le passé. Le directeur dit que non, qu'il connaissait personnellement tous les membres, qui étaient tous des amis, ou des amis d'amis. C'était d'ailleurs un principe intangible du club de recruter exclusivement par cooptation, parrainage... Peut-être alors Patrice Mazeaud était-il déjà venu en invité ? Le directeur répondit qu'il faudrait consulter les registres mais que, pour sa part, il ne se souvenait de rien ; d'ailleurs, il ne savait même pas qui était Patrice Mazeaud.

Le directeur libéré, les employés défilèrent : barmen, personnel du restaurant, de l'administration, équipes de la maintenance et de la sécurité, caddies (ces derniers avaient été les seuls, en réalité, à se trouver sur le parcours au cours de la journée de dimanche, mais heureusement pour eux chacun avait le joueur qui l'avait engagé comme témoin). Tous se montrèrent très loquaces tant qu'il fut question d'établir leur alibi, puis ils perdirent leur langue quand on se mit à les interroger sur les clients du golf. Ces gens, qui voyaient les membres du club comme des animaux étranges auxquels

125

on aurait permis de s'ébattre dans une réserve luxuriante, qui se moquaient de leurs vantardises, de leurs accoutrements, des bribes qu'ils attrapaient de leurs conversations en les servant au restaurant ou au bar, de leurs blagues bébêtes ou graveleuses (les histoires drôles du golf) et ne se privaient pas d'en rigoler entre eux ou le soir en famille, à les en croire, s'acquittaient de leur tâche sans rien voir ni entendre et ignoraient tout de leurs clients. Ils ont appris à se taire, pensa Martineau tandis que ses collègues versaillais essayaient de les faire parler, on va avoir du mal à en tirer quelque chose. Ce monde de privilégiés était sans aspérités, lisse et clos comme un œuf.

Les interrogatoires se poursuivirent sans résultat jusqu'à vingt heures. Déçus, les enquêteurs quittèrent le château en se promettant de convoquer les employés stylés du très sélect Golf d'Outreville au SRPJ et de les réentendre dans un cadre qui les inciterait à se montrer plus bavards.

En atteignant le portail, ils constatèrent que les journalistes étaient déjà là, une vingtaine, agglutinés devant la grille : ces types avaient le don d'ubiquité… Vitres levées, les voitures de police fendirent l'attroupement sans s'arrêter, mitraillées par les photographes.

Le lendemain, mardi 19 juin, surlendemain de l'assassinat, le commandant Martineau se présenta à la réception des Éditions Jouvin-Cornaut et demanda à parler au directeur-adjoint. La réceptionniste lui répondit que le directeur était en rendez-vous à l'extérieur avec son assistante et ne rentrerait qu'en fin de matinée. Comme le commandant insistait pour parler à quelqu'un, suivant son habitude dans les cas de détresse, la réceptionniste en appela à Juliette Leroy.

Celle-ci apparut, souriante, après une brève attente :

– Simon Dessenne veut bien vous recevoir.

Elle conduisit Martineau au premier étage et l'introduisit dans un bureau exigu encombré de papiers et de livres. Un petit homme dans les quarante, cinquante ans, aux cheveux en brosse, le teint grisâtre et les mains soignées, accueillit le visiteur avec une politesse cérémonieuse :

– Dessenne, directeur éditorial. Qu'est-ce que je peux faire pour vous, commandant ?

Il portait une veste de tweed fatiguée, mais avec élégance ; d'ailleurs toute sa personne, un peu courbée, un peu accablée, donnait une impression d'élégante lassitude.

Outre ses responsabilités éditoriales, Simon Dessenne tenait la rubrique littéraire d'un hebdo diffusé à cinq cent mille exemplaires et était lui-même écrivain : tous les trois ou quatre ans, il faisait paraître chez Jouvin-Cornaut – ou parfois dans une autre maison pour n'avoir pas trop l'air de se publier lui-même – un roman dont ses confrères des medias parlaient abondamment et en bien, à charge de revanche quand ils publieraient à leur tour. Il dirigeait aussi la collection la plus importante de la maison, « Altitudes », qui n'était pas, comme on pourrait le croire, consacrée aux récits de montagne, du genre Frison-Roche ou René Desmaison. Ils avaient d'abord pensé à appeler leur collection phare « Best », mais le nom était trop galvaudé : beaucoup d'autres maisons d'édition avait déjà une collection « Best» (Best-sellers, Best-ceci, Best-cela...). « Altitudes » vous avait quand même une autre allure et suggérait agréablement l'envol des courbes de vente vers des sommets vertigineux en même temps qu'une haute exigence sur la qualité des textes publiés. Bien qu'il soit presque impossible (sauf pour quelques impérissables chefs-d'œuvre) qu'un même ouvrage satisfasse à ces deux critères, le nom choisi ne manquait pas de pertinence en ce qu'il traduisait bien la schizophrénie du patron (qui l'avait d'ailleurs approuvé sans hésiter quand on le lui avait proposé), déchiré qu'il était entre sa conception élitiste de la littérature et la nécessité vulgaire d'assurer une rentabilité raisonnable à son entreprise.

Partant de l'idée (défendable) que les hommes racontaient la même histoire depuis la nuit des temps, Jean-Michel Tellier avait résolu la question du fond et de la forme en se désintéressant totalement des contenus. Seuls les textes abscons, obscurs lui semblaient dignes de sa maison. Selon lui, il n'était pas nécessaire que les lecteurs comprennent ce qu'ils lisaient, ni même qu'ils lisent (tant de livres vendus à des millions d'exemplaires n'étaient jamais ouverts), il suffisait qu'ils soient épatés et achètent, autorisant des ventes records avec des ouvrages incompréhensibles pour la plupart des gens.

Bien entendu, tout ceci restait parfaitement théorique, une douce chimère... En pratique, les livres proposés dans la collection « Altitudes » ne dépassaient pas le niveau moyen de la production générale. De sorte que Tellier n'était jamais content. Si le directeur du Marketing faisait état des bons résultats d'un ouvrage, il marmonnait que ce n'était pas difficile avec un roman de gare (ce qui était tout de même exagéré). Et si le directeur éditorial lui présentait un texte d'une haute tenue littéraire, il se plaignait qu'il ne ferait pas deux mille exemplaires. Chacun rejetant in petto la faute de l'insatisfaction patronale sur l'autre, les deux directeurs ne pouvaient pas se piffer, ce qui n'était pas pour déranger leur patron qui pratiquait l'adage « Diviser pour régner ».

Si Jean-Michel Tellier se targuait d'aimer la littérature, il détestait cordialement les écrivains. Ces êtres de chair et de sang l'insupportaient, avec leurs angoisses, leur besoin d'attention, leurs humeurs... Jusqu'à ses collaborateurs qui lui inspiraient une espèce de crainte, et dont il se protégeait en limitant ses contacts avec eux (Eric Lolland excepté) aux questions purement professionnelles.

Comme Martineau l'avait souvent observé chez les personnes brusquement libérées d'une tutelle oppressante, Simon Dessenne ne se fit pas prier pour parler, non sans avoir fait promettre à l'enquêteur que ses confidences resteraient entre eux.

Le commandant apprit ainsi que les Editions Jouvin-Cornaut avaient été fondées au début des années soixante-dix par deux jeunes gens enthousiastes, Pierre Jouvin et Philippe Cornaut, pour publier les essais philosophico-politiques à la mode à l'époque. L'entreprise avait bien démarré, prospéré quelques années, puis, au milieu des années quatre-vingt, le vent ayant tourné, elle avait connu des difficultés qui avaient finalement contraint ses fondateurs à s'en débarrasser. Elle avait ainsi été rachetée par son dernier propriétaire en 1992.

Jean-Michel Tellier était issu de la moyenne bourgeoisie nantaise (un père notaire, Dessenne ignorait s'il était encore vivant). A cinquante-deux ans, il n'avait jamais été marié et on ne lui connaissait pas de famille. En fait, Eric Lolland, son directeur financier, représentait sa seule famille. (« Tous deux étaient très liés, indiqua Dessenne en baissant la voix. Vous me comprenez... »). Tellier était un homme secret, distant ; il y avait des gens qui travaillaient chez lui depuis plusieurs années et auxquels il n'avait jamais adressé la parole. Il avait à la bouche un pli de dédain permanent qui décourageait de l'approcher. Il ne s'intéressait même pas vraiment aux livres qu'il publiait. De temps en temps, il assistait à une réunion du comité de lecture sans intervenir (évidemment il n'avait pas lu l'ouvrage en question), se contentant d'écouter, de s'imprégner de littérature. Editeur parisien, propriétaire à part entière d'une des dernières maisons indépendantes, il avait le sentiment de faire partie d'une élite et ça lui suffisait. Quand un nouvel auteur entrait dans la maison, dès le contrat signé, il lui accordait une audience de trois minutes dans son bureau pour lui délivrer une phrase de bienvenue banale, toujours la même, et la plupart d'entre eux ne le revoyaient jamais. On pouvait quand même lui reconnaître qu'à la différence de nombre de ses pairs, il ne faisait pas semblant de s'intéresser aux autres et ne se croyait pas tenu de proclamer son affection pour ses auteurs. Et ce n'était pas non plus un homme d'argent. Il n'en restait pas moins que le climat de la maison n'était pas bon, les employés n'aimaient pas leur patron et le turn-over y était plus élevé qu'ailleurs...

– Le turn-over ? interrogea Martineau.

– Les gens partaient ou se faisaient virer.

– Quelqu'un pourrait avoir eu envie de se débarrasser de lui ?

– Tout le monde. Tout le monde aurait aimé être débarrassé de lui.

– Un compte à régler ? Une vengeance ?

– Au point de le supprimer ? Ah non... tout de même pas ! Chez nous, on n'est violent qu'en paroles : dans l'édition, on assassine avec les mots... Le directeur éditorial conclut avec un haussement d'épaules : – Enfin voilà, je n'en sais pas plus ; avec la meilleure volonté du monde, c'est tout ce que je peux vous dire... Si vous voulez parler à Lolland, il sera là vers onze heures trente.

– Pas le temps d'attendre, l'informa Martineau. On le convoquera à la PJ.

Il regardait cet homme intelligent et cultivé qui travaillait dans ce milieu depuis vingt ou trente ans peut-être, et il se disait qu'à sa place, s'il avait connu le monde de l'édition aussi bien que lui, il aurait eu au moins une intuition, une idée sur ce qui avait pu se passer...

– Réfléchissez, dit-il en lui donnant sa carte. Si un détail vous revenait, quoi que ce soit, n'hésitez pas à me téléphoner. Il devient urgent de mettre la main sur ce type, on ne sait pas jusqu'où il peut aller.

Comprenant qu'il représentait une cible possible, Simon Dessenne pâlit :

– Assassiner des éditeurs, c'est tout de même étrange, prononça-t-il d'une voix altérée, qu'est-ce qu'on lui a fait ? Vous croyez que c'est le début d'une série ? Que ce fou pourrait s'en prendre à toute la profession... ?

Martineau émit un soupir dubitatif en amorçant un mouvement vers la porte.

– Attendez, commandant ! J'allais oublier... Nous avons reçu quelque chose ce matin, une lettre bizarre... – Il prit une enveloppe dans son tiroir et la lui tendit.

Martineau en sortit un papier plié en trois, une simple feuille blanche avec une inscription en gros caractères d'imprimerie :

A-NO-

A la vue de ces deux syllabes, le commandant ressentit un choc. Il se maîtrisa, remit la feuille dans son enveloppe et la fit glisser dans sa poche :

– Vous l'avez montrée à quelqu'un ?

– C'est plutôt quelqu'un qui me l'a montrée. La lettre était adressée à la société sans mention de destinataire, elle a été ouverte par la réceptionniste. En fait, nous sommes plusieurs à l'avoir lue. Nous nous demandions ce que ça voulait dire, vous comprenez. J'allais la remettre à Lolland, mais puisque vous êtes là... Vous pensez que ça pourrait venir du tueur ?

Et comme Martineau, sur le départ, bredouillait une réponse évasive :

– Vous avez remarqué, insista Dessenne (ce genre de détail ne risquait pas d'échapper à un homme tel que lui), il y a un trait d'union après la deuxième syllabe ?

– Un trait d'union ?

– Oui, ça signifie qu'on doit s'attendre à quelque chose d'autre, c'est comme si l'auteur du message nous annonçait une suite...

A l'idée du séisme qui menaçait son univers feutré, il était devenu livide, ses traits s'étaient décomposés. Il suivit le policier dans le couloir et trottina derrière lui jusqu'à l'escalier, espérant encore un éclaircissement, une parole rassurante, mais ce fut en pure perte. Profondément perturbé, le directeur de la collection Altitudes rentra se réfugier dans son antre, son antre de papier, et alluma avec deux heures d'avance sa première cigarette de la journée.

Martineau fila directement au Quai des Orfèvres, pressé de comparer la lettre qu'on venait de lui remettre avec celle qui attendait depuis un mois dans son tiroir. Vingt minutes plus tard, entouré de son équipe, il examinait les deux missives étalées sur son bureau.

A première vue, elles étaient identiques : même enveloppe de la poste pré-timbrée, même papier machine, même police de caractères Helvetica... Très excités, lui et les hommes qui se pressaient dans son dos les scrutaient comme pour leur arracher leur secret.

Un capitaine prit en main la deuxième enveloppe et en écarta les bords :

– On dirait qu'il y a des petits cheveux collés à l'intérieur…

– Le labo en a déjà trouvé dans la première lettre, lui rappela le commandant. C'est peut-être une signature, un moyen de reconnaissance. L'expéditeur a peur qu'un autre se fasse passer pour lui et ne revendique les assassinats à sa place.

– Versailles nous a transmis le rapport balistique ce matin, intervint un lieutenant. Les balles tirées sur les deux victimes provenaient bien de la même arme.

– J'en étais sûr, dit Martineau. Il revint aux feuilles qu'il avait devant lui, feignant de s'y absorber : – Vous avez remarqué, reprit-il, l'air sagace, il y a un trait d'union après le « NO- »… ?

Il s'était retourné pour prendre ses collègues à témoin mais ne rencontra que des visages obtus, imperméables aux subtilités de la ponctuation.

– Ça veut dire, expliqua patiemment Martineau, qu'il va venir quelque chose après, que nous devons nous attendre à une suite… Donc, un crime, deux crimes, peut-être bientôt trois… nous avons probablement affaire à un tueur en série.

Son auditoire en resta coi, saisi d'admiration devant la capacité du commandant à déchiffrer des signes typographiques sibyllins. Quelqu'un soupira :

– On est encore tombé sur un mariole. Il est capable de nous balader pendant des mois.

– Oui, mais un jour ou l'autre il va vouloir établir un dialogue ; on aura au moins quelque chose à quoi se raccrocher. J'aime mieux ça que d'avancer dans le brouillard. Bon, pour l'instant, il n'y a plus qu'à faire porter cette lettre au laboratoire en vitesse... avec la première pour qu'ils puissent comparer. Il y a toutes les chances qu'elles viennent du même expéditeur mais il vaut mieux avoir une preuve scientifique.

Martineau sortit de la pièce pour se rendre à la machine à café à l'étage inférieur. Il pensait à ces tueurs qui s'amusent à dialoguer avec la police, à jouer au chat et à la souris avec elle. Et bien ce genre de types, si malins qu'ils soient, quand ils commencent à faire la une des medias, qu'ils se sentent devenir des vedettes, petit à petit ils prennent de l'assurance, ils attrapent la grosse tête, et on finit presque toujours par les coincer à cause de ça. Certains en arrivent même à se laisser arrêter exprès, comme si ça les démangeait de montrer leur visage, d'être enfin reconnus... Martineau songeait avec une excitation ambiguë à la partie qui l'attendait avec le tueur. Il ne se demanda pas combien de temps ça durerait, ni combien d'éditeurs y perdraient la vie. Ne comptaient plus que le duel et la victoire finale.

En regagnant le deuxième étage, son gobelet de café tiède à la main, il aperçut quatre personnes assises sur un banc au fond du couloir et les identifia aussitôt.

– Qu'est-ce qu'ils foutent ici, ceux-là, demanda-t-il en rentrant dans son bureau.

– C'est pour vous, commandant. Ils insistent pour vous parler personnellement.

– C'est bien le moment...

Une seconde, il se demanda s'il allait renvoyer ses visiteurs en prétextant une affaire urgente ou les laisser mariner pour leur apprendre à débarquer sans prévenir,

135

puis il décida de les recevoir pour en être plus vite débarrassé.

Entrèrent Ghislaine Mazeaud-Lafferrière, sa mère, Raymonde Lafferrière, et ses enfants, Alexandre et Eléonore.

– Asseyez-vous, dit Martineau d'un ton rogue en désignant les quatre chaises qu'on venait d'aligner devant lui.

Le quatuor obtempéra, Ghislaine entre sa mère et sa fille, le fils à la droite de sa sœur.

– Oui ?

La veuve prit la parole. La première fois que Martineau l'avait rencontrée – il était allé la voir chez elle peu de jours après la mort de son mari –, l'épreuve qu'elle venait de traverser l'avait fragilisée ; elle était habillée simplement et il l'avait trouvée jolie, touchante. Mais aujourd'hui Ghislaine Mazeaud-Lafferrière avait réendossé sa panoplie de femme riche : un tailleur de soie épaisse, solidement coupé, qui l'enveloppait comme un caparaçon ; deux épingles d'écaille véritable qui rassemblaient ses cheveux blond doré en un lourd chignon ; de l'écaille encore pour les grosses lunettes qu'elle avait ôtées en entrant et tenait à la main ; de l'or massif à son cou, à ses poignets... Et ce sac en crocodile gigantesque ! Elle aurait pu y cacher une kalachnikov... Espérait-elle impressionner la PJ avec cet attirail, lui rappeler qui elle était ?

Martineau l'écoutait d'une oreille distraite. Il connaissait la chanson : Où en était l'enquête ?... La moindre des choses aurait été de la tenir au courant... Elle s'était montrée assez patiente... Elle était l'épouse d'une victime, tout de même, elle avait le droit de savoir... Son pauvre mari !... Et le coupable qui courait toujours... Que fait la police... etc.

Depuis l'assassinat de Patrice Mazeaud, ces gens n'avaient pas jugé utile de se manifester : l'enquête commencée, ils redoutaient ce que la police allait déterrer, la peur du scandale les incitait à garder profil bas. Mais à présent qu'un autre éditeur avait été assassiné, qu'il était évident que l'affaire dépassait la personne du chef de famille et ne risquait pas de mettre au jour quelque exaction financière, quelque compromission qu'il aurait pu avoir avec des personnes peu recommandables et qui aurait entaché leur réputation, ils se réveillaient... Peut-être aussi Ghislaine craignait-elle pour sa fille, dont Martineau avait appris que le repreneur de la maison d'édition l'avait assise dans le fauteuil de son père ? La grand-mère se taisait, dardant sur le policier un regard de vieille femme accusateur, tandis qu'à l'autre bout, le fils se contentait d'assister avec un visage triste et ennuyé.

La fille, Eléonore, parla à son tour. Martineau la connaissait déjà, il l'avait interrogée quand elle était rentrée définitivement à Paris après avoir passé ses examens à Boston et il l'avait trouvée antipathique. D'une voix aiguë et nasillarde qu'elle avait attrapée au contact de ses condisciples américaines et n'avait pas encore reperdue, elle reprit le refrain de sa mère un ton plus haut et plus sèchement, avec une nuance appuyée de réprobation condescendante. Elle s'adressait à un commandant de la Police Judiciaire comme à un employé négligent. Autrefois, se disait Martineau, les filles de la bourgeoisie apprenaient les bonnes manières ; aujourd'hui, dans leurs écoles de business international, leurs écoles de luxe, on leur apprend à faire le petit chef : ils forment des kapos. L'héritière Mazeaud semblait déjà imbue de cet état d'esprit qu'il avait parfois deviné chez les gens très riches, ce sentiment qu'ils ont d'entretenir la nation entière avec leurs emplois ou avec leurs impôts... La mère était restée dans le registre de la revendication indignée, la fille était dans celui de la réprimande, de la mise au pas... Vingt-trois ans ! Martineau lui en aurait bien retourné une à cette morveuse.

Quelqu'un entrouvrit opportunément la porte et fit un signe au commandant qui le rejoignit dans la pièce voisine en refermant derrière lui. Le laboratoire avait téléphoné, ils venaient de recevoir le pli de la PJ. En ouvrant la lettre numéro deux, ils avaient trouvé au fond de l'enveloppe cinq cheveux comportant leur bulbe fixés sur le papier par un point de colle (les cheveux remarqués par le capitaine). Ils les avaient aussitôt examinés au microscope et constaté qu'ils étaient identiques à ceux recueillis dans la première lettre : même couleur, même épaisseur, même texture... Les gars du labo voulaient savoir s'ils devaient aller plus loin et déterminer l'ADN.

C'était bien ce qu'avait pensé Martineau : l'assassin signait ses crimes en joignant à ses messages des échantillons capillaires qui apporteraient la preuve qu'il en était l'auteur et empêcheraient un imposteur ou un farceur d'interférer. Mais il se gardait bien de laisser ses empreintes. Les empreintes pouvaient toujours être enregistrées quelque part, ne serait-ce que dans le fichier de l'identité nationale, tandis que le fichier central de l'ADN était encore embryonnaire. L'auteur ne risquait donc pas d'être identifié par son code génétique. En fait, les policiers pouvaient arriver à savoir beaucoup de choses sur un criminel : sa nature de cheveux, sa taille, son poids et son âge approximatifs, la pointure de ses chaussures, sa race, la forme de ses dents en cas de morsure, son ADN... S'il était inconnu des services de police, en l'absence d'autres éléments, ils n'avaient pas la moindre chance de mettre la main dessus. Ça revenait à chercher une aiguille dans une botte de foin.

Le type était intelligent, en déduisit Martineau, intelligent et probablement instruit. Ça faisait toujours deux indices de plus. Intelligent, instruit, âge entre quarante et cinquante ans (ses cheveux poivre et sel), très probablement de race blanche (cheveux châtain clair à l'origine), excellent tireur... Peu à peu, le profil du tueur se dessinait. « D'accord, dit-il à son collègue, qu'ils le fassent s'ils veulent, leur ADN. Je fais confirmer la demande par le juge... ».

En revenant dans son bureau, l'esprit ailleurs, il vit que la jeune Mazeaud s'était levée, prête à poursuivre :

– Ce que nous attendons de vous...

– Vous m'excuserez, la coupa-t-il en s'adressant à toutes les personnes présentes, une affaire urgente. Je suis obligé de vous laisser.

Furieuse d'être interrompue, Eléonore Mazeaud opéra un demi-tour brusque en tapant du talon.

– Vous, Mademoiselle, la rappela le commandant d'une voix sévère, interdiction de quitter Paris ! Tenez-vous à la disposition de la police ; nous vous convoquerons dans quelques jours pour supplément d'information. – Il ajouta avec un sourire perfide : On vous laissera tout le temps de vous exprimer.

Comme chaque matin, le mercredi 20 juin la première édition du *Figaro* sortit à six heures. Une photo en gros plan des deux syllabes, « A-NO- », occupait le quart supérieur gauche de la première page, surmontée d'un gros titre à la forme interrogative, rhétorique commode qui permet à un journal d'écrire n'importe quoi pourvu qu'il ait l'air de poser la question :

UN MESSAGE MYSTÉRIEUX DE L'ASSASSIN DES ÉDITEURS ?

En descendant acheter sa baguette de pain deux heures plus tard, Martineau aperçut la photo à l'éventaire du kiosque à journaux : le kiosquier avait suspendu un exemplaire déplié du *Figaro* qui voletait et claquait dans la brise matinale. Le policier ne fut pas trop surpris, il s'attendait à une fuite. Il était certain qu'elle ne venait pas de son équipe, et pas non plus du labo (ils avaient tous vu le premier message et celui-là n'avait pas été divulgué). La fuite ne pouvait venir que de chez Jouvin-Cornaut. Simon Dessenne l'avait dit lui-même : la lettre adressée à la maison d'édition était passée entre plusieurs mains. Quelqu'un avait dû en faire une photocopie et l'avait ensuite donnée ou vendue à un journaliste ; rien d'étonnant à cela : le monde de l'édition et la presse étaient comme cul et chemise.

Coiffés sur le poteau pour leur première édition, les autres quotidiens du matin s'en donnèrent à cœur joie dans leurs éditions suivantes, bientôt imités par les quotidiens du soir :

– LE TUEUR D'ÉDITEURS DÉFIE LA POLICE AU SCRABBLE
– A-NO-... A QUAND LA PROCHAINE SYLLABE ?
– SCRABBLE MACABRE AVEC LES ENQUÊTEURS
– LE TUEUR JOUE AUX DEVINETTES...

Tout en ignorant l'existence du premier message et sans avoir encore eu connaissance du rapport balistique, glissant hardiment de la forme interrogative à la forme affirmative, ils semblaient tenir pour acquis : a) que les deux éditeurs avaient été assassinés par le même tueur ; b) que celui-ci était l'auteur du message envoyé chez Jouvin-Cornaut. Ils se laissaient guider par leur intuition (les journalistes sont généralement plus malins que ce qu'ils écrivent) et bien entendu par le souci d'augmenter leurs tirages.

A midi, la télévision prit le train en marche. Dans le village de Breuilly, le brigadier-chef Charbonnet, qui déjeunait avec sa femme et ses enfants en regardant les informations de la mi-journée, apprit que le crime du Fonvert et celui du Golf d'Outreville avaient été perpétrés par un seul et même homme, nouvelle confirmée dans la minute par le coup de fil d'un collègue de Villefranche qui avait reçu un courriel de Paris avec les conclusions du labo : les balles qui avaient tué les deux éditeurs provenaient de la même arme.

Les visions de fin de carrière triomphale du brigadier s'évanouirent.

– Voilà qui met le fils Pouchard hors de cause, commenta son épouse, une personne de bon sens. Ça m'étonnait aussi... C'est sa mère qui va être contente, la pauvre Estelle était dans tous ses états.

Le brigadier Charbonnet se moquait bien des états d'Estelle Pouchard. Obligé, faute de charges suffisantes, de relâcher le fils de la cuisinière des Mazeaud après ses quarante-huit heures de garde-à-vue à Villefranche, il n'avait pourtant pas perdu tout espoir de le confondre. Certes, l'enquête avait établi que le supermarché ATAC, où le prévenu prétendait avoir acheté les baskets qui séchaient sur le bord de sa fenêtre et dont les semelles correspondaient aux empreintes relevées dans la vigne du Fonvert, à la place probable du tireur, avait bien écoulé son stock de cinq cents paires en quelques jours, dont cent cinquante de la pointure 42 qui était celle de Georges Pouchard, et que, justement, l'un des deux ouvriers qui taillaient la vigne la veille du meurtre portait les mêmes et chaussait comme lui (on avait d'ailleurs retrouvé des traces de ses pas sur toute la largeur du coteau), le brigadier n'en avait pas moins gardé le fils Pouchard dans le collimateur. Mais cette fois, c'était fini, bien fini : malgré tous ses efforts, il ne voyait pas de rapprochement possible entre un modeste ouvrier-viticulteur du Beaujolais et le membre d'un club de golf huppé d'Ile-de-France. De plus, le dimanche précédent, à l'heure du crime d'Outreville, il l'avait vu de ses propres yeux en train de boire l'apéro avec des copains chez Mimi Blanchet ; son alibi était en béton. La mort dans l'âme, le brigadier-chef Charbonnet renonça à élucider l'affaire. Pour sa dernière année avant son départ à la retraite, il avait rêvé de se couvrir de gloire, non de ridicule.

« A-NO-, étrange message, qu'essaie donc de nous dire l'assassin avec ce mot incomplet, à quelle suite tragique, à quel nouveau crime sanglant devons-nous nous attendre », continuait le présentateur télé d'une voix caverneuse, qui termina son homélie en piquant un titre à la presse écrite : « LE TUEUR JOUE AUX DEVINETTES. »

Sur quoi, la France entière se mit à jouer aux devinettes avec le tueur. Le jeu consistait à compléter le mot, c'est-à-dire à deviner quelles syllabes viendraient s'ajouter aux deux premières (certains joueurs perspicaces avaient observé que si on disposait déjà de deux syllabes pour deux assassinats, normalement, la série des assassinats devait se poursuivre syllabe par syllabe jusqu'à la fin du mot).

On ouvrit les dictionnaires à la page Ano. Les entrées s'alignaient : Anobie, Anoblir, Anode, Anodin, Anodonte, Anomala, Anomalure... et ainsi de suite. En plus d'un bestiaire nombreux d'insectes, de mollusques, de petits mammifères et même de batraciens, les dictionnaires d'une certaine épaisseur proposaient un choix de termes botaniques, techniques et astronomiques, ainsi que quelques adjectifs plus ou moins usités.

Anodin, fut généralement écarté : l'auteur du message n'avait rien d'anodin. Anode, l'électrode positive, avait ceci de bon qu'il ne manquait qu'une syllabe et laissait donc espérer que le tueur s'en tiendrait à un seul assassinat supplémentaire. Anophèle, Anonyme, Anorexie, comptaient quatre syllabes, égale deux assassinats de plus. Quant à Anomalistique... on n'osait imaginer l'hécatombe chez les malheureux éditeurs !

Ceux qui étaient nuls en orthographe et n'avaient jamais ouvert un dictionnaire de leur vie, ou ceux qui pensaient que le message était écrit en langage SMS (c'était généralement les mêmes) crurent lire « Anneau », objet fortement symbolique. Les amateurs de mystère, du genre qui se délectaient aux films ésotériques, s'attendirent donc à un emblème cabalistique (Anneau... de quelque chose) signant, peut-être, la vengeance d'une secte dont les éditeurs auraient refusé d'imprimer le catéchisme.

Les membres de l'Académie française, à l'initiative de trois d'entre eux dont les œuvres étaient publiées chez la deuxième victime, consacrèrent toute une séance du dictionnaire à résoudre l'énigme. On sait que les académiciens ont pour tâche principale de rédiger un dictionnaire volumineux – le fameux dictionnaire de l'Académie. A la façon des peintres du pont de Brooklyn, qui, pour protéger l'ouvrage des intempéries et de l'air marin, le repeignent d'un bout à l'autre à longueur d'année, repartant du début quand ils sont arrivés à la fin, depuis bientôt quatre siècles, les académiciens reprennent inlassablement leur travail à la lettre A quand ils en ont fini avec la lettre Z. Ce jour-là, cependant, nos éminents lexicographes abandonnèrent les multiples et délicates définitions du mot « Pipe » (ils en étaient à la lettre P), pour se consacrer à l'élucidation de ce nouveau problème. Après une controverse passionnée qui dura tout l'après-midi, ils finirent par tomber d'accord sur « Anobie », qui leur semblait le mieux coller à la circonstance : en effet, ce mot désigne un insecte coléoptère surnommé « Horloge de la mort » parce qu'il fait entendre une sorte de tic-tac fatidique.

Les jours qui suivirent l'annonce imprudente du présentateur du Treize-heures, les jeux télévisés connurent une baisse d'audience calamiteuse (la chute de l'Audimat de *Questions pour un Champion*, Des *Chiffres et des Lettres* et *Qui veut gagner des Millions* faillit signer leur fin). Sur tout le territoire français, dès six heures du soir, par un effet de vases communicants, les écrans de télé désertés, les cafés se remplissaient. C'est que le nouveau jeu, à la fois macabre et littéraire, était autrement excitant. Autour des tables et le long des comptoirs, les cerveaux bouillonnaient. On en vint à parier sur le mot final. A l'imitation des Anglais qui parient sur tout et n'importe quoi (et jusque sur les vainqueurs de leurs prix littéraires – certainement informés par leurs journaux du drame qui frappait le monde éditorial parisien, ceux qui parlaient français devaient déjà être en train de parier eux-mêmes), on organisa des paris depuis les brasseries des plus grandes villes de France jusqu'aux épiceries-buvettes des villages les plus reculés. C'est dire que, des deux côtés de la Manche, on attendait le prochain assassinat avec impatience.

A Paris, sur la rive gauche, l'agitation était à son comble. C'était un mois de juin maussade, et il pleuvait presque chaque jour, mais en fin d'après-midi un vent tiède séchait rapidement les trottoirs, si bien qu'à partir de cinq heures les salles et les terrasses des cafés étaient bondées.

Le samedi soir, l'affluence redoubla. La place Saint-Germain-des-Prés était noire de monde. Aux Deux Magots, ils avaient repoussé les thuyas en pots limitant la terrasse d'été pour installer des tables supplémentaires qui s'alignaient, malgré les protestations de leurs directeurs, devant les magasins de luxe qui faisaient face à l'église, tandis que dans les rues adjacentes les cafés débordaient jusqu'au milieu de la chaussée, bloquant la circulation.

Au premier étage du Flore, havre de paix en général l'après-midi, où les écrivains venaient peaufiner leurs textes en toute quiétude, et les directeurs littéraires tenir de discrets conciliabules avec leurs poulains avant les Prix, on se serait cru sur le stand Flammarion à l'inauguration du Salon du Livre. Les veinards qui avaient réussi à s'asseoir se serraient comme des anchois sur les banquettes de cuir crème. Plus une place disponible non plus dans la salle du rez-de-chaussée, où les clients discutaient debout, bouchant le passage dans les allées, ce qui obligeait les serveurs à des exercices de jonglage pour acheminer leurs plateaux. L'effroi délicieux causé par les événements, l'excitation des apéritifs et la promiscuité qui donnait une impression de chaude solidarité entre les hommes, créaient un climat d'euphorie qui, dans ces murs chargés d'histoire (principalement littéraire et artistique), n'était pas sans rappeler la joyeuse effervescence de l'après-guerre.

Au milieu de tout ce tapage, personne ne remarqua un petit homme falot, sans doute arrivé de bonne heure car il était assis dans un angle du fond de la salle d'où il avait une bonne vue d'ensemble. Il avait repoussé son exemplaire du Monde et sa tasse de café vide depuis longtemps et s'appuyait de ses avant-bras sur la table, les mains bien à plat, doigts croisés. Avec son pull-over quelconque et sa chemisette rayée à col ouvert, on aurait pu le prendre pour un voyageur de commerce, un prof de province ou un employé de banque à la rigueur. L'homme paraissait environ quarante ans. Ce qui restait de ses cheveux poivre et sel déjà clairsemés était soigneusement ramené sur le dessus de son crâne en partie dégarni. Il avait le nez droit, normalement proportionné. Sous des sourcils assez fournis et en accent circonflexe, une lueur mélancolique animait ses yeux gris. Son seul trait remarquable était un front intelligent, trop haut pour son visage à l'ossature arrondie et doté d'un minimum de menton. De sa place discrète, cet être en apparence insignifiant, ignoré de tous, contemplait tranquillement l'assistance avec sur les lèvres un sourire amusé et satisfait de démiurge.

Cependant, le commandant de police Martineau continuait son enquête. Les interrogatoires des employés de Philibert-Mazeaud tout juste terminés, il avait embrayé avec ceux de Jouvin-Cornaut. Après avoir rencontré Simon Dessenne, il avait continué en se limitant aux chefs de service et aux proches collaborateurs de Tellier (les autres, trop nombreux, avaient été simplement priés de prendre contact avec lui s'ils se souvenaient de quelque chose d'anormal).

Dans l'ensemble, ils s'étaient montrés peu bavards ; confirmant les dires du directeur éditorial, les plus loquaces avaient laissé entendre à demi-mot que Tellier et Lolland formaient un couple et que c'était sur ce dernier que reposait la santé financière de la maison. Ils semblaient surtout préoccupés de conserver leur emploi et n'avaient pas paru très affligés par la mort de leur patron. Quelques-uns estimaient que l'entreprise pouvait parfaitement fonctionner sans lui. Le chef du service Fabrication avait raconté à Martineau que les cadres envisageaient de la racheter, qu'ils en avaient déjà discuté entre eux, mais qu'ils n'étaient pas sûrs de réunir les fonds nécessaires. Il faudrait un prêt bancaire, ce qui n'était pas gagné dans ce genre de situation ; quoique, peut-être, avec l'aide de Lolland...

La sœur aînée de la victime, Marie-Louise Tellier, avait fait le voyage de Nantes pour reconnaître le corps de son frère et Martineau l'avait accompagnée à la morgue. Cinquante-cinq ans, lunettes sévères, profil en lame de couteau. Rien d'une rigolote. Après la morgue, le commandant l'avait reconduite à son hôtel. Mais cette dame n'avait rien d'intéressant à lui dire. Son frère avait été un petit garçon joyeux et turbulent, qui s'était brusquement renfermé à l'adolescence. Actuellement, elle ne savait plus grand-chose de lui : ils ne se rencontraient qu'aux enterrements, comme des parents éloignés, et ne s'étaient pas vus depuis celui de leur mère huit ans plus tôt. En un sens, c'était mieux comme ça : pour parler franc, toute la famille avait été soulagée quand Jean-Michel était parti pour Paris. A cause de sa perver... euh... de sa... de son... penchant, qui commençait à faire jaser. Encore heureux, avait-elle conclu avec une drôlerie involontaire, qu'il n'ait pas fait son « coming out » à Nantes, comme c'était la mode à présent, tous leurs amis leur auraient tourné le dos.

Martineau avait entendu longuement Eric Lolland, lequel avait admis sans difficulté qu'il était l'amant de la victime. Tous deux conservaient leurs appartements respectifs par discrétion et aussi parce que, travaillant toute la journée ensemble, ils jugeaient préférable de mettre un peu d'air dans leur relation. Pour le jour du crime, Lolland avait un alibi : il n'aimait pas le golf et avait passé toute la journée du dimanche dans la propriété de compatriotes danois, à Luzarches, au nord de Paris. Ces derniers temps, il n'avait rien remarqué d'anormal dans la maison d'édition, rien qui dépassât les problèmes et les conflits ordinaires d'une entreprise ; Jean-Michel ne lui avait pas paru spécialement troublé ni ne lui avait fait de confidences sur une chose qui l'aurait inquiété. Tout en parlant, Lolland regardait le commandant droit dans les yeux, un regard bleu faïence, ferme et insistant. Difficile de savoir s'il mentait. Ou même s'il était peiné par la mort de son ami. Martineau se méfiait de ce type un peu trop beau, étranger, homo, directeur financier tout puissant d'une grande maison d'édition française. Il s'était promis de le tenir à l'œil.

Eric Lolland parti, Martineau avait téléphoné à un collègue de la Brigade financière. Il avait pensé à un

149

trafic du genre blanchiment et il avait besoin d'éclaircissements. Les deux policiers avaient pris rendez-vous pour le soir même dans un café de la place Dauphine. Martineau voulait se renseigner sur le processus et sur la manière dont un éditeur français aurait pu être impliqué dans cette sorte d'affaire.

Simple comme bonjour, lui avait expliqué son collègue. On blanchit de l'argent en donnant par des moyens artificiels de la valeur à quelque chose qui n'en a pas, ou en accroissant la valeur d'une chose qui en a déjà (ce qui, soit dit en passant, pourrait expliquer le bond prodigieux en un temps record du prix de certains tableaux anciens ou contemporains). Par conséquent, selon lui, une organisation mafieuse internationale aurait très bien pu imaginer d'utiliser un réseau de maisons d'édition européennes à des fins de blanchiment. Il n'avait jamais entendu parler d'une histoire de ce genre, mais c'était théoriquement possible.

Dans un premier temps, un éditeur français honorable est contacté par une maison étrangère (on va dire asiatique), créée tout exprès et qui lui achète très cher les droits du livre d'un de ses auteurs, de préférence un inconnu qui va se révéler tout d'un coup « plein de promesses ». L'argent de l'acheteur, qui passe par un circuit bancaire exotique peu regardant, est de l'argent sale, provenant, par exemple, du trafic des diamants ou des métaux...

Ensuite, bien évidemment, l'acheteur veut récupérer son argent pour le réinjecter dans l'économie légale. Il oblige alors l'éditeur français à lui acheter (moins cher : il faut quand même que ce dernier tire un bénéfice de l'opération) les droits sur l'ouvrage d'un auteur bidon.

Pour éviter que ces allers et retours avec une société exotique n'attirent l'attention du fisc, les organisateurs du trafic ont créé une maison européenne d'apparence respectable – par exemple, en Belgique – à laquelle l'éditeur français est instamment prié d'acheter les droits en question en toute légalité ; il s'agit d'une opération en triangle.

En conclusion, une organisation criminelle aurait pu choisir deux éditeurs français au-dessus de tout soupçon et les embarquer dans le système sans qu'ils aient bien compris d'abord de quoi il retournait, les faire tomber dans un piège. Pour vendre très cher leurs droits sur un de leurs auteurs lambda, ils étaient bien entendu d'accord, ils se félicitaient même d'avoir fait une bonne affaire. Pour restituer l'argent – et le blanchir – en achetant à leur tour les droits d'un livre fantôme, ils ne le sont plus du tout. Ou alors ils auraient pu marcher un certain temps dans la combine, en être complices, puis prendre peur et refuser de continuer. D'où « punition » exemplaire des récalcitrants afin d'effrayer les autres éditeurs européens et les rendre plus coopératifs.

Pour Martineau, l'hypothèse tenait la route, c'était en tout cas sa piste la plus sérieuse. Dès le lendemain, il avait mis son équipe sur l'examen des comptes bancaires et du train de vie des plus proches collaborateurs de Tellier, en particulier son assistante, le Chef comptable de la maison, et bien entendu Eric Lolland.

Puis il avait repensé à Anatole Maufras, l'ogre Maufras, qui n'avait pas mis longtemps à avaler la maison d'édition de la première victime. (Quant à éplucher le savant enchevêtrement des comptes, off-shore ou non, du tycoon, mieux valait attendre d'avoir des raisons solides : une telle investigation était l'affaire de spécialistes hautement qualifiés et prendrait des années.)

Le vendredi 22 juin, cinq jours après le deuxième crime, Martineau se rendit au SRPJ de Versailles. Une fois établi que les deux assassinats avaient été commis par le même tueur, le dossier Tellier avait eu vite fait de rejoindre le dossier Mazeaud sur le bureau du juge d'instruction parisien, mais la brigade criminelle de Versailles était toujours en charge de l'enquête d'Outreville. Martineau voulait savoir si par hasard Anatole Maufras ne faisait pas partie du fameux club de golf.

A son arrivée au SRPJ, il trouva les locaux de la brigade déserts. Une jeune recrue lui apprit que tout le monde était en réunion chez le patron et lui mit entre les mains la liste d'adhérents qu'il réclamait : Maufras n'y figurait pas.

Martineau s'introduisit sans bruit dans le bureau du commissaire et resta discrètement debout près de la porte. La réunion s'achevait. Son objet était justement de préparer les enquêteurs à interroger les importants personnages membres du club. « Du doigté, leur recommandait le commissaire en conclusion de ses directives, de la délicatesse, surtout avec les politiques : nous pourrions nous retrouver un jour avec l'un d'eux comme ministre de l'Intérieur. Je compte sur votre diplomatie. Si quelqu'un commet une bévue, nous plongeons tous. Ce sont des hommes qui ont le bras long. »

Les membres de la brigade sortirent de la pièce dans un brouhaha inquiet en songeant tristement au long bras, au très long bras jailli du sommet d'une tour de la Défense ou de quelque palais ministériel qui, en cas d'impair, viendrait les cueillir par le col de leur veste pour les mettre au placard, bloquer leur avancement.

Martineau discuta un moment de l'affaire avec ses collègues versaillais, puis, après leur avoir souhaité bonne chance pour leurs interviews avec les pontes, il remonta dans sa voiture et rentra au Quai.

Les obsèques de Jean-Michel Tellier eurent lieu en toute discrétion, le mardi 26 juin, dans le petit village de l'Eure où il possédait une propriété. Sa sœur n'avait pas fait paraître d'avis dans les rubriques nécrologiques du *Monde* et du *Figaro* et l'assistance était peu nombreuse, une dizaine de personnes au plus, qui se rassemblèrent rapidement devant le funerarium communal : Eric Lolland, bien sûr, et le maire du village, le notaire, le couple de Portugais qui gardait la propriété, des voisines... Martineau était présent ; il était venu sans intention précise, juste pour s'imprégner de l'atmosphère, essayer de saisir quelque chose.

Marie-Louise Tellier représentait la famille à elle seule, un devoir qui visiblement l'accablait. Il n'avait pas suffi que son frère soit homo, il avait encore fallu qu'il meure dans des circonstances crapuleuses. Tout Nantes en faisait des gorges chaudes. Et ce n'était pas fini, elle allait encore devoir supporter l'enquête de police en ville... A ces tourments, à l'humiliation, à la honte, s'ajoutait de l'inquiétude au sujet du testament. Leurs parents étaient morts et Jean-Michel n'avait pas d'enfant. Il aurait probablement laissé quelque chose au grand escogriffe, là, qui était déjà en train de chuchoter avec le notaire. Directeur financier, tu parles ! Son gigolo, oui ! Tout ce qu'on pouvait espérer était que Jean-Michel aurait eu la décence de ne pas léser gravement la famille... – Les sombres pensées qui l'agitaient lui faisaient le teint cireux, presque autant que celui de son frère, qui recevait ses dernières visites dans le funerarium en attendant son départ pour l'incinération.

Comme tout le monde, le commandant Martineau alla saluer le défunt allongé dans son cercueil capitonné. On lui avait refermé les yeux, et tant bien que mal la bouche, mais il conservait une expression stupéfaite. La mort l'avait pris par surprise, au milieu d'un champ de gazon, alors qu'il s'amusait au volant d'une voiture-jouet peinte en zèbre... Il y a des manières plus tragiques de mourir. Pour la cérémonie, on l'avait habillé d'un costume foncé, d'une impeccable chemise bleu ciel et d'une cravate en soie à rayures bordeaux. C'était drôle cette façon de socialiser les humains depuis leurs premiers instants jusqu'à leur complète disparition. Presque vingt ans plus tôt, Martineau était allé voir la femme d'un collègue à la clinique où elle venait d'accoucher d'un garçon. Le nouveau-né avait des cheveux et l'infirmière l'avait peigné. A peine un jour, et il avait déjà ses cheveux humides plaqués sur sa petite tête rouge et séparés par une raie de côté ! Et maintenant Tellier allait entrer dans le four en costume-cravate…

3

Au bureau de la PJ, la paperasse s'accumulait. De quatre qu'ils étaient au début de l'affaire, les enquêteurs chargés d'élucider les assassinats des deux éditeurs étaient passés à huit, sous la direction de Martineau. Les informations qui résultaient de leurs investigations, auxquelles s'ajoutaient les renseignements transmis par les brigades de Versailles et de Villefranche, gonflaient d'une manière inquiétante le dossier de la procédure, sans faire avancer l'enquête d'un pas. Le vendredi 6 juillet (ils en étaient à leur septième semaine d'investigations), suite à une réunion houleuse avec le juge d'instruction qui s'impatientait et après avoir, aidé du lieutenant chargé de rassembler et de classer les éléments de la procédure, tenté une fois de plus de dénicher dans toute cette paperasse un indice, un fil à tirer, un point commun autre que professionnel entre les deux victimes, Martineau décida d'oublier tout ça le temps d'un week-end. A quoi bon s'acharner, la solution viendrait sans doute bientôt de l'assassin lui-même.

Si l'hypothèse de la criminalité financière, d'une histoire de règlements de compte mafieux, se révélait juste, il n'y aurait probablement pas de nouvel assassinat d'éditeur dans un avenir proche ; une organisation criminelle n'avait pas de raison de faire une hécatombe.

Mais si on avait affaire à un tueur en série, un tueur isolé, selon Martineau il n'allait pas tarder à recommencer. Le type semblait avoir une prédilection pour les jours fériés et les dimanches (et s'il n'agissait pas les jours ouvrables, c'était certainement qu'il travaillait, menait une vie normale, ce qui n'était pas pour faciliter les recherches). En considérant que les deux premiers crimes, commis respectivement le 17 mai et le 17 juin, avaient été séparés par un laps de temps d'un mois, on pouvait raisonnablement s'attendre à ce que l'assassin se manifeste à nouveau pendant le week-end du 14 juillet, par exemple le 15, qui tombait un dimanche. Plus que quelques jours de patience.

Le commandant Martineau avait un urgent besoin d'une pause. Deux mois qu'il n'avait pas touché une femme ! Il n'avait ni compagne, ni maîtresse. Quinze ans plus tôt, il s'était marié, mais son mariage n'avait tenu qu'une petite paire d'années. Martineau avait été un jeune inspecteur de police passionné : son métier passait avant tout et sa femme restait souvent seule. Pour tout arranger, comme elle était très jolie et un peu tête en l'air, il en était férocement jaloux, de sorte que, quand il réapparaissait, il ne pouvait s'empêcher de la questionner sur ce qu'elle avait fait en son absence, lui faisant subir de véritables interrogatoires. Après deux ans de disputes, sa jeune épouse en avait eu assez et l'avait laissé tomber.

Depuis, il n'avait fait qu'une tentative de relation suivie (sans aller jusqu'à la vie commune), laquelle s'était terminée, comme son mariage, en eau de boudin. La dame s'était lassée des rendez-vous décommandés à la dernière minute, des dîners interrompus au milieu des hors-d'œuvre, des ébats stoppés dans le feu de l'action par un coup de fil intempestif de la PJ. Pour ce qui était d'éteindre son portable, Martineau restait intraitable : c'était non. La dernière fois, sur un appel urgent du commissaire, ils avaient dû quitter un restaurant immédiatement après leur commande et, faute de temps pour raccompagner son amie chez elle, Martineau lui avait dit bonsoir sur le trottoir devant la façade illuminée de l'établissement, ce qui lui avait valu une gifle magistrale.

Prudent, il s'en tenait depuis à des relations épisodiques. Il avait toujours quelques noms dans son carnet, qu'il barrait à mesure qu'il se faisait envoyer sur les roses. Au commencement, les conquêtes de Martineau – quoi de plus naturel – espéraient plus ou moins se caser. Mais elles se rendaient compte assez vite qu'elles n'étaient pas à la bonne adresse et ne tardaient pas à se décourager. Ce n'était jamais Martineau qui rompait : la flemme, peur d'une scène arrosée de larmes, et puis il avait horreur de faire de la peine. D'un autre côté, ce n'était pas désagréable ce petit harem permanent de trois ou quatre femmes qui attendaient sagement son appel. Ça durait ce que ça durait. Quand elles partaient, il en arrivait toujours de nouvelles ; on n'imagine pas combien il peut y avoir de jolies femmes seules à Paris.

Ce vendredi soir, donc, encore secoué par son engueulade avec le juge, une fois prise la décision de faire le vide dans sa tête pendant un jour ou deux, il s'offrit un demi à la terrasse d'un café de la place Saint-Michel et appela la jeune femme de son carnet qu'il préférait, son premier choix ; malheureusement, celle-ci qui était infirmière était de service tout le week-end. Le deuxième choix éclata de rire, lui demanda s'il se prenait pour le Président de la République pour convoquer les gens la veille pour le lendemain après deux mois de silence, et lui raccrocha au nez. La troisième personne contactée, Clémentine, était libre ; elle accepta de dîner avec lui le samedi soir. C'était une gentille fille, une comédienne qu'il avait rencontrée un jour qu'il enquêtait dans les coulisses de Marigny (au théâtre, les drames n'arrivent pas toujours sur la scène), qui avait elle-même des horaires insupportables pour un conjoint normal et comprenait les obligations de son ami. Quand elle était disponible, c'est-à-dire pendant ses périodes de chômage, elle était toujours contente de trouver quelqu'un pour la sortir et se comportait en parfaite camarade. Elle était ravissante, bien habillée, tous les hommes la regardaient, et bien sûr Martineau en était flatté. Elle n'était pas amoureuse de lui, ni lui d'elle, ce qui leur épargnait bien des malentendus et des espoirs déçus.

Le samedi, comme convenu, il alla chercher Clémentine chez elle et l'emmena dîner dans un restaurant de la rive gauche, un italien renommé de la rue des Canettes. A peine assise, Clémentine commença à se raconter. S'ils s'entendaient bien tous les deux, c'était que Martineau, discret sur ses activités par devoir et réservé par tempérament, était volontiers taciturne, tandis que Clémentine ne se lassait pas de parler d'elle-même.

La pièce dans laquelle elle avait joué tout le printemps, et où elle avait un joli petit rôle, venait de s'arrêter. Elle avait tout de même fait salle comble pendant trois mois – on avait fêté la centième – et il était question de la reprendre en décembre, mais qu'est-ce qu'elle allait faire en attendant ? Pour le moment, elle courait les auditions et les castings. Il y avait bien un film qui se préparait, où il y avait un rôle fait sur mesure pour elle, mais elles étaient déjà quatre sur le coup... Est-ce que Martineau lui trouvait bonne mine ? Il ne la trouvait pas grossie depuis la dernière fois ? Elle venait d'attraper trente-neuf ans, il faudrait bientôt qu'elle se fasse faire un lifting...

– T'as pas besoin de ça, protesta gentiment Martineau.

– Si, si, insista Clémentine, l'air inquiet, en tirant un peu sur son cou, tu vois bien, j'ai un début de double menton, ça commence...

Et avait-il remarqué les rides aux coins de ses yeux ? Au théâtre, ça n'avait pas beaucoup d'importance, mais au cinéma... Il fallait absolument qu'elle s'en débarrasse autrement on ne lui proposerait plus rien... A mesure qu'elle inventoriait les premières griffures de l'âge, prémices de son inéluctable dégradation, Clémentine s'échauffait, devenait de plus en volubile. Bien qu'elle fût de loin la plus jolie et, quand elle le voulait, la plus amusante de ses amies, cette nervosité, cette anxiété permanente entrecoupée de brefs moments d'exaltation, auraient suffi à empêcher Martineau d'en tomber amoureux. Mais il savait que son existence n'était pas facile, il avait de l'amitié pour elle et l'écoutait. C'est une chose qu'il savait faire, Martineau, écouter les autres, essayer de comprendre ce qui se passait dans leur tête.

Clémentine revenait à ses projets – il y avait aussi en préparation une pièce de Feydeau, *Occupe-toi d'Amélie*, où elle avait bon espoir d'obtenir quelque chose –, quand le portable de Martineau sonna. C'était un journaliste de l'AFP, un copain auquel il lui arrivait de filer un tuyau et qui lui retournait la politesse à l'occasion en le faisant profiter d'une nouvelle fraîche avant tout le monde.

Et cette fois la nouvelle était d'importance :

Louis-Charles Bonnifay, Président-directeur général des Éditions du Cèdre, avait été assassiné au début de l'après-midi dans le parc du Château de Taillencourt pendant la réception de mariage de sa fille.

Martineau prit le temps de finir son assiette – des scaloppine alla venitiana auxquelles il n'avait pas le cœur de renoncer – régla l'addition, puis se rendit sur le lieu du crime accompagné de son invitée.

C'était un samedi, la circulation sur l'autoroute était fluide. A la sortie, ils se fourvoyèrent un peu dans les petites routes et atteignirent Taillencourt, une commune du nord de l'Orléanais, à dix heures vingt. Le château était une grande bâtisse blanche à toit d'ardoises construite au dix-neuvième siècle, sans charme particulier, mais entourée d'un beau parc. Ses propriétaires le louaient pour des réceptions, des congrès,

161

des séminaires, ce qui couvrait en partie leurs frais d'entretien.

Lorsque Martineau et son amie arrivèrent, la cour côté façade était sombre, à peine éclairée par trois fenêtres allumées au rez-de-chaussée ; plusieurs voitures y stationnaient, des voitures particulières et des véhicules de la gendarmerie gardés par deux gendarmes. Martineau passa le portail grand ouvert, franchit l'allée et ralentit à leur hauteur pour leur montrer sa carte de police. Puis il se gara, descendit de voiture et contourna la bâtisse, suivi de Clémentine trébuchant dans le gravier sur ses hauts talons.

A l'arrière, le château était éclairé a giorno, comme si, les invités âgés rassasiés et partis se coucher, la fête allait se continuer jusqu'au matin pour les plus jeunes. Au pied d'un perron élevé s'étendait une vaste terrasse gravillonnée où quinze tables de huit étaient disposées sur trois rangées en demi-cercle autour d'une piste de danse, un parquet au fond duquel se trouvaient encore les chaises des musiciens, dont quelques-unes avaient été renversées comme dans une fuite précipitée. Ce qui restait de Louis-Charles Bonnifay gisait à l'autre bout, tout au bord du parquet, à l'endroit même où, quelques heures plus tôt, bien en vue et isolé des autres, il prononçait l'allocution du père de la mariée quand il s'était fait descendre. Plusieurs personnes, gendarmes et techniciens, s'affairaient autour du corps déjà cerné d'un trait de craie.

Martineau ordonna à Clémentine de l'attendre, s'approcha du capitaine de gendarmerie qui semblait diriger les opérations et présenta de nouveau sa carte en chuchotant qu'il était chargé de l'enquête sur les deux premiers assassinats d'éditeurs. Le gendarme voulut bien lui confirmer que la victime avait été tuée par balle, à quatorze heures dix exactement. Après avoir jeté un rapide coup d'œil sur la victime, Martineau s'éloigna discrètement ; il était venu de sa propre initiative, d'une certaine façon en touriste, et se savait tout juste toléré.

Il alla se mêler à la foule, encore nombreuse. Le crime avait eu lieu un peu plus de huit heures avant et la plupart des invités, dont la présence affolée était plus gênante qu'autre chose, avaient eu l'autorisation de partir, mais il restait bien sur place une cinquantaine de personnes. En plus de la vingtaine de gendarmes qui s'étaient transportés sur les lieux, il y avait le personnel du traiteur, les neuf musiciens regroupés dans un coin avec leurs instruments, les jeunes mariés, leurs familles et les amis proches, quelques journalistes... La fille de la victime, Véronique Bonnifay, était assise sur une petite chaise dorée, entre son mari tout neuf et Anatole Maufras, que Martineau reconnut aussitôt en se demandant ce qu'il faisait là. La jeune mariée avait pleuré : elle s'essuyait les yeux et triturait son mouchoir. La pauvrette se souviendrait longtemps de ses noces gâchées.

Le commandant porta son regard vers le fond de la propriété. Quelques marches plus bas, la terrasse se prolongeait par un jardin à la française long de cent ou cent cinquante mètres, son allée centrale jalonnée de chaque côté de statues allégoriques qui défilaient par deux jusqu'à un petit bois d'où Martineau pensa que le tueur avait dû tirer. (Décidément, le type semblait se sentir à l'aise à la campagne, dans l'environnement des forêts – détail qui constituait peut-être un indice de plus.) Il se promit, quand il serait officiellement en charge de l'affaire, d'envoyer des gars de son équipe examiner le bois de plus près.

En attendant, comme l'eût fait n'importe quel badaud, il bavarda un moment avec le maître d'hôtel et un envoyé du *Courrier du Loiret.*

Quel dommage, déplorait le maître d'hôtel, une si belle fête, tout avait si bien commencé. On venait de servir les langoustes, Monsieur Bonnifay – un client fidèle pour lequel sa société avait déjà organisé de splendides réceptions et qu'il avait l'honneur de connaître personnellement – attaquait son discours. Il exprimait sa joie de marier sa fille unique, sa fille chérie, et remerciait l'assistance d'avoir répondu à son invitation. Et c'est à cet instant qu'il s'était écroulé. Sur le coup, personne n'avait entendu le bruit sourd et bref du silencieux (*pop...*) et on avait cru à une crise cardiaque. Oui, un affreux malheur vraiment, mourir le jour des noces de sa fille !... Pauvre Monsieur Bonnifay, lui qui était si heureux, si fier d'allier sa famille à celle du grand Anatole Maufras !

La victime, le père de la mariée, précisa le journaliste, était l'ex-rédacteur en chef d'un magazine du groupe ALIZÉ, le conglomérat de Maufras, et avait été récemment parachuté à la tête des Éditions du Cèdre, propriété du même. On célébrait aujourd'hui le mariage de la fille Bonnifay avec un neveu du tycoon, directeur général malgré son jeune âge d'une autre maison du

164

groupe de son oncle. – L'envoyé du journal local persifla : « L'édition est une grande famille... ».

Au loin, comme toujours très entourée dès qu'on la laissait seule cinq minutes, Martineau aperçut Clémentine, en train de picorer un morceau de pièce montée (il est vrai qu'au restaurant elle avait été privée de dessert). La pièce montée était déjà payée, quelqu'un s'était avisé qu'il serait dommage de la laisser perdre et, comme l'heure du dîner était largement dépassée, en faisait profiter les personnes présentes. Martineau s'intéressa aux reliefs du repas sur les tables. Quelques langoustes étaient intactes, d'autres avaient été entamées, mais d'autres s'étaient entièrement volatilisées, chair et carapace : des invités dotés d'un appétit solide les avaient emportées, estimant qu'elles leur étaient bien dues en compensation de la fête avortée et de leurs coûteux cadeaux.

Le commandant jeta un dernier coup d'œil aux gendarmes toujours occupés autour du cadavre. C'était donc le troisième éditeur assassiné. Trois, le chiffre fatidique à partir duquel la police considérait qu'elle avait affaire à un tueur en série. Ça laissait le commandant perplexe. Il avait bien entendu parler de tueurs en série de femmes blanches, de femmes brunes, de prostituées, de vieilles femmes, de jeunes conscrits... mais un tueur en série d'éditeurs ?... C'était à n'y rien comprendre.

Néanmoins, pour lui, il n'y avait aucun doute, c'était bien la même affaire et il savait que ce troisième dossier n'allait pas tarder à atterrir sur son bureau. Constatations,

relevés, autopsie, expertise balistique, interrogatoires...
le cirque allait recommencer.

Martineau alla chercher Clémentine et regagna sa voiture en shootant pensivement dans une demi-carcasse de langouste semée en chemin par un invité.

Le lendemain dimanche, il n'y eut que de brefs échos de l'événement dans la presse et à la radio (Un homme avait été tué au mariage de sa fille dans un château de la région Centre...), mais le lundi, la nouvelle éclata ; elle faisait la une de tous les journaux du matin.

– Noces sanglantes au château : encore un éditeur abattu

– Les éditeurs victimes d'un serial-killer

– Troisième éditeur assassiné. On craint une hécatombe.

– Serial-killer : l'édition dans le collimateur. La police impuissante...

A midi, les présentatrices des différents journaux télévisés prirent le relais d'une voix étranglée, leurs yeux exorbités fixés sur le prompteur : « *Les éditeurs pris pour cible...* ». Cette expression, venue deux ou trois ans plus tôt sous la plume d'un rédacteur qui s'était souvenu de quelques vers de Rimbaud (Comme je descendais les fleuves impassibles/Je ne me sentis plus guidé par les haleurs/ Des Peaux-rouges criards les avaient pris pour cible...) avait fait fortune. Depuis ce jour, les policiers, les braqueurs, les pompiers, les convoyeurs de fonds, les politiques, les femmes infidèles, les bonzes birmans, les perceptions corses étaient tour à tour « pris pour cible ». Les présentateurs de télé avaient comme ça des engouements. Tarmac, mot poétique à l'étymologie mystérieuse et à la sonorité tranchante, avait également beaucoup plu : incroyable la quantité de choses qui se passaient désormais sur les tarmacs ! (Avec un peu de chance, un prochain éditeur serait bientôt « pris pour cible sur un tarmac »...).

A l'heure du déjeuner, les restaurants et les brasseries du sixième arrondissement où le petit monde de l'édition aimait à se retrouver pour s'épier, cancaner, nouer des relations utiles ou amorcer des collaborations fructueuses – et qui avaient connu une affluence extraordinaire les semaines précédentes – furent brutalement désertés. Désoeuvrés, les chefs de rang et les serveurs, trop occupés pendant la matinée pour s'être informés des nouvelles, se tenaient sur le pas de la porte, leur torchon plié sur le bras, scrutant l'horizon sans comprendre. Le café *Les Éditeurs* et le bistrot d'en face qui lui servait d'annexe, tant il était contraint de refuser du monde certains jours, étaient aux trois-quarts vides. Dans les établissements plus prestigieux, la plupart des réservations avaient été annulées. Rue Récamier, les tables de l'accueillante terrasse du restaurant éponyme, si prisée les jours de chaleur car baignée de l'ombre et de la fraîcheur du square voisin, restèrent inoccupées. Les sept clients intrépides qui n'avaient pas décommandé avaient préféré s'installer au fond de la salle, à l'abri d'une épaisse colonne. Privé de sa « clientèle » habituelle, le poète à moitié clochard qui mendiait à proximité les piécettes au moyen desquelles ceux-là mêmes qui l'avaient rejeté, réduit à la misère, s'achetaient une conscience, avait rejoint des cieux plus cléments.

Chez Lipp – délaissé par les éditeurs, les écrivains, les politiques (eux-mêmes grands pondeurs de livres), de peur que le serial-killer, décidé à se débarrasser de tout ce qui comptait dans l'édition d'un seul coup (chacun avait compris qu'il ne s'en prenait pas au lampiste), surgirait à l'entrée pour arroser d'une salve de kalachnikov la salle du rez-de-chaussée où s'asseyaient justement les personnalités les plus marquantes –, quelques touristes étrangers et des provinciaux de passage se virent offrir les meilleures tables sans savoir à quoi il devait ce privilège ni à quel danger il les exposait. Place Saint-Germain-des-Prés, affalés sur les sièges des terrasses abandonnées, des garçons de café désoccupés reposaient leurs jambes. Le boulevard Saint-Germain avait pris des allures de Quinze-Août : sous le soleil brûlant qui blanchissait l'asphalte, de rares voitures circulaient encore sur la chaussée ; de temps en temps, un piéton isolé trottinait, rasant les murs.

Epouvantés, les gens de l'édition se terraient dans leurs bureaux, mâchonnant sans appétit les sandwiches insipides qu'ils étaient allés chercher à la boulangerie du coin. Seule la perspective d'une amputation à la fin du mois de leur maigre salaire les retenait de prendre leurs jambes à leur cou. Quelques malins se déclarèrent pris d'une rage de dents subite qui les contraignait à se précipiter sur le champ chez le dentiste... Mais le subterfuge ne pouvait se répéter, les autres furent bien obligés de patienter jusqu'au soir. A l'heure de la sortie, personne ne parla d'apéro : on s'engouffra dans le métro et dans les voitures afin de s'éloigner du sixième arrondissement au plus vite.

Le mardi matin – on était arrivé au 10 juillet – une secrétaire du *Figaro* découvrit dans le courrier une lettre étrange qu'elle se dépêcha de porter à son patron. Après une réunion du comité de rédaction qui n'excéda pas cinq minutes, la missive fut expédiée dare-dare à la maquette avec mission de modifier d'urgence la première page en vue d'une édition spéciale.

Celle-ci sortit à midi moins le quart. Les trois syllabes en Helvetica composant le troisième message de l'assassin, « **A-NO-NY-** », occupait en bandeau la largeur de la page ; à la main, d'un trait de marqueur désinvolte, la rédaction du journal avait ajouté une syllabe supplémentaire puisque désormais le mot entier allait de soi : ANONYME. Un titre en caractères gras de cinq centimètres chapeautait le bandeau : **LE TUEUR D'ÉDITEURS SIGNE SES CRIMES.**

Le journal fut distribué illico dans les kiosques, les Maisons de la presse, et chez tous les marchands de journaux. (Au *Figaro*, quelques-uns regrettèrent qu'il n'existât plus de crieurs, comme au début du siècle dernier, ce qui n'eût pas manqué d'allure.)

Une fois sûr que son édition spéciale était à la disposition des lecteurs, le directeur appela le Quai des Orfèvres. Apprendre que le tueur avait envoyé le message ponctuant son troisième crime directement à la presse fut pour Martineau d'un grand réconfort : l'homme s'impatientait, il prenait goût à la publicité et n'allait pas tarder à se découvrir. Le commandant se fit porter la lettre ; comme il s'y attendait, quatre cheveux poivre et sel avaient été collés au fond de l'enveloppe.

Les jours suivants, les medias reprirent abondamment la nouvelle en l'amplifiant :

– Un mystérieux Anonyme s'en prend aux éditeurs
– Crimes de l'Anonyme : la liste s'allonge
– Jusqu'où ira le dangereux Anonyme ?
– L'Anonyme a encore frappé
etc.

Titres qui eurent pour effet de faire monter la peur d'un cran.

Les PDG des maisons d'édition connurent alors une grande solitude. Quand ils les appelaient dans leur bureau, leurs assistantes restaient plantées près de la porte, prêtes à déguerpir à la moindre alerte, ou, si elles étaient absolument obligées d'entrer, par exemple pour prendre une lettre en dictée, s'arrangeaient pour se tenir le plus loin d'eux possible. Leurs propres directeurs les évitaient : ils ne parvenaient plus à leur parler qu'au téléphone. S'ils devaient se rendre ensemble à un rendez-vous, craignant que la voiture des PDG ne soit piégée, leurs collaborateurs les plus proches trouvaient tous les prétextes imaginables pour se servir de la leur.

D'une manière générale, le personnel en activité dans les maisons d'édition diminua de moitié : des RTT, des jours de vacances en retard furent rattrapés sans délai ; les certificats de maladie (une épidémie de grippe en plein mois de juillet !) affluèrent sur le bureau des DRH.

Au domicile des infortunés éditeurs, les choses n'allaient pas mieux. L'année scolaire étant par bonheur terminée, les enfants avaient été expédiés en vacances, accompagnés par la plupart des mères. Les domestiques, bien obligés, continuaient leur service : dans les vastes appartements aux volets fermés, ils passaient comme des ombres, qui s'évanouissaient à la vue de leur patron.

Ceux que leur famille avait laissés tomber n'étaient pas tout compte fait les plus mal lotis, car les épouses qui avaient eu le courage de rester près d'eux les accablaient de récriminations. Elles n'étaient plus invitées nulle part, leurs téléphones restaient muets, sauf pour quelques appels compassés et faux jetons de leurs meilleures amies leur annonçant qu'elles étaient obligées de quitter Paris pendant plusieurs semaines. Quand elles entraient dans les boutiques de leur quartier, des dames qui attendaient leur tour ressortaient sans faire leurs achats ; chez le coiffeur, les autres clientes s'écartaient d'elles comme de pestiférées...

Un soir, Maryvonne Maufras, la femme d'Anatole, rentra furieuse du défilé automne-hiver de Christian Dior : les deux chaises à sa droite et à sa gauche étaient restées inoccupées pendant toute la présentation... Quatre chaises vides au premier rang d'un défilé de haute couture ! Cela ne s'était jamais vu... Des places que les invitées se seraient fait tuer pour avoir !...

Mais qu'avaient bien pu faire les patrons de l'édition pour qu'on en soit arrivé là ? s'indignaient les épouses. Ces assassinats répétés au sein de la profession sentaient

171

le règlement de comptes à plein nez... On se serait cru à Chicago, ma parole ! Certainement, des imprudences avaient été commises... Leur Syndicat avait-il emprunté de l'argent à la Mafia ? De l'argent qui n'aurait pas été restitué ?

– Bien sûr que non, voyons, protestaient les éditeurs, qu'allez-vous donc imaginer !

– C'est que, répliquaient les épouses d'un air averti, ces gens ne plaisantent pas quand on les prend pour des poires : on sait comment les choses se passent en Amérique !... (et mimant le geste du tireur) : Pan, pan et pan !...

– Allons, allons, chère amie, calmez-vous, disaient les éditeurs.

La solitude physique et morale dans laquelle ils se trouvaient plongés en incita certains à faire leur examen de conscience (supputant du même coup leurs chances d'être la prochaine victime). Cependant, en toute objectivité, ils ne parvenaient à recenser que des fautes vénielles : flou artistique dans les comptes des auteurs, contrats-types léonins signés aveuglément et avec enthousiasme par les primo-édités, promesses de publicité non tenues, publications de montagnes de sottises démagogiques et rentables (mercantilisme et démagogie : les deux faces de la même médaille), mépris des consommateurs (les lecteurs), débauchage par les moyens les plus vils d'éléments de valeur chez les concurrents, soutiens substantiels aux grandes chaînes de distribution et étranglement des libraires indépendants obligés de fermer boutique l'un après l'autre, le tout en même temps qu'une exploitation éhontée du petit

172

personnel au nom de l'amour des Lettres... Mais ce n'était en somme que pratiques courantes dans les affaires et les éditeurs n'y voyaient rien qui justifiât une telle soif de vengeance.

A moins, se disaient ceux qui avaient de la religion, que le châtiment ne fût venu de plus haut, et que Dieu lui-même n'eût armé le bras d'un innocent, d'un pauvre fou, pour les punir de trop aimer l'argent – le gros pognon vite gagné – dans une profession dont les buts auraient dû être d'une nature plus élevée et moins immédiatement intéressés.

Mais les plus clairvoyants pressentaient que le péché majeur, péché contre la justice, contre la liberté, contre l'intelligence, contre la littérature, c'était le système lui-même, où les responsables des maisons d'édition siégeaient dans les jurys littéraires, écrivaient des critiques dans les journaux, venaient vanter sur un ton impartial les daubes qu'ils publiaient sur les plateaux de télé, juges et parties sans états d'âme, et pour la plupart auteurs de livres eux-mêmes, à propos desquels, sans vergogne, ils se couvraient réciproquement de fleurs... Toute cette industrie de services rendus et de renvois d'ascenseur, d'articles de complaisance, d'échanges de voix à la distribution des Prix, d'attribution de sièges honorifiques ou de postes rémunérateurs, d'aide à l'emploi et à la promotion des rejetons et des conjoints (sorte d'aide au regroupement familial sur le fromage), scandales bidons ourdis pour faire parler d'un livre, envois de lettres anonymes à la presse, accusations de plagiat, tous agissements tissant un réseau serré, une toile invisible et dense dans laquelle les écrivains étrangers au système venaient se prendre comme des moucherons.

Le prodige – et les éditeurs n'étaient pas les derniers à s'en émerveiller – était que tout le monde était au courant et que ça marchait quand même. A la lecture des « critiques », qui n'étaient plus que des compliments (ou à l'opposé, exceptionnellement, une exécution en règle dont les lecteurs ignoraient la cause et sans aucun rapport avec la qualité du livre), mais le plus souvent des compliments, allant, selon l'importance des intérêts en jeu, du simple éloge au dithyrambe, les acheteurs – n'oublions pas que c'était sur eux que reposait la combine – se précipitaient à la FNAC ou chez le libraire le plus proche pour se procurer des livres généralement médiocres dont ils ne dépassaient pas la page trente... – Ayez pitié de nous, pauvres pécheurs, priaient les éditeurs qui avaient de la religion et craignaient d'être le prochain sur la liste.

On ne peut lutter que contre ce qu'on connaît. Après quelques jours de flottement, las de se rendre à leur travail la peur au ventre, de se ratatiner en amorçant un glissement instinctif sous leur bureau au moindre bruit de pas approchant dans le couloir, de s'éviter entre eux de peur d'écoper d'une balle destinée à l'autre, quelques cadres de l'édition dynamiques et trentenaires décidèrent de prendre le taureau par les cornes. Ce fut à l'initiative d'une jeune directrice du marketing, Irène de Surmont, titulaire d'un MBA d'HEC, et qui, après trois ans d'initiation aux méthodes éditoriales de pointe dans une filiale londonienne du groupe Murdoch, avait été engagée par les Éditions de la Taupinière pour « dépoussiérer un peu les mentalités, faire souffler un vent de modernité et de fraîcheur dans la maison ».

Irène de Surmont était une petite personne au front têtu, au sourire rare et bref, rapide comme un tic, si bien qu'on ne savait jamais si elle se forçait à sourire ou au contraire se retenait de crainte de trahir ses sentiments. En plus de ses responsabilités au Service Marketing, elle s'enorgueillissait de faire partie du Comité de lecture, qu'elle trouvait plus approprié d'appeler, à l'imitation des Anglo-saxons, Publishing board (Comité éditorial) puisque sur la douzaine de membres siégeant autour de la table, rarement plus de deux avaient lu le texte en question. Entraient en ligne de compte des considérations autrement importantes : notoriété de l'auteur (ou de son patronyme, peu importait dans quel domaine), ses accointances dans les medias, son âge, sa bonne mine, son aptitude supposée à défendre son œuvre à la télé et devant les libraires, l'actualité du sujet (on appréciait les sujets dans l'air du temps, de préférence consensuels), l'opportunité politique (éviter les vagues), l'état du marché au moment de la parution, sur lequel, inlassablement et sans s'inquiéter de voir ses prévisions régulièrement démenties par les faits, Irène produisait force courbes et analyses.

Mademoiselle de Surmont n'était pas le genre de personne à supporter passivement les coups du sort, à se laisser abattre dans l'adversité sans réagir. Par ailleurs, elle n'était revenue en France que depuis un an, elle avait sa carrière à faire et il ne lui échappait pas que la tragédie qui frappait le monde de l'édition représentait une occasion unique d'attirer l'attention sur elle, de se faire un nom dans le métier.

Comme tout le monde, elle fut informée du troisième assassinat le lundi 9 juillet en rentrant du week-end qu'elle avait passé dans la villa de ses parents à Dinard. Après vingt-quatre heures de réflexion, elle téléphona à des confrères amis en poste chez différents éditeurs : son projet était de se cotiser à plusieurs pour louer une suite dans un grand hôtel afin d'y organiser un *brain-storming*. Elle leur remontra qu'ils étaient tous concernés par la décimation de leurs patrons puisque celle-ci mettait leurs situations, et peut-être, à terme, leur propre vie en péril, et qu'ils pourraient bien à leur tour être un jour « pris pour cible ». Il était urgent de se concerter, de confronter les points de vue et les expériences. Pour se défendre on devait d'abord comprendre d'où venaient les coups, sans oublier qu'il était de leur devoir, à eux, les forces vives de la profession, d'apporter leur aide à la police qui pataugeait. Puisqu'il était devenu trop risqué de se rencontrer dans les cafés et dans les bars, une suite d'hôtel s'imposait : ils y seraient en sécurité et pourraient discuter à leur aise sans être écoutés. On applaudit à l'idée et l'argent aussitôt réuni, la suite « César » fut réservée pour le jeudi 12 juillet à l'Hôtel Lutetia.

Le jour dit, à partir de six heures du soir, les participants commencèrent à arriver : quelques sujets brillants, comme Irène, produits des grandes écoles ou jeunes agrégés de Lettres ou de Philo dégoûtés de l'enseignement, parmi lesquels l'auteur d'un premier roman remarqué – l'avenir de l'édition ; les autres, venus d'un peu partout, études interrompues ou diplômes sans prestige, entrés dans le métier par relations puisqu'il faut bien faire quelque chose. On était à la veille de la Fête Nationale, les filles s'étaient habillées comme pour une soirée. Plus décontractés, cravate dénouée et veste sur le bras, les garçons déboulaient en rigolant, tout émoustillés à l'idée de se réunir entre gens de leur âge – le plus vieux avait trente-deux ans – dans une suite luxueuse d'un hôtel quatre étoiles. Irène de Surmont, qui avait une grande expérience des réunions, avait fait dresser un *business-cocktail* : jus de fruits, thé glacé, sodas, avec biscuits apéritifs, cacahuètes et petites saucisses.

Après être allé admirer les marbres et les glaces de la salle de bain et avoir jeté un coup d'œil par la fenêtre sur le boulevard Raspail que dorait un soleil descendant, les quinze participants (onze garçons et quatre filles) s'installèrent sur les canapés du salon, dans les fauteuils, et même par terre, assis en tailleur sur l'épaisse moquette. Quelques prévoyants s'étaient emparés des coupelles d'amuse-gueule présentées sur le buffet et les avaient posées à portée de main sur des tables basses.

Quand chacun eut pris sa place, Irène se rendit dans le vestibule et en revint avec un *paperboard*, chevalet métallique supportant un bloc de feuilles blanches grand format qu'elle orienta dans la lumière de la fenêtre.

– Tu vas nous faire une conférence ? s'étonna une attachée de presse. Je croyais qu'on était là pour discuter.

– Toutafé, répondit Irène. Mais pour arriver à un résultat concret, il faut suivre une méthodologie. J'ai pensé qu'il serait bien de commencer par chercher dans nos mémoires les conflits et les disputes dont nous avons pu être témoins dans nos entreprises respectives. Je les résumerai dans la colonne de gauche...

– Les conflits, c'est tout le temps, dit quelqu'un, dans ma boîte, il y a des salades à longueur de semaine.

– Chez nous aussi, enchaînèrent les autres, on n'a que l'embarras du choix.

– Nous aurions intérêt à nous limiter aux conflits les plus importants et les plus récents, par exemple des histoires qui se seraient passées dans les six mois, ou à la rigueur dans l'année écoulée.

– Et ça va nous mener où ? s'enquit un esprit rationnel.

– A cerner des personnes qui auraient des raisons, enfin qui croiraient avoir des raisons de se venger...

– Les auteurs ! lança une assistante. C'est toujours eux qui font des histoires. Ils n'arrêtent pas de se plaindre, ils sont jamais contents.

L'assemblée abonda et, parlant tous à la fois, ils donnèrent maints exemples de l'irresponsabilité et de l'ingratitude des auteurs, quand on pense au mal qu'on se donnait pour eux.

– On est bien obligés de faire avec, les modéra Irène sur un ton à la fois objectif et de profond regret, en tous cas pour le moment. – (Ils y avaient bien pensé, avec ses amis des écoles de Management, à une édition sans auteurs, la création automatique des textes, des trames toutes prêtes calquées sur celles de grands best-sellers, une écriture par ordinateur, à la rigueur revue par des rédacteurs interchangeables, simples exécutants payés en conséquence... Une utopie ? Peut-être pas, mais ils étaient tous tombés d'accord sur le point que ce n'était pas pour demain et qu'il convenait d'être patient.)

– Les problèmes avec les auteurs, il y en a depuis que l'édition existe, fit remarquer un agrégé de Lettres, et jusqu'à présent on n'avait jamais assassiné personne. Il réfléchit une seconde : – ... Il y a bien eu quelque chose, chez nous, récemment, avec un type, Julien Renaud ou Renan, je me rappelle plus son nom exactement. En voilà un qui pourrait en vouloir aux éditeurs. L'été dernier, il nous a apporté un manuscrit, un texte que tout le monde trouvait très bon, vraiment excellent. L'embêtant, c'était qu'on en avait déjà un autre sur le même sujet, signé avec un gros à-valoir, prêt à sortir en janvier... Problème : si on refusait le nouveau, il y avait toutes les chances qu'un autre éditeur l'accepte et le publie en même temps que le nôtre, qui ne le valait pas. Le seul moyen d'éviter ça, c'était de lui faire un contrat pour l'empêcher de porter son manuscrit ailleurs... et de gagner du temps. On a sorti le livre du premier comme prévu avec tout un battage médiatique et fait traîner le second qu'on a fini par publier en mars, bien obligés ; et naturellement le deuxième bouquin est passé complètement inaperçu.

Un silence navré accueillit ce triste récit.

Irène écrivit dans la colonne de gauche : Manuscrit retenu (Bloqué ! corrigea l'assistance), puis dans la colonne de droite : auteur... et resta le marqueur en l'air. (Manipulé ! cria l'assistance.)

179

– Evidemment, convint un responsable du marketing, on peut avoir envie de tuer pour moins que ça.

– Faut admettre qu'on n'est pas tout blancs, reconnut un responsable éditorial. Par exemple, dans ma boîte, depuis quelque temps, on refuse systématiquement sans les lire les seconds manuscrits des auteurs dont le premier livre n'a pas marché...

– Marché comment ?

– S'il n'a pas atteint son seuil de rentabilité.

– Et alors, qu'est-ce que ça a d'anormal ? intervint froidement Irène. Vous connaissez des magasins qui auraient envie de se réapprovisionner avec un produit qui leur a fait perdre de l'argent ?

– C'est pas tout à fait un produit, risqua timidement l'une des filles. On vend quand même pas du saucisson ou de la lessive...

– Oh, répliqua vivement Irène, il y a des similitudes... On oublie toujours qu'une maison d'édition est une entreprise comme les autres, qu'elle a des objectifs financiers... D'ailleurs, il ne faut pas dramatiser, il suffit d'écouler trois mille exemplaires, et nous y sommes au seuil de rentabilité !

– Peut-être, mais pour les faire, les trois mille, il faut au moins qu'on parle un peu du livre dans les medias, et sur les centaines de bouquins qui sortent à l'automne et en janvier, il y en a bien la moitié qui n'ont même pas droit à un petit article dans la presse. Pas un mot nulle part. Nada.

– C'est dingue, quand on y pense ! s'exclama un garçon.

– C'est vrai, l'appuya un autre, pourquoi on les publie alors ? Et à quoi ça leur sert, aux auteurs, d'avoir un éditeur ? C'est pas cohérent, cette politique !

– On sort trop de livres, c'est ça le problème, les critiques n'ont pas le temps de tout voir.

– Les grandes maisons prétendent que c'est la faute des petits éditeurs, que ce sont eux qui saturent le marché...

– Gonflé ! Avec tout ce que les grosses boîtes publient ! C'est systématique maintenant : les livres coûtent de moins en moins cher à fabriquer alors ils en inondent les librairies en espérant qu'il y en aura au moins un qui touchera le jackpot ! C'est comme s'ils achetaient des billets de loterie !

– Bon, trancha Irène sentant sa réunion lui échapper, poursuivons si vous voulez bien ; nous perdons du temps. On n'est pas là pour faire le procès de l'édition.

– On est là pourquoi exactement ?

– Eh bien, pour ce qui était prévu, réfléchir, repérer des personnes susceptibles de... d'avoir... euh... des personnes avec des griefs, tu vois... qui pourraient être suspectes.

– Et qu'est-ce que t'en feras de tes suspects ?

– Eh bien, on les signalera au Quai des Orfèvres. Pour aider la police à trouver le coupable, lui proposer des pistes.

– Et toi, ça te pose pas de problème de dénoncer des pauvres types aux flics pour qu'ils viennent leur faire encore un peu plus d'emmerdements ?

Scandalisée par tant de mauvais esprit, Irène devint cramoisie :

– Non, figure-toi, si ça peut éviter de nouveaux assassinats ! C'est de ne rien dire qui me poserait problème, car à la prochaine victime, nous aurions tous sa mort sur la conscience !

Il y eut un silence mortifié. Chacun se sentait potentiellement coupable.

– Il n'y a pas que les écrivains qui auraient des raisons de se fâcher, reprit l'agrégé de Lettres en signe de bonne volonté. Nous, par exemple, il n'y a pas très longtemps, on a débauché un auteur chez un petit éditeur, les Éditions du Trèfle... Son manuscrit avait tourné pendant deux ans dans les maisons importantes, il avait eu au moins une quinzaine de refus (y compris le nôtre). Pour finir, son texte a été accepté au Trèfle qui en a vendu cinquante mille exemplaires... Alors quelqu'un de chez nous est allé lui faire des platitudes, lui raconter qu'on était désolés, qu'il y avait eu un dysfonctionnement au comité de lecture et on l'a piqué à l'autre grâce à un bel à-valoir...

Irène écrivit dans la colonne de gauche : Auteur débauché ; et dans la colonne de droite : Petit éditeur.

– Quelqu'un qui se sent trahi, floué, sans aucun moyen de se défendre, observa un agrégé de Philo, ça peut le rendre fou, le conduire à faire des choses terribles...

– Vous vous rappelez le retraité, là, confirma l'attachée de presse, le petit père tranquille qui était allé faire un carton dans sa compagnie d'assurances parce qu'elle refusait de lui rembourser sa maison incendiée... Cinq morts !

– Et en Floride, le pilote licencié qui avaient pris un séminaire de représentants de commerce en otage et réclamait cent millions de dollars et un jet...

– Et le paysan aux abois qui avait reçu son inspecteur des impôts à coups de fusil de chasse...

– A Lyon, il y a quelques mois, un coursier a déposé un colis piégé dans un cabinet d'avocats ! Trois morts. Et le type court toujours...

– Un manuscrit piégé ! s'écria l'assistante affolée. Supposez qu'on nous envoie un manuscrit piégé !

Quelques rires fusèrent ; on avait cru qu'elle plaisantait.

– Un jour, aux USA, ils ont arrêté un serial-killer qui avait tué trente-neuf personnes ! renchérit l'attachée de presse. Il paraît qu'une fois qu'ils ont commencé, les serial-killers ne peuvent plus s'arrêter, ils prennent goût au sang... Il y en a même un que la police n'a jamais réussi à attraper, on lui attribuait soixante-dix assassinats commis en toute impunité. Soixante-dix !

Le responsable éditorial constata, lugubre :

– Et nous n'en sommes qu'au troisième...

A cet instant, on frappa à la porte : toc toc toc.

L'assemblée se figea, les paroles moururent sur les lèvres, les yeux s'agrandirent, pleins de terreur. Et si c'était le tueur qui avait eu vent de leur réunion et savait

183

qu'ils étaient tous rassemblés là comme des moutons prêts pour l'abattoir ? Ou bien un auteur refusé ceinturé d'explosifs venu les prendre en otages pour obliger un éditeur à le publier, et qui, jusqu'à ce qu'on lui donne satisfaction, les sacrifierait l'un après l'autre... ?

– J'avais pourtant mis la pancarte *Don't disturb*, articula une voix blanche.

Et de nouveau, on entendit : toc toc toc.

Comme ils ne répondaient pas, toujours glacés d'effroi, la porte s'entrouvrit, laissant apparaître les trognes allumées de Simon Dessenne et d'un autre directeur de collection célèbre, Olivier Pétillaud, au moins cent ans à eux deux, des bouteilles de whisky plein les bras, parfaits représentants de l'ancienne génération.

– Paraît qu'il y a une réuniouze, ici ? s'informa Dessenne, hilare, apparemment déjà bien éméché.

– Alors la petite classe, fit Pétillaud, tout en se dirigeant vers le buffet pour ouvrir ses bouteilles, on fait des cachotteries à ses tontons ? On loue des suites dans les palaces... On organise des fêtes paillardes sans prévenir la vieille garde ?...

– Ça manque un peu de femmes, ici..., remarqua Dessenne sur un ton égrillard. Vous voulez pas qu'on appelle des copines ? Des petites marrantes ?

Les yeux des filles s'écarquillèrent d'horreur tandis que des sourires naissaient aux lèvres des garçons... Oubliant instantanément l'objet de la réunion, un petit groupe se leva, s'ébroua, s'approcha du buffet où Pétillaud remplissait déjà les verres, suivi, après une seconde d'hésitation, par la plus grande partie des autres.

Réflexion faite, deux des filles rajustèrent leur décolleté et leur emboîtèrent le pas en tapotant leur jupe.

Les rares personnes sérieuses de l'assistance, pour bien marquer leur désapprobation, s'étaient rassemblées à l'écart, près du *paperboard*, d'où elles contemplaient la débandade en échangeant des regards consternés.

– Mais qui a bien pu renseigner ces deux pochards ? murmura Irène.

Au même moment, à la terrasse du Flore (trois cents mètres à vol d'oiseau du Lutetia), au milieu de touristes insouciants qu'on s'était bien gardé d'avertir qu'un tueur en série rôdait dans les parages et qui s'étonnaient de trouver à Paris une douceur, une tranquillité quasi provinciale, un petit homme anodin aux cheveux poivre et sel soigneusement peignés (le même qui était assis à l'intérieur quelques jours plutôt et semblait avoir fait du Café de Flore son poste d'observation) buvait une bière à petites gorgées en offrant un visage détendu aux rayons du soleil. La dernière gorgée avalée, il laissa de la monnaie sur la table, rejoignit sa voiture, une Renault Scénic garée tout près, ce n'était pas la place qui manquait, et prit la direction de Nogent-sur-Marne.

Quarante minutes plus tard, il s'arrêtait sur le parking d'un immeuble récent d'aspect modeste, à la façade décrépie maculée de coulées sombres. Une vingtaine de boîtes à lettres déglinguées s'alignaient dans l'entrée. Il ramassa son courrier et, constatant que l'ascenseur était une fois de plus en panne, la mine résolue et d'un pas régulier qui résonnait dans la cage bétonnée de l'escalier, il entreprit la montée de ses six étages.

En arrivant chez lui, encore transpirant de la journée, il prit une douche, enfila une chemise et un pantalon propres, fit un détour par la cuisine pour se servir une Leffe bien fraîche – il avait une préférence pour les bières belges – et, son verre à la main, attentif à n'en rien renverser, toujours avec cette expression déterminée sur les traits, il passa dans le séjour et s'installa devant son ordinateur.

4

Hughes Larivière, Président-directeur général des Éditions Larivière, n'était pas un couard. Si l'assassinat de trois de ses confrères ne l'avait pas laissé indifférent, et s'il comprenait et partageait l'inquiétude de la profession, il avait quant à lui mis un point d'honneur à ne rien changer à ses habitudes. Chaque matin, depuis trente-deux ans, il quittait son appartement de la rue Jacob à neuf heures précises, empruntait la portion de la rue Bonaparte qui l'amenait place Saint-Germain-des-Prés, traversait la place puis le boulevard et s'arrêtait, juste de l'autre côté, là où la rue Bonaparte se continuait, au bar-tabac Le Rodez pour acheter ses cigarettes et boire un café. Une telle régularité en faisait une cible rêvée pour le tueur : s'il avait observé son trajet et son heure (celle du matin car, sa journée finie, l'heure à laquelle Larivière regagnait son domicile et le chemin qu'il empruntait étaient plus aléatoires), c'était pour lui un jeu d'enfant, il n'avait plus qu'à se poster quelque part et à l'attendre. Et l'éditeur, si courageux qu'il fût, ne pouvait s'empêcher tout en marchant de lever par moments un regard inquiet vers les toits et les fenêtres des immeubles. Il n'en désapprouvait pas moins l'abandon du quartier par le monde de l'édition ; à ses yeux, ce n'était rien de moins qu'une désertion, une lâcheté qui revenait à laisser le terrain à l'ennemi.

Hugues Larivière était âgé de soixante-et-un ans et, sauf les deux années qu'il avait passées en Angleterre dans sa jeunesse, séjour pendant lequel il avait rencontré et épousé sa femme Helen, il n'était pratiquement jamais sorti du sixième arrondissement. Il avait longtemps demeuré rue de Seine, près de l'Institut de France, non loin de la rue Jacob où habitaient ses parents ; puis, après leur mort, il était revenu s'installer dans le grand appartement où il était né et où il avait été élevé. C'était un homme épris de stabilité. Sa femme en plaisantait : tout ce que Hughes avait fait deux fois devenait une habitude ; ils étaient mariés depuis trente-cinq ans et elle prétendait que la longévité de leur mariage s'expliquait par le seul fait que son mari avait horreur du changement.

Dieu sait pourtant qu'en un demi-siècle il avait vu son quartier changer ! Les libraires remplacés par des maroquiniers, les cinémas par des magasins de vêtements, le disquaire Vidal, où il passait des heures à choisir et à écouter des disques quand il était adolescent, par un joaillier... Et plus un seul vrai marchand de journaux, plus la moindre papeterie dans les environs. On n'y trouvait plus un magasin simplement utile : Helen devait marcher un demi-kilomètre pour atteindre une boulangerie normale (ce genre de boulangerie du coin où l'on descendait le matin pour acheter son pain frais et ses croissants). Même au marché de Buci des boutiques plus ou moins prétentieuses se substituaient peu à peu aux commerces traditionnels : boulangeries-restaurants à fournil apparent, épiceries de luxe, pâtissiers mondialement connus...

Encore ces changements dans son environnement n'étaient-ils rien à côté des bouleversements qu'avait connus sa profession depuis une dizaine d'années. Là, on pouvait parler d'un véritable tremblement de terre, d'un raz-de-marée... Un tsunami comme on disait aujourd'hui ! Larivière se faisait parfois l'effet d'un insulaire qui aurait réussi à s'accrocher à un cocotier par un bienheureux hasard, et s'y maintiendrait de toutes ses forces sans savoir si la vague n'allait pas bientôt arracher son arbre et les emporter tous les deux dans le flot furieux et désordonné des décombres.

Même chez lui, il ne se sentait pas tout à fait en paix. L'appartement de deux cents mètres carrés acquis par ses parents après la guerre à l'aide d'un long crédit bancaire avait pris, comme tous les grands appartements du quartier, une valeur phénoménale. Les concierges étaient assiégées par des agents immobiliers qui leur demandaient de signaler ceux qui étaient occupés par des propriétaires âgés susceptibles de se laisser tenter par la perspective d'une retraite dorée sur la Côte d'Azur. Avec leurs seaux et leurs balais, elles s'étaient toutes transformées en businesswomen : lorsqu'une vente se concrétisait, elles touchaient une commission d'indication d'affaire. Incroyable le nombre de propositions d'achat que Larivière trouvait chaque semaine dans sa boîte à lettres !

Bien entendu, il recevait aussi des offres pour sa maison d'édition. De la part de Maufras (Anatole le prédateur...) ou de Jules Préjean, rival du premier, grand patron du conglomérat concurrent. Quand ils le croisaient dans un Salon, un cocktail, une réunion de leur syndicat, ces gros poissons, nageurs en eaux troubles et profondes, l'effleuraient de leurs ailerons : « Alors, Larivière, lui lançaient-ils sur un ton familier et protecteur comme s'il était déjà leur employé, toujours pas envie d'une petite injection (ils voulaient dire d'argent...) ? Vous avez une si belle affaire, un pur bijou, au potentiel énorme. Quel dommage de la laisser stagner. De quoi avez-vous peur ? Je ne demande qu'à vous aider, moi, vous resteriez maître chez vous (la bonne blague), président à vie, Larivière... et sans les soucis, songez-y ! – Et ils lui récitaient leur bréviaire : N'oubliez pas mon bon ami qu'une entreprise qui ne se développe pas régresse, c'est la loi du marché, les entreprises sont condamnées à grossir...». Oui, et puis boum ! pensait Larivière, en se rappelant les petits paysans brutaux des vacances de son enfance qui soufflaient dans le cul des grenouilles avec une paille jusqu'à les faire éclater.

Il avait même reçu des propositions de grandes maisons indépendantes, qui avaient tendance à se créer des satellites, à se former elles-mêmes en groupes pour résister aux deux barracudas...

« Un peu de patience, mon cher, répondait-il à chacun avec une familiarité égale (après tout, c'était l'autre le demandeur), l'heure de la retraite ne devrait pas tarder à sonner… ». Mais naturellement il n'en pensait pas un mot : au tout début de la soixantaine, il se sentait en pleine forme et entendait bien continuer son activité jusqu'à cent ans si faire se pouvait (un confrère de ses amis avait bien dépassé les quatre-vingt-dix), et tant pis si avec le temps son entreprise perdait de sa valeur marchande, l'essentiel n'était-il pas d'être heureux et de faire œuvre utile en publiant de bons livres ?

Larivière avait parfois l'impression que tout conspirait à le déloger, mais il en aurait fallu davantage pour l'ébranler. Le bonhomme était solide, au physique et au moral : plutôt petit, râblé, gros travailleur, calme et entêté : son prénom, Hughes, qui évoquait l'interjection réfléchie d'un chef indien de bande dessinée, lui allait comme un gant.

De tempérament opiniâtre, il était aussi profondément indépendant. Il avait fondé les Éditions Larivière trois décennies plus tôt avec un associé dont il avait eu vite fait de se débarrasser. Sa maison fonctionnait avec une trentaine d'employés, tantôt un peu plus, tantôt moins. Au fil du temps, il s'était constitué un fonds de best-sellers, principalement des traductions de romans policiers étrangers, et publiait parallèlement des livres qui lui plaisaient, à la rentabilité moins sûre. Les premiers payaient pour les seconds. C'était certes une conception de l'édition totalement dépassée, et, non sans condescendance, on ne se gênait pas pour le lui dire. Il soupirait : « Que voulez-vous, moi je suis un homme du siècle dernier, un homme du vingtième… ».

Le lundi 23 juillet, Hugues Larivière sortit de chez lui à son heure habituelle pour se rendre au bureau. Le soleil tapait déjà dur et l'air avait l'immobilité qui annonce les journées caniculaires. Après avoir flâné un moment devant les vitrines des magasins (il pensait à sa femme dont c'était bientôt l'anniversaire), il déboucha sur la place Saint-Germain que ne caressait pas le moindre souffle. Le feuillage des arbres de la rue et du square adossé à l'église présentait une fixité de trompe-l'œil ; sur le trottoir, quelques passants en tenue estivale allaient d'un pas ralenti à leurs affaires ; de l'autre côté de la chaussée pavée, face à l'église, le café des Deux Magots avait installé sa terrasse d'été où petit-déjeunaient des touristes matinaux. Larivière traversa sans se presser la place et le boulevard et entra au Rodez pour sa halte rituelle. L'horloge de l'établissement indiquait neuf heures sept.

Lui épargnant l'ennui de faire la queue devant le bureau de tabac, qui s'allongeait déjà jusque sur le trottoir, le patron posa d'office devant lui un express et ses cigarettes habituelles.

– Comment allez-vous, Monsieur Larivière... Alors, toujours fidèle au poste ?

C'était le mot juste, et l'expression convenait autant à l'un qu'à l'autre. Albert, le propriétaire du Rodez, avait acheté son établissement à peu près à l'époque où Larivière avait créé sa maison d'édition, située dans la même rue quelques numéros plus loin. Ils se connaissaient donc depuis longtemps et, sans s'être jamais beaucoup parlé, se sentaient des affinités. Pour commencer, Albert (l'éditeur ignorait son nom de

192

famille), bien que son café fût plutôt exigu, n'avait jamais tenté d'annexer les boutiques voisines dans le but d'augmenter sa surface et son chiffre d'affaires. Il s'était contenté de se maintenir où il était et, ses concurrents remplacés peu à peu par des magasins de luxe, il était resté l'unique bureau de tabac à cinq cents mètres à la ronde. Autant dire qu'il était devenu incontournable.

Ce qui dans le même temps s'agrandissait, c'était sa ferme de l'Aveyron, laissée en métayage à l'un de ses cousins : cinq ou six cents brebis broutant l'herbe des Causses (peu de ses clients savaient que le roquefort de leurs sandwichs venait de son propre élevage), auxquelles s'ajoutaient une vingtaine de Salers aux cornes ondulantes et acérées, puissantes comme des taureaux mais bonnes reproductrices et mises à paître sur ses prés les plus gras. Parfois, en revenant d'un déjeuner d'affaires, Larivière l'apercevait qui se reposait à l'heure creuse à l'une de ses tables, un bout de cigarette éteint à la commissure des lèvres, la casquette de côté (casquette d'été, casquette d'hiver...) et le regard lointain. Il était alors facile de deviner à quoi il songeait.

Tous deux appartenaient à la même race d'homme : ceux qui ont la patience, qui savent que le temps travaille pour eux. Pendant que les terres de l'un s'étendaient, le catalogue des livres publiés par l'autre s'enrichissait. Trois fois, l'éditeur avait été récompensé par un prix littéraire ; régulièrement, le cafetier-éleveur remportait des médailles dans les concours agricoles.

Et puis aussi malin l'un que l'autre, une aptitude instinctive à faire le dos rond par gros temps, un art certain de passer entre les gouttes...

– Allez, tout va s'arranger, Monsieur Larivière, dit Albert qui, placé comme il l'était, au cœur de Saint-Germain-des-prés, n'ignorait rien des turbulences traversées par le monde de l'édition. On arrive aux vacances, allez... ça va bien finir par se tasser.

Quelques minutes plus tard, l'éditeur franchissait le seuil de sa maison, salué par des « Bonjour, Monsieur Larivière ! » pleins de gaîté, une gaîté un peu forcée. Il avait fait savoir qu'aucun certificat de maladie de complaisance, aucune défection ne seraient tolérés, qu'il n'entendait pas être le patron d'une bande de dégonflés et qu'il attendait de son personnel dignité et assiduité. Il avait même organisé une assemblée générale au cours de laquelle il s'était efforcé de rassurer ses employés en leur expliquant que les Éditions Larivière, maison discrète, dont il était rarement question dans les médias, n'avait aucune chance d'attirer l'attention du tueur, que lui-même n'était ni assez important ni assez représentatif pour courir le moindre risque (il le pensait sincèrement, ce qui expliquait en partie le courage dont il avait fait preuve jusqu'ici), et que naturellement ses collaborateurs étaient encore moins exposés que lui. Il ne savait s'ils l'avaient cru ou s'ils craignaient seulement de se faire mal voir et de perdre leur emploi, mais ils avaient suivi son exemple et ils étaient tous là (fidèles au poste, aurait dit Albert), hyperactifs et boute-en-train comme les Anglais pendant le blitz.

– Bonjour Hughes, lança joyeusement son assistante, pimpante dans une fraîche robe d'été, en lui apportant son courrier. – Elle posa le paquet sur son bureau et

194

annonça avec un sourire entendu : Vous avez une lettre « En mains propres ».

Il y avait longtemps que l'éditeur n'avait plus d'aventures galantes et, sachant ce que cette mention sur une enveloppe signifiait la plupart du temps (plaintes d'un auteur ulcéré, appel au secours d'un fournisseur ou d'un libraire aux abois...), il rangea la lettre en question en dessous de la pile et entreprit la lecture du reste.

Mais il fallut bien finir par l'ouvrir et Larivière s'y résigna, bâillant d'avance. L'enveloppe contenait deux feuilles. A la lecture de la première, son coeur bondit dans sa poitrine.

Elle ne contenait qu'une ligne :

A-NO-NY-MO

message qu'il avait vu, comme tout un chacun, apparaître syllabe après syllabe dans la presse et qu'il identifia immédiatement comme la signature du serial-killer.

Le cœur cognant toujours à grands coups, il prit connaissance de la deuxième feuille, une simple lettre recto-verso imprimée en italique sur ordinateur :

Paris, le 20 juillet 2007.

Monsieur Hughes Larivière
Président-Directeur général
des Éditions LARIVIÈRE.

195

Monsieur,

J'ai l'intention de publier mes mémoires et j'ai le plaisir de vous annoncer que je vous ai retenu comme éditeur. (N'ignorant pas que c'est généralement l'éditeur qui fait à un auteur la grâce de le choisir, j'ose espérer que vous ne vous offenserez pas de ce renversement de rôles.)

Une fois achevé, mon manuscrit comportera environ deux cent cinquante pages. Il est déjà bien avancé et vous sera livré début septembre, accompagné de son enregistrement sur clé USB (je sais que pour les éditeurs il n'y a pas de petites économies ; et pour moi, l'auteur, c'est le seul moyen de m'assurer que mon livre ne comportera pas de ces regrettables fautes d'orthographe, fautes de syntaxe et autres coquilles typographiques qui émaillent désormais la plupart des ouvrages imprimés (je ne parle pas des vôtres en particulier).

Je ne souhaite pas que mon livre paraisse au moment des Prix, pendant le grand bazar éditorial automnal, parmi sept ou huit cents nouvelles publications (quantité estimée, sachant que les choses ne vont pas s'améliorant, en fonction des six cents et quelques de la rentrée littéraire précédente), ce qui nuirait à sa visibilité. Vous le publierez donc en février 2008, ou en mars à la rigueur.

Bien entendu, il n'y aura pas entre nous de contrat écrit : nous travaillerons sur parole, à la façon des diamantaires d'Anvers, en nous privant hélas de la poignée de main rituelle pour sceller notre accord. Le vôtre me sera suffisamment signifié par le versement d'une avance de 100.000 (cent mille) euros que vous voudrez bien effectuer sur le compte numéroté 182114 de la BFHS de Lausanne.

Au cas où vous me prendriez pour un plaisantin, un vulgaire escroc ou un auteur opportuniste qui essaierait de se faire publier en se faisant passer pour moi, je vous apporte les précisions suivantes, dont il n'a jamais été fait mention dans la presse et qui n'ont pu être observées que par une personne s'étant trouvée sur les trois scènes de crime, c'est-à-dire par votre serviteur :

La première victime, dans sa propriété du Beaujolais, portait à l'instant de sa mort un maillot de corps blanc, genre Marcel, et un pantalon de pyjama bleu ciel à fines rayures rouges ; les murs de la salle de bain où elle se rasait était entièrement recouverts de carreaux vert Nil ;

la seconde victime s'était rendue au Golf d'Outreville dans une Facel Vega bleu marine immatriculée 4728 ELM 75, elle avait à la joue gauche une cicatrice assez profonde d'environ six centimètres que j'ai pu distinguer nettement à travers la lunette de mon fusil ;

dans les jardins du château de Taillencourt, théâtre du décès de la troisième victime, la pointe de la flèche de la Diane Chasseresse (assez tarte) qui s'élevait au fond de l'allée centrale était cassée.

Mais, à votre place, je ne perdrais pas mon temps à des vérifications inutiles car vous n'avez d'autre choix que celui de me faire confiance. Je pourrais vous envoyer une preuve génétique, qu'il suffirait de

197

comparer avec celles que détient déjà la police – ce dont elle n'a pas cru bon d'informer les médias puisqu'ils n'en ont jamais parlé – pour vous assurer que je suis bien moi, le vrai Anonymo, mais je m'en abstiendrai car c'est justement ce que vous ne devez pas faire, prendre contact avec la police. Les pauvres n'en seraient pas plus avancés et je me verrais pour ma part obligé de vous éliminer, ce qui contrarierait grandement mes plans : je vous ai choisi comme éditeur et non comme quatrième victime. Il va de soi – c'est notre intérêt à tous deux – que jusqu'à la parution de mon livre vous garderez un secret absolu sur notre arrangement.

*Je crois avoir été assez clair. Si vous le jugez indispensable, vous pouvez toutefois m'écrire dans la rubrique « **Entre Nous - Transports amoureux** », du journal Libération. Vous adresserez votre message à Tristan et le signerez Iseult, en prenant soin de le rédiger dans le style propre à ce genre de correspondance afin qu'il n'attire pas l'attention.*

Heureux de compter désormais parmi vos auteurs et ne doutant pas que notre collaboration sera fructueuse, je vous prie d'agréer, Monsieur, l'expression de mes sentiments distingués.

Anonymo

Abasourdi, Hugues Larivière laissa échapper un cri assez fort : « Haaa !... ».

Il n'était pas coutumier de ces démonstrations et son assistante, alarmée, passa la tête dans l'embrasure de la porte :

– Ça va, Hugues ? – Elle avait cru à un accident, une chute, un malaise quelconque.

La main tremblante, l'éditeur reposa la lettre sur son bureau et regarda la jeune femme sans la voir.

– Hein… ?

– Vous êtes tout pâle… Vous ne vous sentez pas bien ? Vous voulez que je vous apporte un verre d'eau ? Un café ?

–…verre d'eau, parvint à articuler Larivière. – Il se racla la gorge et prit une profonde inspiration dans un effort surhumain pour se ressaisir : Vous annulerez mon déjeuner d'aujourd'hui.

– Avec Trimballet ? Mais je croyais que c'était un déjeuner important ?

– Annulez.

– D'accord, mais qu'est-ce que je vais lui dire ? C'est délicat, décommander un ministre à la dernière minute…

– Dites-lui ce que vous voudrez, je le rappellerai plus tard. Il veut seulement publier ses mémoires… Encore un !

– Encore un ?

– Oui… rien. Et, s'il vous plaît Olivia, ne me passez plus d'appels ce matin, j'ai besoin d'être un peu tranquille.

A midi, la lettre du tueur plusieurs fois relue et rangée dans son portefeuille, il sortit sans rien dire à son assistante qui le regarda passer avec des yeux ronds n'osant pas lui demander quand il rentrerait.

Il parcourut à pied la centaine de mètres qui le séparaient de la place Saint-Sulpice et se laissa tomber sur une chaise à la terrasse du Café de la Mairie. Devant lui, planté de somptueux marronniers entourant la fontaine qui débordait dans un bruit d'eau rafraîchissant et apaisant, s'étendait le terre-plein où, juste deux mois plus tôt, il assistait aux obsèques de son confrère Patrice Mazeaud. Cela avait été une belle fête printanière, toute l'édition était là, sans trop d'affliction, comme ces grandes familles qui ne se réunissent au complet que pour les enterrements et prennent plaisir à se compter, à se découvrir si nombreuses. Naturellement, ce jour-là, chacun s'interrogeait sur l'étrange assassinat qui avait coûté la vie au grand éditeur, mais on était loin d'imaginer alors que c'était le premier d'une série et que la profession toute entière serait bientôt menacée.

Au cours de la matinée, Hugues Larivière avait eu le temps de recouvrer son calme. Restait l'impression – vraiment très désagréable pour un homme de sa trempe – d'avoir été pris au piège, de se trouver acculé, de n'être plus qu'un jouet entre les mains de quelqu'un... Aucun doute, l'assassin se foutait ouvertement du monde : des éditeurs en général et de lui, Larivière, en particulier. Il fut tenté de lui répondre sur le même ton, par le truchement des Petites Annonces de Libération, puisque c'était le mode de communication préconisé. Il imagina un message : « *Tristan, vos propositions me laissent froide, je ne suis pas celle que vous croyez et je vous prie de ne plus m'importuner. Iseult.* » – idée qui l'égaya une seconde. Mais le prix de cette réponse très satisfaisante pour son amour-propre risquait d'être élevé. Le tueur semblait avoir un certain sens de l'humour ; cependant, mieux valait ne pas provoquer un type qui descendait les éditeurs comme au ball-trap, chez qui c'était peut-être devenu un simple réflexe. Risquer la mort pour une répartie, un sursaut de fierté, vivre avec cette menace au-dessus de la tête...

Et quel moment le tueur choisirait-il pour l'abattre ? Un jour comme tous les jours, quand il se rendrait tranquillement à son travail ? Un dimanche matin, pendant l'une des promenades solitaires qu'il aimait faire par les rues calmes, à l'heure où la ville dormait encore ? Ou bien, serait-ce loin de Paris, peut-être en août prochain, quand il voyagerait en Italie avec sa femme et se croirait en sécurité... ? Serait-il tué sur le coup, presque sans s'en apercevoir, ou devrait-il essuyer plusieurs tirs mal ajustés qui le feraient rebondir trois ou quatre fois comme un lièvre... ?

Brusquement, une peur animale mêlée à l'instinct de survie, à une pulsion vitale violente lui procura une érection comme il n'en avait pas eu depuis longtemps – divine surprise ! – et il se prit à regarder les jolies filles en robes décolletées qui s'exposaient à la terrasse du café ou sur les bancs de la place avec un appétit de jeune homme.

Puis il pensa à sa femme. Il devrait sans tarder aller voir son notaire, prendre les dispositions nécessaires pour la protéger. Il s'était montré si négligent jusqu'ici, il se croyait indestructible. Encore heureux qu'ils n'aient pas eu d'enfants !... En ce moment, Helen était à Trouville où ils possédaient un appartement de week-end et où elle avait l'habitude de s'installer une partie du mois de juillet pour se consacrer à sa peinture. Elle aimait peindre des marines par temps gris. Vêtue chaudement et coiffé d'un suroît, elle s'installait pendant des heures avec son matériel dans la partie sauvage de la plage. Larivière était content que sa femme ne soit pas à Paris. Futée comme elle était, elle aurait tout de suite senti qu'il n'était pas dans son état normal et l'aurait accablé de questions inquiètes... Mieux valait être seul pour faire le point.

Le bon côté de l'affaire, quand il y réfléchissait, était que l'assassin ne l'avait pas choisi comme prochaine victime. Au contraire, il lui apportait un best-seller sur un plateau ! Des centaines de milliers d'exemplaires vendus en perspective, des traductions dans des dizaines de pays... Naturellement, s'il acceptait d'éditer le tueur d'éditeurs, ça le mettrait en porte-à-faux vis-à-vis de la profession, on l'accuserait de tirer profit de la mort de ses confrères. Pendant un temps, on lui tournerait le dos, on refuserait de lui serrer la main, il ferait figure de bête noire... Mais les flots d'or qui lui tomberaient sur la tête et le rayonnement national et international pour sa maison auraient tôt fait de faire oublier le reste ; dans l'édition comme ailleurs, l'argent, le succès vous lavent de tous les péchés... surtout s'il pouvait faire valoir que la publication des mémoires de l'assassin avait mis un terme à la tuerie. Et puis quoi, les morts ne seraient plus là pour protester.

Il faudrait aussi prévoir des ennuis avec la police : on lui reprocherait d'avoir dissimulé des informations, de s'être fait le complice objectif d'un tueur en série. Ah, la situation était délicate, il y avait du pour et du contre : d'un côté, une mort quasi certaine dans la dignité et le respect de tous; de l'autre, un best-seller mondial dans l'opprobre... – dilemme cornélien.

Et d'abord, que vaudrait le manuscrit ? L'homme était fou, mais il savait écrire, sa lettre le prouvait : elle avait de la rigueur, de la cohérence. Aucun rapport avec ces serial-killers analphabètes qui, lorsqu'ils prennent confiance en eux et se mettent à dialoguer avec la police et la presse, envoient des messages bourrés de fautes, en puisant leur inspiration dans une bande dessinée débile. Sans doute, la signature, Anonymo, et cette manière de la distiller syllabe par syllabe au fur à mesure de ses crimes avaient un côté potache... Ce pouvait être un prof (à force de fréquenter des ados, l'esprit potache doit leur être transmis par osmose) ; peut-être un professeur belge (son allusion aux diamantaires anversois) ; ou bien tout simplement un auteur désespéré (un auteur sans éditeur...).

Avant d'être contacté par le tueur, quand il s'interrogeait comme tout le monde sur son identité, Larivière avait bien pensé qu'il pouvait s'agir d'un écrivain mais, depuis quarante ans qu'il les côtoyait, s'il ne doutait pas que l'idée d'assassiner leur éditeur leur traversât souvent l'esprit, il ne les croyait pas capables de s'armer d'une carabine et de passer à l'acte. Ils étaient tous un peu cinglés, aucun doute là-dessus, mais selon lui c'était des imaginatifs, des rêveurs, pas des hommes d'action... Décidément, oui, plutôt un prof, avec cette écriture classique et cette attention pointilleuse pour les fautes dans la composition des textes.

Tout à ses réflexions, Hugues Larivière n'avait pas vu le temps passer. Il songea à son déjeuner. Mais il était déjà tard et il n'avait pas vraiment faim. En outre, si quelqu'un de sa connaissance l'apercevait seul à une table de restaurant, il ne manquerait pas de se poser des questions, et ce n'était pas le moment de se faire remarquer. Il paya sa consommation et reprit le chemin de son bureau. En passant devant le kiosque à journaux, il s'arrêta pour acheter Libération.

Trois jours plus tard, en ouvrant le quotidien – c'était le numéro du jeudi 26 juillet –, Larivière eut le plaisir de constater que la réponse qu'il avait fait paraître figurait en bonne place à la rubrique « Entre Nous », sous-rubrique *Transports Amoureux* des Petites Annonces :

« Tristan, votre déclaration m'a profondément bouleversée. Ainsi vous m'avez choisie... Mais pourquoi moi ? Avant de m'engager à mon tour, j'aimerais recevoir des preuves du sérieux de vos intentions. Iseult. »

Il passa la matinée à expédier les affaires urgentes et à midi, satisfait d'avoir trouvé un moyen de gagner du temps, il décida de s'offrir un long week-end de répit : il prévint son assistante qu'il partait rejoindre sa femme à Trouville et ne rentrerait pas avant lundi.

Larivière arriva au milieu de l'après-midi aux Roches Noires, célèbre hôtel dix-neuvième découpé en appartements, proche d'un massif côtier de rochers sombres qui lui avait donné son nom, où il avait acheté un trois pièces avec vue sur la mer pour en faire sa résidence de week-end. Helen n'était pas là. Il alla ouvrir une fenêtre et l'aperçut, au loin sur la plage, reconnaissable à son suroît et à son ciré jaunes. La mer s'étant retirée, elle avait posé son chevalet sur le sable dur de la zone de balancement et peignait l'une de ces marines un peu mièvres qu'elle reproduisait inlassablement. A l'époque où ils s'étaient connus, elle peignait déjà des paysages – des paysages marins ou des vues de la campagne anglaise riche et humide avec sensibilité. L'étonnant était que depuis son style n'eût pas évolué d'un iota : en plaçant côte à côte un tableau peint dans sa jeunesse et un autre exécuté la veille, à la fraîcheur de la pâte près, on aurait pu croire qu'ils avaient été peints le même jour. Helen n'était pas une artiste tourmentée. Mais c'était justement ce caractère paisible, cette permanence que Hugues appréciait chez elle. De temps à autre, il louait une galerie de la Rive gauche pour lui organiser une exposition ; il avait un beau carnet d'adresse, les invités venaient nombreux aux vernissages et ceux qui avaient une raison précise de se rendre agréable au président des Éditions Larivière ne manquaient pas d'acheter un tableau à son épouse.

205

Voyant qu'on approchait de quatre heures et supposant qu'elle n'allait pas tarder à rentrer, il jeta un dernier coup d'œil attendri sur la petite silhouette en imperméable canari perdue dans l'immensité de la plage et referma la fenêtre.

Helen remonta pour le thé. Elle lança un amical « Hello ! » à son mari qui somnolait dans une bergère en surveillant la course des nuages entre ses yeux mi-clos, alla remiser son matériel puis pénétra dans la cuisine. Elle en ressortit quelques minutes plus tard, portant un lourd plateau chargé d'argenterie anglaise – héritage d'une tante galloise – qu'elle posa sur une table basse entre la bergère et le canapé du salon.

Après les civilités d'usage, les inévitables considérations sur le temps et les nouvelles réduites au minimum entre un vieux couple séparé depuis moins d'une semaine et qui s'était téléphoné tous les jours, Helen demanda à son mari :

– Why are you smiling ?

– Moi ? fit Larivière.

– Oui, vous…toi… tu n'as pas arrêté de sourire depuis tout à l'heure. (Si Helen n'avait gardé qu'une pointe d'accent british, il ne lui était toujours pas naturel de tutoyer : comme elle l'avait expliqué à Hugues à leurs débuts, ce tutoiement qu'elle ressentait comme shakespearien lui donnait l'impression d'être renvoyée cinq siècles en arrière, à l'époque élisabéthaine.)

– Eh bien… je suis content.

– Content de quoi ? dit Helen, en levant sur lui un regard perspicace.

Elle avait des yeux changeants qui allaient du gris au vert, quelquefois même jusqu'à un marron clair piqueté d'or. Pour l'instant, ils étaient gris, à cause du ciel couvert et du reflet de son pull de cachemire tourterelle. Des yeux qui paraissaient immenses dans son visage mince et délicat, presque sans rides parce que, blonde tirant sur le roux, elle avait toute sa vie fui le soleil comme le diable. En la voyant si fraîche, si juvénile, malgré les cinquante-trois ans qu'elle aurait très exactement le lendemain (elle était née à Nottingham un vingt-sept juillet), Hugues se félicita intérieurement d'avoir su la protéger. Une vie entière sans souci véritable, à part le chagrin de n'avoir pas eu d'enfant, qui l'avait fait pas mal pleurer les premières années, mais qui lui avait épargné par la suite bien des tracas et de la fatigue... Et l'éditeur se disait que, s'il devait être tué demain, il aurait au moins la satisfaction d'avoir réussi cela : rendre sa femme heureuse.

– Content d'être ici, avec toi, lui répondit-il avec un sourire béat.

Elle observa :

– Tu es venu plus tôt. Je t'attendais demain.

– Ah, ma bichette, c'est bientôt les vacances... Un peu de repos ne me fera pas de mal.

– Qu'est-ce que tu as fait de beau cette semaine ?

– Rien de particulier, c'est la fin de l'année... Il n'y a presque plus personne à Paris.

Helen attrapa la théière avec l'impression que son mari lui cachait quelque chose :

– Léger, ton thé ?

207

– S'il te plaît.

– Tu veux du lait ?

– Un nuage.

– Muffin ?

– Je veux bien, merci.

Tout à coup, la pluie qui menaçait depuis le matin se mit à tomber avec violence. Souriant toujours, Larivière détourna son regard de sa femme pour s'absorber dans la contemplation de l'averse qui frappait les carreaux. Qu'on était bien, au cœur de l'été, sur la Côte Normande, confortablement installé près d'une épouse aimée pour le five o'clock tea, avec la théière en métal argenté, son petit pot à lait assorti, le sucrier et sa pince gauchie (Hugues avait l'habitude d'attraper le morceau de sucre avec ses doigts pour le caler entre les branches avant de le lâcher au-dessus de sa tasse, ce qui faisait rire Helen à chaque fois, c'était une vieille blague entre eux), tandis que la pluie tombait à seaux sur la plage !... Comme ce serait bon de continuer ainsi des années et des années, sans se poser de questions inutiles, sans se compliquer l'existence... Ah, songeait l'éditeur Larivière, que la vie pouvait être simple et belle quand on savait la prendre et combien elle valait d'être vécue !...

– Qu'est-ce que t'as aujourd'hui ? redemanda Helen. Tu as l'air bizarre.

– Mais rien, répondit Larivière avec embarras, son sourire soudain crispé. J'ai rien du tout.

« *He has cheated me, the old bastard...* », pensa-t-elle et ses yeux s'assombrirent jusqu'à la couleur de l'étain, mais seulement un dixième de seconde, car elle n'était pas encore sûre que son mari l'eût trompée.

– C'est peut-être le serial-killer qui t'inquiète ? hasarda-t-elle. C'est ça qui te tourmente ? Tu as peur qu'il s'en prenne à toi ?

Hugues Larivière sursauta :

– Mais non, voyons ! Je t'ai déjà dit cent fois que c'était impossible. Il ne s'intéresse qu'aux gens connus, tu as bien vu : des gens dont on parle dans les médias. Il faut bien qu'il repère ses victimes quelque part... Il ne doit même pas savoir que j'existe, ce type !

– Et puis nous serons bientôt partis, dit Helen pour se donner du courage. A notre retour d'Italie, on l'aura certainement arrêté.

– Il y a des chances, dit Larivière, c'est plus que probable. Voyant la conversation mal engagée, il se leva : – Maintenant, si tu permets ma bichette, je vais prendre une douche et me reposer un peu.

A sept heures, il réapparut, frais et dispos, aspergé de *Polo Ralph Lauren*, en pantalon de gabardine crème et dans une élégante chemise marine. Sans rien dire, il sortit deux flûtes à champagne du buffet et alla chercher dans la cuisine la bouteille de Cristal qu'il avait mise à rafraîchir en arrivant.

– Ça elle est bien bonne ! s'exclama Helen en le voyant revenir avec sa bouteille de champagne (en français, elle ne dédaignait pas d'employer des expressions populaires, quoique le plus souvent légèrement à contresens). Alors qu'est-ce qu'on fête ?

– Mais your birthday, my dear !

De nouveau, l'idée effleura Helen que son mari avait quelque chose à se faire pardonner.

– Un Cristal Roederer pour mon anniversaire ?

– Et pourquoi pas ? Il faut savoir jouir de la vie ! On ne sait jamais ce qui peut nous tomber sur la tête, hein... Tu le sais, toi, ce qui va nous arriver demain ?... Alors profitons-en tant qu'on est bien vivants !

Il fit sauter le bouchon et remplit les verres avec une emphase gracieuse. Puis il alla ouvrir le placard de l'entrée et revint mettre entre les mains d'Helen l'une de ces boîtes orange enrubannées dont la seule vue fait battre le cœur des femmes. Elle dénoua lentement le lien, souleva le couvercle, écarta le papier de soie avec précaution, pour découvrir, émerveillée, un sac de daim marron glacé avec son fermoir en forme de H plaqué or...

– Dear me ! s'écria-t-elle en joignant les mains.

Un sac Hermès ! Plus aucun doute : Hugues l'avait trompée ! Il l'avait trompée cette semaine même, pendant qu'elle le croyait occupé à travailler ! Elle avait bien senti tout à l'heure qu'il n'était pas dans son état normal... Une seconde, elle hésita sur la conduite à tenir... Mais, une flûte de Cristal dans une main, un sac Hermès dans l'autre, la situation n'invitait pas à la dispute. Et puis, pour s'être lancé dans de pareilles dépenses, ce pauvre Hugues devait être bourrelé de remords... – «*Damned old bastard...* », pensa-t-elle en allant l'embrasser.

Qu'il était doux, se disait Larivière en pénétrant une petite heure plus tard dans la salle de la Brasserie Centrale, qu'il était agréable d'être connu juste ce qu'il fallait, jamais importuné dans la rue par des étrangers, jamais pourchassé par les photographes, mais accueilli partout avec un large sourire : « Ah, Monsieur Larivière, Madame Larivière... Quel plaisir de vous voir !... Alors vous revoilà parmi nous !... Nous vous avons gardé votre table préférée... Il pleut toujours, ah quel temps, heureusement la météo nous promet que ça va s'arranger pour le week-end... Installez-vous confortablement... là... Jean-Louis, occupez-vous de Monsieur Larivière !... Bonne soirée, bon séjour, bon appétit, Monsieur Larivière... N'hésitez pas à appeler si vous avez besoin de quoi que ce soit.»

Comme, en effet, il n'avait pas cessé de pleuvoir depuis le milieu de l'après-midi, Hugues avait retenu une table à l'intérieur. Ce n'était pas que la terrasse fût hors service. A Trouville, la pluie la plus enragée ne changeait rien au cours normal des jours : on se contentait de couvrir les terrasses des restaurants d'une épaisse tente de PVC transparent, et la vie continuait, la vie en vacances sur la Côte Normande, en écoutant la pluie tambouriner gaiement sur le plastique. Hugues ne détestait pas la terrasse de la Brasserie Centrale : les tables y étaient si rapprochées qu'on y dînait au coude à coude, comme à une longue table commune et, après un verre ou deux, on se mettait à parler avec ses voisins inconnus, ce qui avait son charme... Mais ce soir il n'avait qu'une envie, c'était de rester en tête-à-tête avec sa petite femme.

Il commanda un plateau de fruits de mer, Le Plateau Royal, bien entendu, tout se devait d'être royal ce jour-là : cette soirée serait comme un hymne à la vie (et même à la bonne vie). Il goûta le vin, un Graves Domaine de Chevalier 88 (à son avis, la meilleure année), et autorisa le serveur à remplir les verres. A l'arrivée des fruits de mer, Helen fit pivoter le plateau sur son support de façon à présenter les bulots à son mari (Hugues aimait les bulots, elle préférait les praires ; il adorait les huîtres, elle aimait mieux les langoustines) et ils attaquèrent leur repas en discutant de leurs prochaines vacances. Ils se rendaient à Rome, invités chez des amis. Mais ils avaient prévu de s'arrêter en route à Pérouse et à Assise : Helen voulait voir ou revoir des tableaux, des fresques, des retables... A Pérouse, pas de problème : pendant qu'elle courrait d'un musée et d'une église à l'autre, comme toujours, Hugues ferait la grasse matinée. Pour Assise, il était plus inquiet : sa femme voulait s'assurer que la Basilique Saint-François avait été convenablement restaurée et elle insisterait certainement pour qu'il l'accompagne. Douze ou quinze ans plus tôt, elle la lui avait déjà fait visiter, cette basilique. Il se rappelait très bien l'église supérieure avec sa voûte si haute, si vertigineusement élancée. Il s'était senti peu de chose là-dessous, vraiment tout petit. L'intention du maître d'ouvrage était claire : sous cette voûte à l'échelle d'un Dieu terrible, insignifiante et périssable créature on avait l'impression qu'à la moindre incartade, au péché véniel le plus innocent, l'église allait vous tomber sur la tête. (Et, finalement, c'est bien ce qui s'était produit : en 1997, au moment du tremblement de terre, le dôme s'était détaché de l'édifice comme la calotte d'un œuf à la coque...).

Quand ils en arrivèrent aux homards, la conversation des époux cessa. Pendant qu'il décortiquait les pinces, les yeux de Larivière tombèrent sur les photos accrochées au mur juste au-dessus d'eux, des photos de Marguerite Duras, qui de son vivant avait été un pilier des lieux : Duras dînant joyeusement à une table nombreuse ; Duras en train d'écrire, seule à un guéridon ; Duras, en col roulé et bottes fourrées, arpentant les planches avec vaillance... Larivière n'avait jamais eu la chance de l'éditer mais elle avait été l'une de ses bonnes amies (c'était elle, d'ailleurs, qui lui avait signalé un appartement à vendre aux Roches Noires, où elle en possédait déjà un elle-même). En contemplant ces photos pour la centième fois, il ne pouvait s'empêcher de penser qu'elle aurait bien ri si elle avait été là pour voir dans quel pétrin les éditeurs s'étaient fourrés (« *Coupables, forcément coupables...* »). – Sacrée Marguerite.

Une fois, il avait suggéré au Maire de Trouville, qu'il connaissait assez bien, de lui élever une statue, comme pour Flaubert qui se dressait sur son socle place du Casino, flambard, mains dans les poches et gilet au vent... Quelque temps après, le maire lui avait rapporté qu'à la réunion du Conseil où il en avait dit un mot, la seule idée d'ériger une statue à Marguerite Duras avait déclenché un tonnerre de rires et de protestations : le Conseil, pour une fois unanime, jugeait l'écrivaine trop sulfureuse. Larivière lui avait fait remarquer qu'en son temps, Gustave Flaubert avait été, lui aussi, un écrivain sulfureux. Et bien, avait rétorqué l'édile, laissons faire le temps, dans cinquante ans peut-être... – Dommage, se disait Larivière en s'escrimant à détacher les chairs de son homard, lui, il aurait bien vu Duras, à la pointe du massif des Roches Noires (à cet endroit, il aurait même pu la voir de sa fenêtre), sur fond de mer mouvementée, assise à un petit bureau avec sa machine à écrire et son ballon de rouge...

– You are smiling again, dit Helen.

– Tu connais pas la dernière ? répondit-il, heureux d'avoir quelque chose de drôle à raconter. Il marqua une pause, le temps de croiser les yeux pleins de curiosité de sa femme : – ... Figure-toi que le Prix des Éditeurs, fondé par le café Les Éditeurs, a changé de formule : il sera maintenant décerné à un roman écrit par un éditeur. Ils ont déjà commencé.

– Non mais sans blague ?

– Je te jure... Ça ne s'invente pas... Un prix des éditeurs décerné à un éditeur par un jury d'éditeurs. On reste entre soi.

Helen commenta simplement :

– They are crazy...

– Et cette idée de roman « écrit par un éditeur »... Pourquoi pas le Prix du roman écrit par un patron de bistrot ! plaisanta Larivière.

– Ou le Prix du tableau peint par un patron de galerie ! renchérit Helen qui était dans la peinture.

Ils pouffèrent de rire tous les deux. Il faut dire qu'ils étaient déjà pompettes.

Hugues Larivière rentra à Paris reposé et les idées claires. Le lundi matin, en s'asseyant à son bureau, il aperçut sur la pile du courrier une enveloppe épaisse portant la mention « En mains propres ». C'était ce qu'il attendait, il l'ouvrit : elle contenait une lettre sur une feuille simple et dix pages de texte agrafées. Il commença par la lettre :

Paris, le 26 juillet 2007.

à Monsieur Hugues Larivière
Éditions LARIVIÈRE

Cher éditeur,

Je trouve ce matin même votre réponse dans les PA de Libération. Votre demande me paraît légitime, je vous envoie donc ci-joint les premières pages de mes Mémoires. Il est en effet compréhensible qu'avant de vous engager à les publier vous souhaitiez avoir un aperçu de mon style et vous faire une opinion sur la véracité de mon récit. Rassurez-vous : vous trouverez dans ces pages des détails qui ne trompent pas, mais surtout un accent de sincérité qui n'échappera pas, j'en suis sûr, à un esprit aussi aiguisé que le vôtre.

Vous voulez savoir pourquoi je vous ai choisi comme éditeur. C'est que, voyez-vous, dans l'impéritie générale, cette espèce de nuit et brouillard éditorial et littéraire où nous sommes tous plongés, fainéantise et gesticulations, obscénité, nullité et tripatouillage (« nullité et tripatouillage... », répéta tout haut Larivière, ma parole on dirait du Céline !*), la production de votre maison me paraît garder une certaine tenue, de même que je la vois participer d'une façon discrète et presque toujours justifiée (je parle en connaissance de cause car j'ai lu beaucoup de vos livres) à la compétition pour les Prix. Une droiture, aujourd'hui si rare, méritait d'être récompensée et soutenue par le best-seller mondial que ne manquera pas de devenir mon ouvrage, et c'est pourquoi j'ai pensé à vous.*

J'ai aimé le ton de votre message, il dénote un certain sens de l'humour, je sens que nous allons bien nous entendre. Et quoi de plus beau, de plus fécond qu'un auteur et un éditeur en parfaite harmonie !

Inutile de me confirmer votre accord par le biais du journal. Il suffira, comme indiqué dans ma précédente lettre, de créditer mon compte bancaire de la somme convenue (pour mémoire : 100.000 euros (cent mille) sur le compte numéroté 182114 de la BFHS de Lausanne). Dès réception de l'avis de la banque, je me mettrai au travail pour vous livrer un manuscrit finalisé début septembre.

En me réjouissant par avance du résultat brillant que ne manquera pas de produire la conjugaison de nos efforts, je vous prie d'agréer, cher éditeur, l'expression de mes sentiments les meilleurs.

Estomaqué, Larivière laissa retomber la lettre sur ses genoux. Non mais quel culot !... Et pourtant il ne ressentait ni indignation ni colère ; plutôt une sorte de fascination. Etrangement, cet assassin qui avait exécuté de sang-froid trois de ses confrères ne lui était pas antipathique (et pas seulement parce qu'il avait été plutôt gentil pour sa maison). Au-delà du ton d'objectivité froide et de l'ironie, sa lettre exprimait une détermination désespérée alliée à une lucidité triste qui ne pouvait laisser indifférent. Larivière en était remué, bien qu'il trouvât son jugement sur les autres éditeurs un peu sévère.

Il décrocha son téléphone :

– Olivia ? Ne me dérangez sous aucun prétexte pendant l'heure qui vient. J'ai quelque chose de très important à faire.

– Entendu, comme vous voudrez, répondit l'assistante, vexée d'être tenue en dehors d'une affaire importante.

Larivière raccrocha, se cala dans son fauteuil et commença la lecture des feuillets agrafés.

LA DÉCIMATION – Mémoires d'un Assassin

Chapitre 1

« Du jour où ma décision fut prise, je cessai de m'ennuyer. Il faut dire que, commencée dans un bouillonnement d'idées et de projets enthousiastes qui me portait comme un torrent joyeux vers de riants horizons, mon existence d'homme adulte s'était peu à peu rétrécie, le flot impétueux de son cours inexorablement réduit à un écoulement morne et lent, une effusion chétive d'eau grise, un ruisseau paresseux, moins encore : une rigole. On objectera que c'est le cas pour la plupart des gens.

Je suis né et j'ai été élevé dans une charmante petite ville, au milieu d'une région boisée de la province française. Mes parents s'accordaient, nous habitions une maison confortable et mon enfance fut heureuse. J'étais fils unique : ma mère, de santé fragile, ne put me donner ni frère ni sœur. L'état d'enfant unique, s'il vous prive du soutien clanique d'une fratrie (à condition bien sûr que la fratrie s'entende), vous procure en contrepartie un esprit d'indépendance et une capacité à supporter la solitude qui constitue en soi une grande force – force qui me fut, on le verra, d'un grand secours par la suite.

Mon père exerçait la profession de garde-forestier et appartenait à l'Office National des Forêts. C'est dire qu'il régnait sur un territoire immense, plusieurs milliers d'hectares, un domaine fabuleux dont je me crus longtemps le prince. Les mercredis et pendant les vacances, il m'emmenait avec lui faire ses tours d'inspection. Ah, les départs les matins d'été au lever du soleil, le cheminement dans les sentiers feuillus et odorants, la traversée des clairières parmi les herbes hautes où perlait la rosée qui mouillait mes mollets !... A la pause de midi, assis sur un tronc d'arbre épais d'où je ne touchais pas terre (mon père devait me porter pour m'y asseoir), nous mangions le casse-croûte préparé par ma mère. En fermant les yeux et en me concentrant très fort, je peux retrouver le goût du pâté de faisan dont elle garnissait nos sandwiches, je sens encore, sur la face postérieure de mes cuisses, la douceur humide de la mousse qui tapissait le tronc...

Dès mes dix ans, j'eus la permission d'accompagner mon père à la chasse à condition de me tenir derrière lui en permanence. Puis, quelques années plus tard, pour l'anniversaire de mes quatorze ans, on me fit cadeau d'un fusil. Je le revois parfaitement bien qu'il se soit malheureusement perdu : c'était un fusil léger de femme, une modeste pétoire d'occasion, mais qui me procura de grandes joies tout au long des années suivantes. Mon père m'initia au tir au moyen de cibles fixées sur un arbre et je fus rapidement meilleur tireur que lui, ce dont il prit son parti après un sentiment fugace d'humiliation. A quoi tient le don du tireur ? On parle de précision du coup d'œil, d'une vue excellente, de la capacité à se concentrer sur sa cible... sans doute. Mais je pense, moi, que ce qui fait toute la différence, c'est la rapidité de décision : quand on y est, surtout sur une bête à la course, c'est une affaire de dixième de seconde... Enfin, j'étais doué pour le tir, ce qui me rapprocha encore plus de mon père. Chaque ouverture était une fête. Quand j'eus grandi, tous deux, loin des gens chic qui se rassemblaient dans les champs avec leurs rabatteurs pour tirer des lapins et des faisans d'importation comme à la

219

foire, nous nous enfoncions avant l'aube dans la forêt pour chasser les oiseaux, les garennes, et même le chevreuil et le sanglier, si nous avions la chance d'en rencontrer un.

J'étais un gentil petit garçon. Quand il m'arrivait encore de regarder les films de vacances réalisés par mes parents (je ne le fais plus à présent), je me trouvais plutôt mignon ; mon physique aujourd'hui est tout à fait quelconque, mais j'étais alors un bel enfant aux cheveux châtain clair, presque blonds, avec de grands yeux rêveurs, et je travaillais bien en classe, particulièrement en rédaction. A huit ans, j'eus la témérité de composer un poème. Je n'étais pas empoté pour les rimes : quand une rime me faisait défaut, je mettais le mot qui venait ou j'en inventais un, signe indubitable d'une aisance, d'un don inné pour l'écriture. Cette première œuvre fit bien rire mes parents : « Ce n'est pas aussi bien que Minou Drouet, dit ma mère, mais au moins on peut être sûr qu'il est de lui. » Elle conserva précieusement mon poème, ce qui me permet d'en restituer une strophe aujourd'hui, avec son orthographe d'origine :

A la récréation, nous nous amusons dans la coure
Nous jouons au balon san lé filles
Qui son des quilles
Elles nous regardes avec des yeux gours
On voie bien qu'elle son jalouse
Et je lé trouve morouse.

Ces dons éclatants ne firent que se confirmer par la suite. Je passai le baccalauréat avec la mention Très bien et réussis à convaincre mon père de m'envoyer poursuivre mes études à Paris. Je me destinais à l'enseignement, ce qui n'était pas pour lui déplaire, étant lui-même fonctionnaire.

Je m'inscrivis en Lettres à l'Université Paris IV-Sorbonne, où je m'empressai de tomber amoureux. Hélas, je n'étais pas seul sur les rangs : il s'agissait de la plus jolie fille de l'amphi : une ravissante petite brune aux yeux violets avec de faux airs d'Elizabeth Taylor. Après un trimestre d'hésitation, le cœur battant et claquant des genoux, je me risquai à l'inviter au cinéma. La jeunesse est cruelle. Sans doute n'avais-je pas été assez désinvolte en formulant mon invitation car je n'obtins qu'un éclat de rire en réponse, auquel firent écho les rires des deux copines qui ne la quittaient pas d'une semelle : « Non, mais qu'est-ce qu'il croit, celui-là !... Ha, ha, ha... etc. ». Ce fut mon premier coup de pied au derrière.

Le deuxième survint quelques années plus tard : je ratai de peu l'agrégation à laquelle je me présentais pour la seconde fois. Cette fois-ci, le coup fut rude et je le pris très mal ; j'avais été brillant, j'avais cru réussir. Je traversai quelques jours de colère et de rancœur, persuadé qu'un pistonné avait pris ma place. C'était peut-être vrai, après tout. On sait que l'agrégation est un concours d'enseignement.

(*Un prof !* triompha Larivière. *J'avais deviné !* – Il reprit sa lecture.)

221

L'été suivant, nouveau coup de pied au derrière, corollaire du précédent : la fiancée que j'avais alors refusa de m'accompagner en vacances, où elle m'écrivit une semaine plus tard pour me faire savoir qu'elle rompait. Plus qu'une peine de cœur, j'en conçus une vive blessure d'amour-propre. Me faire plaquer par une fille qui n'était même pas jolie ! (Comme elle avait fait les premiers pas, j'avais cru naïvement être aimé pour moi-même, alors qu'à l'évidence elle ne pensait qu'à se préparer un avenir sans aléas auprès d'un professeur agrégé.)

Mon humiliation digérée, je me demandais si j'allais tenter l'agreg une troisième fois quand mon père tomba malade de ce qu'il est convenu d'appeler une longue maladie. Les mois qui suivirent furent terribles. Ma mère était décédée d'un arrêt du cœur quatre ans plus tôt et je passai mon temps en allers et retours entre Paris et notre maison, puis, pour finir, entre notre maison et l'hôpital de la ville. Au début du mois de juin, mon pauvre père mourut. Je l'enterrai et renonçai pour toujours à l'agrégation. (On aurait tort de croire que je m'apitoie sur mon sort : je sais bien que tout homme traverse une période noire un jour ou l'autre.)

A la rentrée suivante, nanti d'un diplôme d'enseignement moins prestigieux, je fus expédié par l'Éducation Nationale dans une petite ville du Nord sinistrée par la délocalisation de ses entreprises. Le lycée était crasseux, totalement déshérité, le climat froid et humide, les forêts inexistantes. Comme distraction, je n'avais que mes longues promenades solitaires au bord de la Sambre qui charriait ses eaux grises dans un paysage d'usines désaffectées.

Ce fut pourtant au cours d'une de ces promenades que me prit le désir d'écrire. En réalité, c'est un désir que j'avais toujours eu, il devait sommeiller dans un coin de ma tête (on reconnaîtra que l'existence de bête à concours que j'avais menée jusque-là n'était guère propice à la création littéraire). Soudain il m'apparut que l'écriture serait le moyen de m'évader de la monotonie de mes jours, de secouer l'ennui abyssal qui m'accablait dès que je sortais du lycée, et même à l'intérieur, de donner enfin une dimension passionnante à ma vie.

Note de l'auteur à l'intention de l'éditeur : *Ce qui précède peut être considéré comme un prologue. Viennent ensuite des pages où figurent quelques informations sur les autres postes où m'exila l'Éducation Nationale, ainsi que sur ma situation actuelle, informations qu'il serait trop tentant (au prix de votre vie tout de même, j'en profite pour vous le rappeler) de communiquer à la police, et qui lui permettraient de m'identifier par recoupements. Je les retiens donc pour l'instant.*

Je décris aussi dans ces pages mes rapports avec différents éditeurs, car les trois romans que je leur proposai successivement les années suivantes suscitèrent assez d'intérêt de leur part pour que j'eusse avec eux plusieurs entrevues, sans qu'aucun, hélas, ne se décidât finalement à me publier. C'est au cours de ma dernière conversation avec un célèbre directeur littéraire parisien (conversation qui eut lieu en octobre de l'année 2006, nous nous rapprochons de l'époque présente) que je compris enfin la raison de leur réticence. Au lieu de me recevoir dans son bureau, il m'avait donné rendez-vous au café d'en bas, ce qui n'était déjà pas bon signe. Je l'attendais au milieu d'une rangée de tables occupées et, avec ce goût du secret, cet air de conspirateur qu'ils ont tous, il m'entraîna dans un coin isolé du fond de la salle. Ce fut une phrase que cet homme de bonne volonté prononça (c'était mon allié : il me soutenait avec persévérance au comité de lecture et se désolait de son impuissance) qui m'éclaira brusquement et fut à l'origine de ma résolution. Cette résolution ne prit pas forme sur le moment. Mes réflexions durent suivre un cheminement souterrain plusieurs mois encore, car si mon interlocuteur avait très clairement posé le problème, je n'en apercevais pas la solution.

Jusqu'au jour où...

Au mois de février 2007, je me réveillai un matin avec une furieuse rage de dents. J'obtins de mon dentiste qu'il me prît en urgence, ce qui signifie qu'il me fit patienter trois bons quarts d'heure dans sa salle d'attente. Dans ma panique, je n'avais pas pensé à apporter un livre ; lassé d'attendre et espérant me distraire un peu de mes élancements, je m'emparai machinalement d'un magazine people qui surmontait une pile de revues périmées sur un guéridon. En le feuilletant distraitement, j'eus l'impression de reconnaître un visage. La légende m'apprit qu'il s'agissait de Patrice Mazeaud, Président-directeur général des Éditions Philibert Mazeaud.

L'article le concernant occupait toute une page ; on y voyait l'éditeur en gros plan, brandissant triomphalement une bouteille de vin rouge. Je pris connaissance du texte : le vin dont il semblait si fier était le beaujolais de sa propriété.

Au verso d'une page présentant le fessier habilement photographié et retouché d'une actrice (fessier au demeurant très ordinaire : si je n'ai pas eu la chance d'en voir beaucoup en chair et en os – façon de parler –, je me crois tout à fait capable de reconnaître un beau cul : un beau cul s'impose de lui-même sans qu'il soit besoin d'artifices), et face à un gagnant de la télé-réalité vautré sur un matelas gonflable dans la piscine à débordement d'une villa de la Côte d'Azur, le Président des Éditions Philibert Mazeaud offrait son beaujolpif à la convoitise des lecteurs avec un sourire vaniteux et vaguement mercantile... – Paraphrasant le mot célèbre de Clémenceau (« *La guerre est une affaire trop sérieuse pour être laissée aux militaires* »), je me dis que décidément la littérature était une affaire trop sérieuse pour être laissée aux éditeurs.

Quand ce fut à mon tour d'être appelé, n'osant arracher la page, je glissai le magazine dans ma poche d'un air naturel, comme si je l'avais apporté moi-même. (Ce magazine datait du novembre précédent – le mois du beaujolais nouveau – je n'étais donc pas très honteux de mon larcin.)

Une demi-heure plus tard, je sortis du cabinet dans un état euphorique : ma douleur avait cessé et il faisait un temps splendide, froid mais ensoleillé. J'entrai dans le premier café et m'installai dans un coin de la salle, côté rue, réchauffé par un rayon de soleil qui traversait la vitre. En attendant que le garçon daignât s'occuper de moi, j'ouvris à nouveau mon magazine, contemplai une dernière fois la figure grotesque de l'éditeur-viticulteur, en essayant, sans succès, de lire l'étiquette de sa bouteille (les lettres étaient floues ou trop petites) puis je relus l'article avec attention.

Et soudain il se passa quelque chose d'extraordinaire. Ce fut comme une illumination, mieux : une révélation ! Brusquement tout devenait limpide, je voyais enfin la solution au problème soulevé par le directeur littéraire, peut-être même la solution à tous mes problèmes... J'attendis encore cinq minutes, le temps de laisser mon idée prendre forme, préciser ses contours, puis je me levai avec détermination et quittai le café sans rien boire.

Dehors, je dus me retenir de gambader sur le trottoir, je me sentais léger comme un elfe. Je ne me souvenais pas d'avoir été si heureux, si plein d'élan depuis mes quinze ans. En un instant, j'étais devenu un autre homme : je n'étais plus le petit prof, le pauvre type ballotté par l'Éducation Nationale et baladé par les éditeurs, mais un homme libre, maître de son destin.

Je m'élançai joyeusement, courant presque, vers le Copy-top le plus proche et fis agrandir l'étiquette de la bouteille à la photocopieuse ; le texte complet apparut, parfaitement lisible :

Beaujolais-Villages
Domaine de Fonvert
Patrice Mazeaud
Mis en bouteille à la propriété.

L'adresse du vignoble figurait au bas de l'étiquette :
une commune du département du Rhône nommée
Breuilly. Le mercredi de la semaine suivante, j'allai
repérer l'endroit. Parti tôt le matin, j'arrivai au village de
Breuilly à deux heures. Comme n'importe quel touriste
souhaitant acheter du vin, je demandai à une vieille de
m'indiquer le chemin du Fonvert, ce qu'elle fit en
ajoutant : « Mais vous trouverez la maison fermée. Les
propriétaires sont des Parisiens, on ne les voit pas de
l'hiver. Si c'est pour leur vin, il est en vente à la
Coopé. » Je la remerciai ; qu'il n'y eût personne à la
propriété, bien entendu, m'arrangeait.

J'atteignis le domaine en quelques minutes par une
jolie route en lacets. J'arrêtai ma voiture et coupai le
moteur. A ma gauche, la maison se présentait comme
une longue et élégante bâtisse d'un étage ; à droite, des
coteaux de vignes se succédaient à perte de vue. Je fus
frappé par la beauté du lieu : c'était presque irréel. Il
avait neigé pendant la nuit et le paysage était comme
saupoudré de blanc. Sous le soleil vif, étincelant dans un
ciel bleu pâle, le froid maintenait une fine couche de
neige glacée sur les pieds de vigne, striant les coteaux de
lignes scintillantes. L'air limpide et le parfait silence
accentuaient encore l'impression d'irréalité.

La maison était bâtie sur un terrain en pente ; de la
route, j'apercevais à l'arrière une grande pelouse qui

descendait jusqu'à un chemin étroit probablement peu passant, surtout en cette saison. Je repartis et pris le premier sentier sur la gauche, de façon à contourner la bâtisse pour revenir me garer dans le chemin d'en bas, d'où je pourrais examiner l'endroit sans être aperçu.

De ce côté, grâce au niveau supplémentaire construit dans la pente, la maison présentait deux étages. Les chambres se trouvaient vraisemblablement par là, avec vue sur la pelouse et sur les plates-bandes du jardin. Tous les volets étaient fermés. Un large volet accordéon courait sur une grande partie du rez-de-chaussée, où je supposai qu'étaient situées les pièces de réception, de plain-pied avec la terrasse.

De l'autre côté du chemin, sur ma droite, un coteau de vigne montait doucement, et je le choisis aussitôt comme poste de tir : de là, j'aurais une position dominante ; un matin de printemps, un dimanche ou un jour férié, en l'absence d'ouvriers, caché dans les vignes feuillues, je prendrais facilement Mazeaud dans mon viseur pendant qu'il se promènerait dans son jardin, soignerait ses fleurs ou déjeunerait sur sa terrasse... Enfin je verrais bien, ce serait comme à la chasse, est-ce qu'on sait le chemin exact qu'empruntera le chevreuil ou le sanglier ? L'essentiel était que l'endroit me plaisait, je m'y sentais à l'aise : ce coin ravissant de la campagne beaujolaise serait idéal pour réaliser mon dessein.

Je revins au village qui me parut charmant. Je me serais bien arrêté au Café du Pressoir, sur la place, au pied de l'église, mais je jugeai plus prudent de me priver de ce petit plaisir : quelqu'un pourrait se souvenir de moi par la suite, les touristes n'étaient pas si nombreux en février. De même, je résistai à l'envie d'entrer à la Coopé pour m'offrir une caisse de Beaujolais–Domaine de Fonvert. J'avais repéré un supermarché ATAC à l'entrée du village et je me dis qu'avec un peu de chance je pourrais, sans me faire remarquer dans la foule, en acheter quelques bouteilles, ce qui se confirma.

Je repris la route. De retour chez moi, je me changeai et enfilai mes pantoufles. Après avoir mis un plat surgelé au micro-ondes, je débouchai avec componction le beaujolais de Patrice Mazeaud. Je m'en servis un demi-verre et le goûtai en le retournant plusieurs fois dans ma bouche, comme font les connaisseurs. Objectivement, il était très quelconque, mais on devine que je lui trouvai un bouquet particulier et que ce fut pour moi un plaisir trouble et délicieux de savourer le vin de l'homme que j'allais tuer.

Je commençai mes investigations dès le lendemain. Je consultai d'abord le Who's Who, qui m'apprit que Mazeaud avait épousé Ghislaine Lafferrière, petite fille du fondateur d'une usine d'aliments pour chiens et chats (tant mieux, je ne laisserais pas une veuve dans le besoin). Le couple avait deux enfants : une fille née en 1984 qui étudiait le management en Amérique et un garçon de trois ans son aîné qui dirigeait un cabinet d'architecture. Un fils et une fille adultes donc, ce dont je me félicitai, car si l'éditeur avait eu un jeune enfant, j'aurais été obligé de modifier mes plans et de chercher une autre cible : j'avais eu trop de joies avec mon propre père pour priver un enfant du sien. Enfin, grâce à Dieu, je ferais deux héritiers et non deux orphelins.

Je n'avais rien contre l'éditeur Mazeaud en particulier. Si, depuis plusieurs années, avec persévérance, sa maison me renvoyait mes manuscrits à l'état neuf sans les avoir ouverts, il n'était pas seul dans ce cas et loin de moi l'idée d'une vengeance personnelle : c'était tombé sur lui et voilà tout. Ce magazine people avait été un signe du destin.

Les semaines qui suivirent, j'achetai de ces hebdomadaires par brassées. J'espérais y trouver des informations sur les faits et gestes et les allées et venues de la famille, afin de choisir le bon moment pour agir. Mais ce fut en pure perte : à part ce malencontreux article sur son vignoble (malencontreux pour l'intéressé), la famille Mazeaud-Lafferrière n'apparaissait pas dans leurs pages.

En même temps, j'avais commencé mes filatures. Je suivis l'éditeur à la sortie de son bureau, ce qui m'amena plusieurs fois chez sa maîtresse (une jolie rousse que j'eus la chance d'apercevoir un jour dans sa voiture), puis enfin, un beau soir, à son domicile. De là, je suivis son épouse et, après quelques périples sans intérêt autour des instituts de beauté, des coiffeurs, des couturiers de la dame, je découvris la relation extra-conjugale et extra-sportive qu'elle entretenait avec son professeur de gym. Mais ces affaires privées me laissaient indifférent.

Un dimanche matin, je filai leur bonne jusqu'au marché bio du boulevard Raspail avec l'intention d'entrer en conversation avec elle. Cette domestique, une personne d'une trentaine d'années affligée d'un physique ingrat, traînait un caddie de sorte que, ne pouvant lui proposer de l'aider à porter ses sacs, je dus trouver une autre entrée en matière. Au premier mot, une amabilité banale que je prononçai en me composant un visage avenant, elle me gratifia d'un coup d'œil méfiant qui se transforma quand elle eut vu ma figure en une expression de parfait mépris, pour ne pas dire de total dégoût, et se mit presque à courir (c'est entendu, je ne suis pas de ces tombeurs qui séduisent les femmes au premier regard, mais tout de même je ne me crois repoussant à ce point-là).

Finalement, j'eus un peu plus de chance : un matin, au lieu de tourner à droite en sortant de chez lui pour gagner son bureau à pied comme il le faisait tous les jours, Mazeaud tourna à gauche et me conduisit directement à son garage à deux cents mètres de là. Je patientai cinq minutes dehors, feignant d'examiner une vitrine, puis je pénétrai dans le garage juste à l'instant où l'éditeur en sortait au volant d'une BMW noire rutilante. « Belle bagnole... », dis-je à un jeune garçon en salopette occupé à empiler des pneus. L'apprenti redressa la tête : « Ça oui, on peut dire qu'y en a qu'ont de la veine, et il a pas que celle-là ! ». Estimant que ma première remarque suffisait à me situer comme un amoureux des voitures, je m'abstins de demander ce que l'heureux propriétaire de la BM possédait comme véhicule supplémentaire. Je le saurais un jour ou l'autre et mieux valait ne pas poser de question d'entrée de jeu. « Je voudrais faire réviser une Renault Scénic, dis-je. C'est possible ? ». L'accord du mécano obtenu, j'allai chercher ma Renault et la lui abandonnai en glissant dans sa main un billet de vingt euros de l'air du type qui veut passer avant les autres, ce qui me valut sa sympathie immédiate. C'était un beur d'une vingtaine d'années et je connaissais bien ce genre de gosse pour la bonne raison que j'en avais vu passer des centaines dans ma classe.

Je dus savoir m'y prendre car, en quelques semaines, au prix de quelques bons pourboires et de remplacements de pièces superflus sur ma propre voiture, je m'en fis un ami. J'appris ainsi que la seconde voiture de Mazeaud était un cabriolet Porsche et, peu de temps après, on m'accorda le privilège d'admirer celles de sa femme.

La veille de l'Ascension – donc le mercredi 16 mai – , subodorant que le Mazeaud éditeur allait se transformer en Mazeaud viticulteur et profiter du long week-end en perspective pour aller s'occuper de ses vignes, je retournai au garage sous je ne sais plus quel prétexte. Je trouvai mon copain mécano en train de bichonner la Porsche, qu'il astiquait comme une pièce d'argenterie. Après les préliminaires de rigueur sur la beauté et sur les performances de la voiture, je n'eus aucun mal à lui faire raconter que son propriétaire devait venir la chercher dans la soirée pour se rendre dans sa maison de campagne.

Nous étions au début de l'après-midi ; je fis faire le plein dans la mienne et pris aussitôt la route, de façon à devancer Mazeaud de quelques heures. Avant d'aborder l'autoroute, en me faisant passer pour un négociant intéressé par la production du Fonvert, je téléphonai à la propriété pour me faire confirmer son arrivée. Ghislaine Mazeaud-Lafferrière en personne me répondit aimablement que son mari serait là le lendemain matin. Ce beaujolais était un sésame. Étonnant comme ces gens discrets, ces bourgeois méfiants, si secrets d'habitude, abandonnaient toute prudence dès qu'il s'agissait de leur pinard.

A mon arrivée à Mâcon, je dînai dans un self et traînai un peu en ville en attendant la tombée de la nuit. Puis je continuai jusqu'au Fonvert où j'arrivai peu avant dix heures. En passant au ralenti devant la maison, je constatai que les lampadaires extérieurs étaient allumés. A l'intérieur, aucune lumière visible, mais presque tous les volets étaient ouverts. Je fis le tour de la bâtisse comme à ma première visite et allai me garer tous feux éteints dans le petit chemin en contrebas, dissimulé entre deux rangées de buissons épais mais où rien de ce qui se passait sur la route ne risquait de m'échapper. Je m'installai confortablement, prêt à patienter le temps qu'il faudrait.

Pour dire la vérité, je n'étais pas mécontent de moi : je m'étais bien amusé ces dernières semaines, tout en me découvrant fin limier (l'instinct du chasseur, sans doute) et je touchais au but. La fermeté de ma résolution me surprenait moi-même. Je ne ressentais ni hésitation, ni crainte. Nul battement de cœur. Bien au contraire, je considérais ce premier assassinat avec froideur, comme une expérience, un coup d'essai. Il y en aurait d'autres par la suite et j'aurais certainement à me perfectionner. Côté matériel, en tout cas, j'étais au point. La carabine à lunette que j'avais héritée de mon père (une Remington achetée chez Manufrance, la dernière et la plus belle de ses carabines) était comme neuve (je n'avais eu qu'à l'équiper d'un silencieux) ; dûment révisée et nettoyée, elle dormait dans son étui sur la banquette arrière. Mon père m'avait aussi légué une paire de jumelles puissantes, ses jumelles de garde-forestier.

A onze heures quinze, un mouvement de phares sur la route m'arracha à mes pensées ; passa une voiture sombre dans laquelle je reconnus la Jaguar de Ghislaine Mazeaud qui devait revenir de dîner quelque part. J'attendis qu'elle l'eût rentrée au garage.

Au bout d'un instant, deux fenêtres s'allumèrent au deuxième étage, les premières de la rangée à partir de la gauche, mais les rideaux furent aussitôt tirés (sur le moment, je pensai qu'il s'agissait de la chambre des maîtres, la chambre conjugale). Encore quelques minutes, puis tout s'éteignit. Ne restaient que les lumières extérieures que Madame Mazeaud avait laissées pour accueillir son mari.

A minuit et demie, la Porsche apparut. Contrairement à ce que j'attendais, les fenêtres qui s'éclairèrent quelques minutes plus tard ne furent pas celles de l'épouse, mais les trois portes-fenêtres avec balcons du milieu de l'étage. J'en conclus que les époux faisaient chambre à part. A peine entré, Mazeaud ouvrit grand toutes ses fenêtres d'un mouvement brusque comme si l'odeur de renfermé l'incommodait. Ce fut pour moi une aubaine : j'attrapai mes jumelles et suivis ses allées et venues entre sa chambre et la salle de bain. Puis les portes-fenêtres s'éteignirent à leur tour. Constatant que Mazeaud s'était couché en les laissant grandes ouvertes, je conçus aussitôt mon plan.

Je mis le réveil-matin que j'avais apporté à cinq heures et m'endormis paisiblement sur ma banquette arrière, près de ma carabine, enveloppé dans un plaid que j'avais pris soin d'emporter. A la sonnerie, je grimpai dans la nuit claire sur le coteau de vigne et me postai face aux fenêtres de Mazeaud. Je n'avais plus qu'à guetter le moment favorable. J'eus vraiment froid pendant ce temps d'attente, mais je supportai bravement l'épreuve en me souvenant de nos longs affûts quand je chassais avec mon père.

A six heures trente – le jour était levé depuis un moment – Mazeaud sauta du lit, ôta sa veste de pyjama et passa dans la salle de bain. Je l'eus de dos dans mon viseur pendant qu'il pissait ; la chose faite, il alla se placer devant son lavabo et commença à se raser. A partir de là, tout se passa très vite (je l'ai dit, le tir est avant tout une affaire de rapidité de décision). Une forte montée d'adrénaline, et en une demi-seconde tout fut fini. Il faut savoir qu'il est plus facile de tuer un homme de loin, c'est plus propre, on ne voit pas les conséquences ; ce n'est plus un homme qu'on tue, mais une cible qu'on vise. L'acte accompli, comme après un orgasme je fus pénétré d'un grand calme ; soudain – sentiment tout nouveau pour moi – je me sentais dans un accord profond avec le monde.

Je redescendis vers ma voiture, la fis démarrer sans bruit et gagnai directement Mâcon où je postai la lettre que j'avais préparée (le premier de ces messages syllabiques qui devaient tant amuser les journalistes et le public par la suite).

Je repartis le cœur léger ; j'avais fait ce que j'avais à faire, le Président-directeur général des Éditions Philibert Mazeaud était mort, et je me dis que j'avais bien mérité une récompense. Je décidai de m'arrêter à Dijon pour me payer un déjeuner gastronomique.

Dès mon entrée au restaurant (j'avais choisi l'un des meilleurs de la ville), je perçus un changement. J'arrivais de bonne heure, sans doute, mais, en ce jour férié, la plupart des tables étaient réservées ; je n'en fus pas moins accueilli avec le sourire, je dirai même avec des égards. Ce n'était pas la première fois que j'entrais dans un restaurant gratifié de plusieurs fourchettes par le Guide Michelin mais j'étais reçu d'habitude avec condescendance ; même dans une salle à moitié vide, on regardait autour de soi d'un air ennuyé, l'air de se demander où l'on allait bien pouvoir me caser ; on me conduisait enfin, en serrant les fesses et avec une mine compassée, jusqu'à une table écartée – ce dont, par parenthèse, je me fichais éperdument tant qu'on ne me plaçait pas trop près des cuisines.

Mais cette fois l'attitude du maître d'hôtel était toute autre. Avec son flair d'homme dont c'était le métier de jauger les gens, il avait immédiatement senti que je faisais partie des forts. Je n'étais plus de ceux qui subissent, mais de ceux qui agissent : j'appartenais au camp des dominants. Bien que je fusse seul, il me conduisit en multipliant les grâces à une table proche d'une fenêtre donnant sur un parc fleuri et en même temps très en vue de la salle du restaurant. Supposant que j'étais quelqu'un d'important, les clients qui commençaient à arriver, à tout hasard, me saluaient d'un signe de tête au passage. Je composai mon menu avec soin : Homard à l'Américaine, arrosé d'un verre de Pouilly-Fuissé ; Perdreau rôti sur canapé, accompagné d'une demi-bouteille de Moulin-à-vent ; Salade de mesclun, fromages (je me contentai d'une lichette de Citeaux) ; Feuilleté aux framboises. Le personnel de service, qui avait deviné que je célébrais quelque chose, se mit en quatre pour m'être agréable.

Ce que je célébrais, en effet, c'était mon entrée dans un monde nouveau, un monde de luxe et de facilité, d'élégances et de plaisirs (pourquoi pas sexuels), le monde de l'argent et du succès. Bientôt, je serais un écrivain célèbre. Les avocats, les banquiers, les notaires, les fabricants de moutarde et de pain d'épices qui remplissaient peu à peu la salle du restaurant connaîtraient mon nom, leurs femmes achèteraient mes livres, certaines iraient même jusqu'à en lire quelques pages afin de briller dans les dîners... Le déjeuner raffiné que je m'offrais n'était qu'un avant-goût de ce que serait ma vie quand je toucherais mon à-valoir, mes droits d'auteur, et que mon talent serait enfin reconnu.

Après un excellent café qui dissipa un peu les vapeurs de l'alcool, je réglai la note en liquide en laissant un pourboire convenable sans plus (inutile d'attirer l'attention) et, comblé, je repris ma route. Oui, cela avait été une belle journée, une journée en tous points réussie et couronnée par un repas irréprochable. Quatre heures plus tard, en arrivant chez moi, je posai un étron parfaitement moulé, d'une belle teinte cuivrée et fleurant bon le cognac, un vrai caca de riche...

(*Un écrivain !* s'exclama Larivière [mentalement, car il craignait de voir apparaître le visage curieux de son assistante dans l'entrebâillement de la porte], *un véritable écrivain !... Fou à lier, complètement siphonné, mais un écrivain ! Ah, les collaborateurs des maisons d'édition sont vraiment criminels de laisser passer des talents pareils − ils le sont d'ailleurs au sens propre, criminels, car c'est bien leur incurie qui a causé la mort de mes pauvres confrères... − Et quelles paroles imprudentes avait bien pu prononcer ce crétin de directeur littéraire pour déclencher un tel carnage ?... Ah, on n'est pas secondés,* déplorait in petto l'éditeur, *vraiment pas secondés, de nos jours on ne peut plus compter sur personne...*).

Il termina sa lecture :

Je traînai un peu dans mon appartement, bus un verre d'eau, changeai mes vêtements de voyage pour une tenue plus confortable, puis essayai de me concentrer sur un livre ; mais j'étais trop excité, trop de pensées se bousculaient dans ma tête. Qu'allait-il se passer à présent ? Je brûlais de découvrir le compte-rendu de mon coup d'éclat dans la presse, de lire la description (certainement sanglante et très exagérée) de la scène de crime ; j'imaginais avec délice l'agitation des journalistes et la perplexité des enquêteurs (non sans regretter de ne pouvoir assister à l'enterrement car je prévoyais qu'il grouillerait de flics).

Vers huit heures, je me sentis fatigué – j'avais très peu dormi la veille – et naturellement je n'avais pas faim. Je pris le parti de me coucher de bonne heure pour restaurer mes forces. Car il n'était pas question de m'endormir sur mes lauriers, je devais maintenant penser à l'éditeur suivant... ».

L'extrait envoyé s'arrêtait sur cette ouverture. Larivière recopia le numéro du compte et le nom de la banque de Lausanne sur un post-it, remit la lettre et le texte dans leur enveloppe et les rangea dans un tiroir fermé à clé. Sa décision était prise.

Il s'accorda encore une minute de réflexion avant de convoquer son chef-comptable. Il savait qu'il pouvait lui faire confiance, Lesage était un homme sûr. Mais, comme tous les comptables que Larivière avait connus, sa vision des affaires était simple : pour lui, l'argent devait rentrer et non sortir. Ces hommes-là aimaient les certitudes et la notion même d'investissement (surtout pour un objet aussi immatériel qu'un texte littéraire) leur semblait suspecte. De plus, les Éditions Larivière avaient eu un contrôle fiscal deux ans plus tôt, contrôle qui s'était passé sans trop de mal grâce à la rectitude de Lesage, ce qui lui avait donné une certaine autorité dans la maison. Déjà qu'il n'aimait pas les à-valoir, surtout les gros, l'éditeur se demandait comment il allait lui présenter les choses pour lui faire virer cent mille euros sur un compte suisse numéroté...

Il se décida enfin à l'appeler.

– Alors, commença-t-il sur un ton engageant à son entrée, tout marche comme vous voulez, Henri ?

– Ça va ça va, répondit le comptable, aussitôt sur ses gardes.

L'éditeur poussa doucement devant lui le post-it où figuraient la somme et les coordonnées bancaires.

Lesage y jeta un coup d'œil et fit mine de ne pas comprendre :

239

– Je dois faire quoi ?

– Vous voyez bien, Henri, virer cent mille sur le compte marqué là.

– Vous voulez me faire virer cent mille euros sur un compte suisse numéroté ? fit le comptable en exagérant son incrédulité.

– C'est ça.

– Et qu'est-ce que c'est ? Je le fais passer où ?

– A-valoir.

– Mais à quel nom ?

– Pas besoin de nom, vous avez vu, c'est un compte à numéro.

– Mais je mets quoi, moi, au débit ? Qui est le destinataire ?

Larivière prit un air mystérieux :

– C'est top-secret pour le moment. Il s'agit d'un personnage de la première importance... – Il se pencha un peu et chuchota : Un politique. Ça va faire du bruit. Gros best-seller en perspective...

– En perspective..., répéta, sceptique, le comptable qui avait déjà vu pas mal de futurs « best-sellers » se ramasser. Il insista : – Mais il me faut un nom. Je ne peux pas sortir une somme pareille sans justificatif.

– Pour le moment, on se contentera de ses initiales, dit Larivière. Mettez S.K. – Et motus, hein ? Je compte sur votre discrétion.

Le comptable parti, l'éditeur poussa un profond soupir. Il espérait avoir pris la bonne décision. Si le tueur était arrêté d'ici septembre (éventualité improbable au train où avançait l'enquête), il finirait bien par récupérer son argent, au moins en partie (cent mille euros, pour sa maison, ce n'était pas rien). Dans le cas contraire, il faudrait faire vite : il se débrouillerait pour publier l'ouvrage fin septembre ou début octobre et avertirait la police après la sortie. On lui ferait des ennuis, c'est sûr. Mais il pourrait prouver – lettres à l'appui – qu'il était lui aussi victime et aucunement complice. En cas de désobéissance, l'auteur le menaçait explicitement de mort, ne l'oublions pas. Et puis quoi, ne faisait-il pas que son métier en publiant un livre... ?

Par ailleurs, une fois l'avance versée, il était à peu près certain qu'il n'y aurait pas de nouvel assassinat d'ici la parution : tout cinglé qu'il était, paranoïaque, le tueur lui faisait l'effet d'un type intelligent. Et ce qu'il aurait alors de plus intelligent à faire serait de terminer ses mémoires en profitant de son argent (ce petit prof n'avait jamais dû en voir autant sur son compte, mais il paraît qu'on s'y fait très vite et il semblait avoir des dispositions). Vu sous cet angle, on pouvait même considérer qu'en acceptant de payer l'à-valoir et de publier l'ouvrage, Larivière protégeait ses confrères...

Quant à lui, à ce prix, il se savait tranquille pour un mois. Il ne lui restait plus qu'à partir en vacances avec Helen et à visiter toutes les églises d'Italie si ça lui faisait plaisir.

5

Le manuscrit du tueur en série était prêt. Deux cents pages, qui en feraient environ deux cent cinquante imprimées. Larivière l'avait reçu la veille accompagné de son enregistrement USB, le jour même de la rentrée, et il avait passé son premier après-midi au bureau à le lire. Il n'était pas déçu : le texte achevé tenait les promesses des premières pages. Bien sûr, il était écrit dans un français classique, une écriture de professeur de Lettres à laquelle n'étaient pas habitués les acheteurs qui allaient se ruer sur l'ouvrage (neuf fois sur dix, les biographies, les mémoires, les autobiographies qui inondaient les librairies depuis quelques années étaient rédigés dans un style relâché par des nègres que ces travaux alimentaires ennuyaient). Mais l'histoire se lisait comme un roman, agréablement et sans effort ; lui-même l'avait lue d'un trait sans que son intérêt faiblisse, sa curiosité constamment relancée. L'auteur y racontait ses trois assassinats dans un style factuel mais non dénué d'humour noir ; à la fin, il exposait clairement la raison de ses crimes et, bizarrement, il inspirait une certaine sympathie, on le comprenait, il trouvait moyen de mettre le lecteur de son côté, de sorte qu'en plus du battage habilement orchestré par l'attachée de presse de la maison, on pourrait compter sur un formidable bouche-à-oreille. Un livre comme ça devait paraître le plus vite possible, sans attendre le début de l'année 2008 comme l'avait souhaité son auteur ; on saurait le convaincre que son ouvrage allait écraser tous les autres livres de la rentrée et ferait un énorme succès : une sorte de Harry Potter et de Bonjour Tristesse réunis...

Larivière se demandait dans quelle collection il allait pouvoir le sortir : pas dans sa collection de romans policiers tout de même, ç'aurait été d'un goût douteux : il fallait garder à l'esprit qu'il s'agissait de mémoires et que les trois macchabées de l'histoire étaient bien réels. Evidemment pas non plus dans une collection littéraire. Les Éditions Larivière n'ayant pas vocation à publier des biographies et des mémoires d'acteurs, de chanteurs, de voyantes, d'escrocs de la jet-set, de criminels plus ou moins repentis ou d'animateurs télé, elles ne disposaient pas d'une collection ad hoc... Il faudrait donc publier l'ouvrage hors collection, ce qui obligeait à créer une couverture spécialement pour lui. Avec jaquette ? Sûrement pas, les jaquettes en couleur sur papier glacé, conçues pour tirer l'œil et faire vendre des livres à un lectorat populaire comportent en général une illustration, et quelle illustration pourrait-on bien y mettre, hein ? L'une des suggestives photos de scène de crime qui avaient été publiées à satiété dans la presse ? Le cadavre de Louis-Charles Bonnifay gisant sur la piste de danse de sa réception à Taillencourt, immortalisé (si l'on peut dire) par le photographe engagé pour le mariage et qui avait revendu sa photo un bon prix à un magazine ? Ce serait d'un cynisme obscène... Oublions la jaquette. Une couverture glacée ferait l'affaire, juste le titre et le sous-titre, avec le nom de l'auteur, mais pas trop austère tout de même, la couverture, pour ne pas intimider les lecteurs, on y mettrait des couleurs vives et gaies... Pour la réaliser, Larivière éviterait de faire appel à un graphiste-concepteur indépendant, car le moins de gens seraient informés du lancement du livre, mieux cela vaudrait. Il s'arrangerait avec les maquettistes de l'imprimeur qui se débrouilleraient bien pour lui bricoler quelque chose.

En ce qui concernait la discrétion des hommes qui fabriqueraient l'ouvrage, Larivière n'était pas inquiet : il ajouterait une clause de confidentialité à sa commande et voilà tout. Et, une fois les livres sortis de l'imprimerie, il n'y avait pratiquement plus de risques de fuite : aussitôt que les cartons étaient empilés dans les camions ou sur les palettes, ceux qui les manipulaient ne s'intéressaient pas plus à leur contenu que s'ils s'était agi de boites de conserves ou de paquets de lessive. D'ailleurs, quand c'était nécessaire, ces gens savaient tenir leur langue : d'un bout à l'autre de la chaîne du livre, on adorait les « coups » (les « coups » font rentrer l'argent en vitesse, alors que les vrais livres exigent de la patience). En tout cas, maintenant que le texte était prêt, il n'y avait plus une seconde à perdre : il ne restait qu'à convoquer l'imprimeur d'urgence et à lui faire passer l'ouvrage en priorité...

Larivière avait déjà la main sur le téléphone, et pourtant quelque chose le retenait encore, il ne se décidait pas à décrocher. Ce qui paraissait tout à fait simple et logique – en théorie – quelques semaines plus tôt, lui semblait beaucoup plus difficile à présent qu'il devait franchir le pas.

En plein dans la période des Prix, **La Décimation – Mémoires d'un Assassin** allait tomber comme un pavé dans la mare, un énorme pavé dans le marigot nauséabond et délétère où barbotait joyeusement le monde de l'édition à chaque rentrée littéraire. L'attachée de presse n'aurait pas besoin de se démener pour faire parler du livre : il lui suffirait de l'expédier dans toutes les salles de rédaction, avec un petit fax ou un e-mail expliquant de quoi il s'agissait... Les journaux, les radios, les chaînes de télé qui avaient fait leurs choux gras de l'affaire avant les vacances, allaient se précipiter comme un seul homme sur les mémoires du tueur d'éditeurs. Pour eux, ce livre était une aubaine, il allait relancer le suspense, faire bondir l'audimat et vendre du papier pendant des semaines... Que pèseraient alors la vingtaine de petits romans introspectifs en lice pour les Prix ? Plus grand-chose. Bien beau s'ils récoltaient quelques articulets par-ci, par-là, quelques laborieux comptes-rendus dans les revues spécialisées... La conséquence, inéluctable, serait que les confrères de Larivière lui en voudraient à mort. Déconfits, furieux du manque à gagner et jaloux de n'avoir pas été choisis par le serial-killer (comme éditeur, s'entend), ils ne manqueraient pas de se placer d'un point de vue moral et monteraient sur leurs grands chevaux. Oubliant un temps leurs rivalités, ils interrompraient leurs luttes intestines pour se liguer contre Larivière, le traître, le Judas, l'immonde nécrophage... Bientôt, ce serait lui le monstre.

Et il devait aussi penser à sa femme. Helen avait une vie mondaine, des relations, des amis... L'affaire allait lui exploser à la figure. Du jour au lendemain, ses amis l'éviteraient, le téléphone arrêterait de sonner. Helen n'avait jamais été exposée à la vindicte et à l'opprobre et n'aurait sûrement pas la force d'y faire face. Rejetée par son milieu, humiliée, bouleversée, elle courrait se réfugier dans sa famille à Nottingham. Par-dessus tout, elle reprocherait à son mari de ne lui avoir rien dit, de ne pas lui avoir fait confiance. Et peut-être ne la reverrait-il jamais. C'est si fragile un couple quand il n'y a plus la confiance...

Hugues Larivière retira sa main de l'appareil.

Le soir, en quittant son bureau, il posta lui-même un nouveau message à faire paraître dans Libé (en substance, Iseult remerciait Tristan pour son beau poème et regrettait de ne pouvoir discuter poésie avec lui). Larivière ne doutait pas que l'auteur comprendrait qu'il souhaitait apporter des corrections à son manuscrit. Il pensait que l'autre allait lui répondre de lui renvoyer son texte avec ses observations à l'adresse de sa banque suisse, ou de déposer le manuscrit dans une enveloppe au nom de Tristan dans un café quelconque, ou encore de le laisser dans une consigne automatique dont il lui enverrait un double de la clé – quelque chose de ce genre. C'était sans importance : le but de Larivière était seulement de gagner encore un peu de temps pour réfléchir.

Mais, la semaine suivante, il se produisit quelque chose d'absolument imprévisible.

Le lundi 10 septembre, trois jours après la parution de sa deuxième annonce dans Libération, Larivière reçut un message du serial-killer dans lequel celui-ci lui demandait de lui renvoyer son texte avec ses remarques poste restante, à l'adresse de Francis Lecoeur, Bureau de Poste Paris-Picpus, 75012.

L'éditeur garda un moment les yeux fixés sur le mot sans y croire. Décidément, ce type avait un toupet phénoménal. Mais cette fois, il prenait des risques. Francis Lecoeur... Même si ce nom n'était que celui d'un homme qui irait retirer l'envoi à sa place, la police pourrait facilement appréhender l'émissaire et remonter jusqu'au vrai destinataire.

Le serial-killer avait-il décidé de se faire prendre, pour être enfin reconnu et profiter de sa célébrité (comportement classique chez ce genre de criminel) ? Mais, dans ce cas, pourquoi n'avoir pas attendu la sortie de son livre ?

Avait-il deviné que l'éditeur hésitait, cherchait à gagner du temps, et essayait-il de le compromettre ? En effet, tant que Larivière ignorait où se cachait le tueur, il pouvait encore passer pour sa victime, tandis que s'il dissimulait son adresse poste restante à la police, il serait automatiquement considéré comme complice... (Et là, l'autre jouait avec le feu car Larivière pouvait aussi bien choisir de le dénoncer.)

Ou alors c'était un piège. Le tueur n'avait pas l'intention de retirer la lettre et voulait seulement s'assurer que l'éditeur ne l'avait pas trahi (si c'était le cas, en se rendant comme un client ordinaire à la poste pour y effectuer une opération quelconque, il aurait eu vite fait de repérer la présence des policiers).

Mais peut-être, au contraire, était-il sûr que son éditeur se tairait, lui obéirait, ce qui signifiait alors qu'il le supposait réduit à l'état de chiffe molle par la peur d'être assassiné et par l'appât du gain...

Larivière eut soudain l'impression que l'autre le prenait pour un imbécile, qu'il s'imaginait le tenir par les couilles, et ce fut cette idée, insupportable pour son amour-propre, qui mieux que ne l'eût fait n'importe quel raisonnement emporta sa décision.

Avant toute chose, il devait mettre sa femme au courant. Il attendrait l'après-dîner, le moment de la camomille, en espérant bénéficier de son effet calmant. Helen était une personne posée, pas le genre à pousser les hauts cris, mais tout de même, elle allait recevoir un choc, mieux valait procéder avec tact.

Le soir même, comme toujours quand ils dînaient en tête-à-tête, ils prirent leur repas dans la cuisine, une grande pièce dont Helen avait fait un endroit chaleureux, un peu fouillis et très anglais. Chacun portant sa tisane, ils allèrent ensuite s'installer dans le salon près d'une haute fenêtre donnant sur une cour fleurie aux murs tapissés de lierre. Une impression de campagne en plein Paris, en particulier à cause du silence : à neuf heures du soir, fenêtres ouvertes, les bruits de la circulation ne leur parvenaient plus que comme un brouhaha lointain. La nuit tombait, l'air parfumé par les massifs d'amaryllis de la cour embaumait. Hugues Larivière adressa à son épouse un sourire brave et commença son récit.

L'étonnement d'Helen fut de courte durée : depuis quelques semaines, elle sentait son mari préoccupé, son comportement avait changé ; elle lui reprocha seulement de n'avoir pas parlé plus tôt. Larivière argua qu'il n'avait pas voulu lui gâcher ses vacances. Elle demanda ensuite à lire les lettres du tueur ; il prétendit qu'il les avait enfermées dans le coffre de son bureau. Sur la conduite à tenir, tous deux étaient d'accord : dès lors que le tueur avait donné une adresse, il fallait tout raconter à la police au plus vite. « Ils te protégeront... » le rassura Helen, optimiste. Larivière acquiesça, mais il était moins confiant que sa femme dans l'efficacité de la protection policière.

Le lendemain matin, son premier coup de fil fut pour la PJ et, trois quarts d'heure plus tard, il se trouvait au Quai des Orfèvres, dans le bureau du commandant Martineau. Au téléphone, après s'être présenté comme éditeur, il avait simplement annoncé qu'il avait des révélations à faire au sujet du tueur en série ; une fois devant le policier, il reprit toute son histoire depuis le début, en lui présentant une par une et dans l'ordre chronologique les preuves qu'il sortait à mesure de son porte-document.

Martineau avait laissé parler son visiteur sans l'interrompre et contemplait d'un air dubitatif les pièces étalées devant lui : lettres, messages découpés de la correspondance « amoureuse » de l'éditeur avec le tueur dans Libération, premières pages des mémoires, enregistrement USB du manuscrit terminé… (Prévoyant, n'ayant pas perdu tout espoir de publier les mémoires un jour, Larivière avait fait un double de l'enregistrement et conservé la version papier.)

– Qu'est-ce que c'est, demanda le policier, une plaisanterie ?

– J'ai bien peur que non, dit Larivière.

– Vous n'avez tout de même pas gobé ça ?

– Peut-être devriez-vous lire ce qui est écrit…

Martineau parcourut rapidement la première lettre et le premier message publié dans Libération puis leva sur l'éditeur un regard incrédule :

– Iseult… C'est vous Iseult ?

– C'était le nom convenu. Mon nom de code, si vous voulez.

– Ce type s'est foutu de vous, décréta le commandant.

– Il donne tout de même des détails convaincants dans ses lettres, rétorqua l'éditeur.

Le commandant de police Martineau faisait partie de cette tranche nombreuse de la population qui lit tout au plus un livre par an. La chose écrite lui inspirait une sourde méfiance, à peu près semblable à ce qu'il ressentait devant un prévenu, comme s'il soupçonnait l'auteur de le mener en bateau. En fait d'aventures, à cause de son métier, il en avait son content dans la vraie vie, et il se fiait à son propre jugement pour se faire une idée sur la marche du monde. Il fit pourtant l'effort de relire attentivement la première lettre.

– Vous n'avez tout de même pas versé de l'argent sur un compte suisse ? s'exclama-t-il quand il eut terminé.

– Eh si... bien obligé.

Le commandant s'esclaffa :

– Vous vous êtes fait avoir, mon vieux, vous êtes tombé sur un escroc... C'est de la pure invention tout ça, ça tient pas la route !

Larivière s'attendait à se faire copieusement engueuler par la police, et probablement à quelques ennuis plus sérieux, mais il n'avait jamais envisagé qu'il ne serait pas cru... Comprenant que le policier n'était pas prêt à s'imposer la lecture des documents, pourtant probants, qu'il lui apportait, il entreprit de les lire lui-même à voix haute, en soulignant et en commentant les points importants.

Ce patient travail de décryptage lui prit une bonne heure au terme de laquelle le commandant Martineau, quoique pas encore convaincu, changea de ton :

– Vous prétendez être en relation avec un tueur en série depuis le 23 juillet, plus de six semaines, et vous n'avez pas averti la police ?

– J'étais menacé, lui rappela Larivière, il m'aurait assassiné à mon tour si je vous avais prévenu, et vous, à quoi ça vous avançait, ignorant où il se trouvait ? Vous auriez eu un mort supplémentaire sur les bras, rien de plus.

– Votre devoir était de prévenir la police, s'entêta Martineau. S'il s'agit vraiment du tueur – admettons – vous vous rendez compte du danger que vous couriez ? Il pouvait aussi bien vous faire verser l'argent et vous éliminer ensuite, et peut-être recommencer l'opération avec un autre…

– Je vous ferais remarquer, commandant, que personne n'a été assassiné depuis le versement de l'à-valoir.

– L'à-valoir ?

– L'argent, les cent mille euros… Et pour ce prix que, permettez-moi de vous le rappeler, ma maison d'édition a payé, vous disposez de ses mémoires, c'est-à-dire de sa confession complète.

– Du roman, laissa tomber Martineau avec un mépris sincère.

– Moi, j'ai l'impression qu'il dit vrai… Pardonnez-moi, mais je crois connaître un peu les écrivains.

– Quoi, dit Martineau, quels écrivains ?

– Je parle du tueur, dit Larivière. Vous avez bien vu, il veut être publié…

– Vous êtes en train de me dire que le tueur d'éditeurs est un écrivain ?

Larivière confirma d'un hochement de tête.

Pour le commandant de police Martineau, le monde s'ordonnait en catégories nettement différenciées et il avait horreur du mélange des genres qui brouille les idées.

– Un tueur en série écrivain ? Un écrivain tueur en série ? Vous rigolez ?

– Pas du tout, répondit Larivière, je crois même qu'il s'agit d'un professeur. Un prof de lycée…

Totalement dépassé, Martineau renonça à comprendre et prit le parti de se réfugier dans l'action. Après tout cet éditeur lui faisait l'effet de quelqu'un de sérieux, il ne manquait pas d'arguments, et s'il le conduisait réellement jusqu'au tueur et lui permettait de l'arrêter, ça ne serait pas mauvais pour sa carrière et, en tout cas, il serait débarrassé pour un moment de la pression de sa hiérarchie qui depuis le premier crime pesait comme une chape sur ses épaules...

– C'est bon, conclut-il, ça suffit. On va commencer par voir cette histoire de poste restante. Vous allez lui expédier son machin aujourd'hui même. Mais attendez-vous à des ennuis, à de très gros ennuis si vous dérangez nos services pour rien et si vous me faites passer pour un con.

Monsieur le Receveur du bureau de poste Paris-Picpus, Émile Capron, ne fut pas ravi d'apprendre que la PJ comptait sur sa collaboration pour mettre la main sur un malfaiteur. Martineau s'était déplacé personnellement pour l'informer de la situation, en prenant garde toutefois d'en dire le moins possible afin de ne pas l'alarmer ; à l'en croire, le préposé n'aurait qu'à signaler à un lieutenant, qui assurerait une surveillance discrète dans le bureau, l'homme qui viendrait retirer une lettre adressée poste restante à un nommé Francis Lecoeur. Celui-ci serait alors filé à la sortie par des policiers qui l'attendraient dehors. Il n'y aurait aucun trouble à l'intérieur, aucune gêne pour le fonctionnement du service, les clients présents ne s'apercevraient de rien. Ce serait juste une filature, aussi discrète que possible, car Monsieur le Receveur comprenait bien que c'était l'intérêt des policiers de ne pas se faire remarquer. Naturellement, Émile Capron voulut savoir de quoi il s'agissait, pour quelle sorte d'affaire on attendait de lui qu'il coopère. Martineau répondit que c'était une histoire de dealers sans importance, la routine.

Le bureau Paris-Picpus comportait cinq guichets, où se relayaient une dizaine d'employés. Il fallait bien entendu les mettre tous au courant puisqu'on ne savait pas à quel moment le destinataire viendrait retirer sa lettre ni sur lequel d'entre eux ça tomberait. Dès qu'il lirait le nom de Francis Lecoeur sur la carte d'identité qu'on lui présenterait, le guichetier concerné ferait un signe discret à son voisin qui préviendrait le flic de service par un moyen convenu tandis que lui-même traînerait un peu – mais pas trop, il ne fallait pas éveiller l'attention du client – en cherchant sa lettre dans le courrier en attente pour laisser aux policiers le temps de mettre leur dispositif de filature en place.

Le soir même, après la fermeture, il y eut une réunion des guichetiers pendant laquelle on s'employa à les rassurer sur l'absence de danger de l'opération, tout en leur recommandant de garder le secret. Le Receveur aida de son mieux la police à tranquilliser son personnel bien que, pour sa part, il ne crût pas un mot de ce que le commandant racontait et s'attendît au pire. Rentré chez lui, ce brave homme passa une nuit blanche peuplée de cauchemars éveillés : tentative d'arrestation musclée, résistance, tirs tous azimuts, panique dans le bureau, siège du forcené, prise d'otages avec exécutions à intervalles réguliers, et puis l'assaut, une fusillade, des morts, du sang partout... Pour son malheur, Monsieur le Receveur de Paris-Picpus ne manquait pas d'imagination, une imagination abondamment nourrie par les feuilletons télévisés.

Le lendemain matin, ses soupçons se confirmèrent. A huit heures cinq, en mettant le nez dans le hall, il remarqua parmi les premiers clients trois jeunes lieutenants de police à la carrure athlétique – deux garçons et une fille – facilement reconnaissables à leur uniforme : jeans, baskets et blouson de cuir. Ce qui faisait déjà trois flics au lieu d'un.

Émile Capron jeta ensuite un coup d'œil dehors : deux voitures banalisées stationnaient devant l'entrée de la poste, de chaque côté de la chaussée, l'une sur un emplacement interdit ; dans chaque voiture, deux hommes à mine patibulaire occupaient les sièges avant (à côté d'un chauffeur, il reconnut le commandant Martineau). Il nota également la présence inhabituelle d'une camionnette devant l'immeuble d'en face, probablement un véhicule de surveillance maquillé en camionnette de livraison, un sous-marin de la police. Pour leur soi-disant filature de rien du tout, les policiers avaient prévu un dispositif digne de Mesrine... N'en menant par large, le Receveur réintégra son bureau.

Une demi-heure plus tard, nouveau coup d'œil côté public : des files d'attente s'allongeaient maintenant devant les guichets. Assis à une table, un des jeunes flics faisait semblant de remplir un formulaire ; un autre se tenait debout devant le distributeur de timbres ; un peu plus loin, la fille, une costaude à la mâchoire décidée, feuilletait une brochure publicitaire tout en parlant dans son téléphone : Capron comprit qu'elle assurait la liaison avec les voitures.

Au début de la matinée, sous des prétextes divers, il revint à plusieurs reprises rôder derrière ses guichetiers. S'il l'avait pu, il serait resté là à guetter ce qui se passait dans la salle, mais ce comportement inusité risquait de troubler encore plus le personnel. A regret, il retourna à son travail. On ignorait quand l'homme recherché se présenterait ; l'attente, le suspense pouvait durer plusieurs jours et la seule chose à faire était de prendre son mal en patience.

A neuf heures quarante-huit exactement, au moment précis où Émile Capron songeait à aller boire un café, une forte clameur éclata dans le hall, accompagnée d'un bruit de bousculade et de chaises renversées. Il bondit comme un diable hors de son bureau.

Les clients effrayés s'était écartés des guichets et se pressaient le long des murs, les yeux fixés au milieu de la salle où deux flics accroupis maintenaient un homme à plat ventre sur le carrelage, tandis que le troisième, la fille, lui attachait les menottes dans le dos. Cela fait, ils soulevèrent leur prise par les aisselles et la remirent sur ses pieds comme un pantin. Apparut un homme d'aspect inoffensif, plutôt petit, un mètre soixante-dix environ, correctement vêtu et portant cravate. Rien d'un ennemi public numéro un. Sa chute l'avait certes congestionné et dépeigné, une mèche déplacée laissait voir un morceau de son crâne dégarni, mais il ne s'agitait pas, ne se débattait pas ; au contraire, il semblait parfaitement maître de lui. On l'entendit protester d'une voix calme :

« Allons, doucement Messieurs, vous allez déchirer mon imperméable... » puis il se laissa emmener docilement, et même, à ce que Capron crut apercevoir, avec une espèce de petit sourire.

Le groupe était déjà dehors. Des photographes de presse surgis d'on ne sait où l'assaillirent aussitôt et commencèrent à le mitrailler. Capron en conclut que si les policiers avaient jugé bon d'avertir les journalistes de l'arrestation, ce n'était sûrement pas, comme l'avait prétendu le commandant Martineau, pour une affaire de dealers sans importance. D'ailleurs, celui-ci était descendu de voiture et se laissait complaisamment photographier près du malfaiteur en brandissant la lettre retirée à la poste restante qu'on venait de lui confisquer. Les appareils photo crépitèrent encore quelques secondes, puis journalistes et policiers s'engouffrèrent dans les voitures et disparurent.

Il n'était pas encore dix heures et tout était terminé – grâce à Dieu sans effusion de sang, et sans expectative éprouvante pour les nerfs puisque le malfaiteur avait eu le bon goût de se présenter le premier jour.

Tout en regagnant son bureau, Émile Capron se demandait ce qu'il pouvait bien y avoir dans l'enveloppe. Le commandant de police avait laissé entendre qu'il s'agissait d'une affaire de drogue et, le matin même, par pure curiosité, il s'était fait apporter la lettre dès son arrivée au courrier. En la palpant, il avait senti quelque chose de plat et de rigide à l'intérieur, une sorte de petit étui rectangulaire. Si c'était de la drogue, il voulait bien qu'on les lui coupe... Peut-être des diamants... ? Ou un microfilm... ? Le Receveur de Paris-Picpus haussa les épaules : de toute façon, les détails de l'affaire s'étaleraient le lendemain dans tous les journaux.

– Quel beau nom vous avez, déclara avec bonne humeur Francis Lecoeur en pénétrant derrière Martineau dans le cabinet du juge d'instruction (il venait de le lire sur la porte). Quel splendide héritage patronymique pour un juge... Un ancêtre dans la magistrature, peut-être ?

– Le vôtre n'est pas mal non plus, répondit le juge Louis Prudhomme du tac au tac.

– Bof, le cœur, pour ce que ça vaut de nos jours... Mais la sagesse !

– Ça ne vaut pas grand-chose non plus. Asseyez-vous, je vous prie. Nous ne sommes pas là pour parler généalogie.

– J'ai déjà fait des aveux complets hier à la police, le rassura Lecoeur. N'ayez crainte, Monsieur le Juge, je n'ai pas l'intention de me rétracter.

Louis Prudhomme examina le prévenu sans répondre. Martineau lui avait bien annoncé au téléphone qu'il allait lui déférer un client pas ordinaire, mais le juge avait du mal à réaliser que ce bonhomme d'aspect modeste et aux manières tranquilles avait descendu à lui tout seul trois pontes de l'édition et fait marcher la police judiciaire et les médias pendant plusieurs mois... En arrivant, il avait évoqué un probable magistrat dans l'ascendance du juge ; c'est toute une famille dans la magistrature qu'il aurait pu dire, presque une dynastie. Le juge Prudhomme avait cinquante-deux ans et, ni dans sa propre expérience, ni dans les histoires que sa famille se transmettait depuis trois générations, il n'avait rencontré quelque chose d'équivalent... Quatre ans plus tôt, il avait publié un essai sur l'une de ses affaires célèbres, avec un certain succès (soixante mille exemplaires vendus). Il songea qu'il tenait peut-être là le sujet de son prochain livre.

– Il va quand même falloir recommencer, dit-il.

– Alors vous non plus, vous ne me croyez pas ? fit Lecoeur sur un ton amusé. Au Quai, hier, j'ai eu toutes les peines du monde à les convaincre : il a fallu que je remette toutes les clés de mon appartement aux policiers en leur indiquant le placard où j'avais rangé la carabine...

Le juge interrogea Martineau :

– La carabine ?

– Elle est à la balistique... mais je les ai déjà eus au téléphone, ils confirment que c'est l'arme des crimes. Nous avons aussi envoyé des cheveux du prévenu au laboratoire, je les ai arrachés moi-même...

– Vous avez arraché des cheveux au prévenu ? répéta le juge sans comprendre à quoi le policier faisait allusion. Il instruisait quatre affaires en même temps et avait tendance à perdre le fil.

– Pour l'ADN. Le labo dira s'il correspond à celui des cheveux trouvés dans les messages envoyés après les assassinats. Il y avait des cheveux collés dans les lettres, vous vous souvenez ? Une façon de les authentifier.

– Et bien ça prouverait seulement que le prévenu est l'expéditeur des lettres, dit le juge. Un peu de rigueur, s'il vous plaît.

Il s'intéressa aux pièces alignées sur son bureau : les messages énigmatiques distillés syllabe par syllabe d'Anonymo (ceux-là, en effet, étaient depuis un moment dans son dossier ; lui-même avait un peu joué aux devinettes avec des collègues…), plus les courriers adressés à l'éditeur Larivière, les réponses de celui-ci dans Libération, la clé USB envoyée dans la lettre poste restante, tout un bazar que la police lui avait transmis le matin même et dans lequel il n'avait pas encore eu le temps de se plonger.

– Nous avons tout de même trouvé l'arme à son domicile, lui rappela Martineau.

– Et puis il y a mes aveux, se permit d'ajouter Lecoeur.

– Vos aveux, vos aveux… De toute façon, il me faut votre déposition.

– Ça risque d'être long, et ce n'est peut-être pas indispensable. Tout est raconté en détail dans mes mémoires…

– Vos mémoires ?

– Sur l'enregistrement, là…

Le juge appela la greffière et lui remit la clé USB.

– Envoyez ça à la transcription en vitesse et revenez prendre la déposition du prévenu. – Il se retourna vers lui : Monsieur, je vous écoute.

La séance dura toute la matinée et ce fut un interrogatoire étrange car Lecoeur avait l'impression que plus il parlait, moins on le croyait. C'était comme si les preuves qu'il s'évertuait à fournir, qui auraient été considérées comme accablantes et indubitables s'il avait nié, devenaient insuffisantes dès lors qu'il avouait. Le juge lui reposait sans cesse les mêmes questions ; sans cesse Lecoeur devait réitérer ses explications. Comme si c'était à lui de démontrer sa culpabilité !

A treize heures, il y eut une interruption. On fit monter des sandwiches. Le policier et le prévenu mangèrent les leurs en silence afin de ne pas gêner le juge qui mettait la pause à profit pour prendre connaissance des nouvelles pièces du dossier. Sa lecture finie, il envoya chercher des cafés et revint à son interrogatoire :

– Reprenons. Je lis dans vos courriers aux Éditions Larivière que vous avez exigé le versement d'une somme importante sur un compte suisse…

Martineau intervint :

– L'éditeur dit qu'il s'est exécuté. Il prétend avoir viré cent mille euros dans une banque de Lausanne et veut les récupérer. On s'en occupe, nous serons fixés dans quelques jours.

– Qu'avez-vous fait de cet argent ? demanda le juge à Lecoeur.

– Rien. Il y est toujours.

– Vous n'avez pas touché à l'argent ?

– Bof… pas eu besoin. J'ai mon salaire de professeur, je suis célibataire, j'avais un peu d'économies.

– Professeur de quoi ?

– De Lettres.

– Vous êtes toujours en exercice ?

– J'ai pris un congé sans solde de six mois en avril, j'avais besoin de temps pour m'organiser, vous comprenez. Une sorte de congé sabbatique... Normalement, j'aurais dû reprendre mes cours en octobre.

– Vous apparteniez à quel établissement ?

– Le lycée Honoré Labastie dans la Seine-Saint-Denis (c'est le nom d'un félibre, un poète provençal). Même pour une ZEP du 9-3, l'établissement est considéré comme difficile. Les élèves et les gens du quartier l'ont surnommé le lycée « La baston »...

Le commandant Martineau secoua la tête d'un air accablé.

Le juge posa encore quelques questions de moindre importance puis conclut, à demi convaincu :

– Il va falloir procéder aux reconstitutions. Trois reconstitutions, dont l'une en province, nous n'en sommes pas sortis...

– Elles seront décisives, Monsieur le juge, je me souviens de tous les détails. Pour être menées à bien, ces opérations exigeaient une préparation minutieuse.

Le juge appela sa greffière :

– Le prévenu va signer sa déposition.

Lecoeur prit le stylo que Martineau lui tendait et s'absorba dans la relecture des feuillets placés devant lui. De temps en temps, il apposait une correction en émettant un petit râle réprobateur.

Intrigué, le juge se pencha pour voir ce que le prévenu écrivait.

– Vous corrigez les fautes d'orthographe ? s'exclama-t-il, indigné. Pourquoi pas mettre une note pendant que vous y êtes...

– Oh, à ce niveau-là, ça n'aurait pas de sens, répondit placidement Lecoeur. Nous obtiendrions une note négative, -15 ou -20, quelque chose comme ça. Les accords de participe fautifs, les accents absents, la ponctuation fantaisiste... et je ne parle pas de la syntaxe. Il y a encore plus de fautes qu'à la Police.

Martineau se rengorgea, tandis que le juge expédiait un regard haineux à sa greffière.

– Je signe à chaque page ? demanda Lecoeur, le stylo en l'air.

Le commandant ressortait déjà ses menottes.

– Un instant, dit le juge. Il y a encore quelques points à éclaircir. Certaines choses que j'aimerais comprendre...

– Alors il ne vous suffit pas de savoir, Monsieur le juge, par-dessus le marché vous voulez comprendre ?

– C'est tout l'intérêt de ma profession... Enfin vous, Lecoeur, un homme instruit, issu d'une famille convenable, avec une bonne situation, une situation stable, comment en êtes-vous arrivé là ? Qu'est-ce qui vous est passé par la tête ? Et qu'avait bien pu vous dire ce directeur littéraire, dont vous faites mention au début de vos mémoires (je cite : « *Ce fut une phrase que cet homme de bonne volonté prononça [...] qui soudain*

263

m'éclaira et fut à l'origine de ma résolution ») pour vous conduire à commettre trois assassinats ?

– Ah, oui, Olivier Pétillaud, des Éditions de la Lucarne... Oh lui, ce n'était pas un mauvais bougre, il m'appuyait au comité de lecture ; s'il en avait eu le pouvoir, il m'aurait volontiers publié... Pour répondre à votre question, au cours de notre dernière entrevue, navré de me décevoir une fois de plus (c'était tout de même le troisième roman que je lui proposais), il s'était enfin décidé à me révéler la raison des refus répétés des maisons d'édition. D'après lui, c'était seulement qu'elles répugnaient à publier un anonyme, et puisque je n'étais pas né célèbre (de nos jours, la célébrité se transmet par le sang, comme la noblesse d'Ancien Régime), si je voulais porter mes œuvres à la connaissance du public, je devais me débrouiller d'une manière ou d'une autre pour me faire un nom... Vous imaginez ma stupeur, Monsieur le juge, moi qui avais cru naïvement que je pouvais m'en faire un avec mes livres.

– Vous êtes en train de me dire que vous avez assassiné trois éditeurs uniquement pour vous faire un nom ?

Lecoeur lorgnait depuis un moment un exemplaire du *Figaro* posé sur le bureau du juge, à la première page duquel il croyait se reconnaître à l'envers.

– C'est moi, là ? Vous avez vu, dit-il à Martineau, on est tous les deux sur la photo. C'est une de celles qui ont été prises hier matin devant la poste !

– C'est bien ce que vous vouliez, non ? Devenir célèbre ? Paraître à la première page des journaux ? remarqua aigrement le juge en coulant un regard en biais au commandant qui se pavanait sur la photo à côté du prévenu.

– Hélas, ces assassinats étaient le seul moyen que j'avais trouvé. J'ajouterai que j'avais été profondément blessé par ce vocable, « anonyme », cette appellation à la connotation méprisante qu'on nous balance désormais à tout bout de champ... Ça vous plaît, à vous, de vous entendre traiter d'anonyme ? L'anonyme, c'est celui qui est sans nom, et nos ancêtres – il n'y a pas si longtemps, hein, un peu plus de deux cents ans – ont fait la révolution justement pour gagner le droit d'en porter un et d'être respecté... « Un anonyme » ! « Les anonymes » !... Pourquoi pas « Les innommables » pendant qu'ils y sont, hors de la célébrité, nous serions tous hors caste !

– C'est donc pour cette raison que vous signiez vos crimes « Anonymo » ?

Francis Lecoeur sourit :

– C'était ma réponse. Voyez-vous, Monsieur le juge, dans aucun autre pays d'Europe on emploie, pour parler du public, des simples citoyens, ce terme offensant d'anonymes... Il y a là une métonymie très désobligeante, un glissement spécieux du sens car, bien sûr, c'est la foule qui est anonyme et non les individus qui la composent... Je suis certain que vous sentez la nuance, vous qui écrivez, qui êtes l'auteur d'un livre...

– Vous savez que j'ai écrit un livre ? Vous l'avez lu ? interrogea le juge, flatté.

– Oui, oui, *La Valise monogrammée*, pas mal du tout, vous racontez très bien cette histoire de femme découpée en morceaux et abandonnée dans une valise Vuitton sur un quai de gare. L'analyse psychologique est très fine.

– Vous trouvez ? fit le juge, sa vanité agréablement chatouillée, d'autant plus que le compliment venait d'un professeur de Lettres.

– Et quel suspense, renchérit Lecoeur, quel talent dans le récit de l'ouverture de la valise macabre ! On avait cru naturellement à un colis piégé, expliqua-t-il à l'intention du commandant Martineau, la police avait fait évacuer la gare pour l'ouvrir, et comme la charge du détonateur était un peu trop forte, les membres découpés avaient été projetés et s'étaient éparpillés tout autour sur le quai. J'en frémis encore... Heureusement, il n'y avait pas la tête.

– On ne l'a jamais retrouvée, précisa le juge, enchanté, et il manquait aussi la jambe gauche, l'assassin n'avait sans doute pas pu les faire rentrer dans la valise... Il enchaîna avec enthousiasme : – Comme c'était une valise de grande marque, la police avait commencé par chercher dans les commissariats des beaux quartiers, mais sans succès, aucune disparition n'avait été signalée. Trois jours après, ils reçoivent l'appel d'une amie de la victime accusant le mari. Elles avaient acheté la valise ensemble la semaine précédente : la malheureuse épouse projetait de quitter son conjoint afin de commencer une nouvelle vie sur la Côte d'Azur... Le mari a toujours nié, il se débattait comme un diable. Trois ans d'instruction, une centaine d'interrogatoires dans mon cabinet (à la fin nous étions presque devenus copains ; c'est l'inconvénient de notre

266

métier : à la longue, on s'attache) mais rien à en tirer, pas un aveu !

– Et vous êtes sûr que c'était lui ? demanda ingénument Lecoeur, ce qui eut pour effet de faire rire Martineau.

– On a retrouvé la facture du malletier et l'ADN de la victime à son domicile, répondit le juge.

– Normal, fit remarquer le commandant, c'était sa femme.

Le juge s'empourpra :

– Les jurés d'assises l'ont déclaré coupable. Il y avait de fortes présomptions. Sa femme voulait le quitter, elle avait l'intention de partir sur la Côte, il avait vu la valise Vuitton qu'elle venait d'acheter... Il la tue, la découpe en morceaux, met les morceaux dans la valise et la dépose à la Gare de Lyon... C'est logique.

– Encore un humoriste, commenta Martineau.

– Un livre passionnant, en tout cas, conclut Lecoeur. Il était publié chez qui déjà ?

– Aux Éditions de la Taupi... oui, enfin bref.

– Oh, Monsieur le juge, désormais les éditeurs n'ont plus rien à redouter de moi !

Un instant plus tard, en sortant du cabinet, Lecoeur demanda au policier :

– Ça s'est plutôt bien passé avec le juge... Vous croyez qu'il pourrait me laisser en liberté jusqu'au procès ? Je n'aurai plus besoin de tuer personne à présent.

– Oh la la, n'y comptez pas... Trois assassinats, ça fait de vous un tueur en série... Le juge doit ménager l'opinion ; s'il vous remettait en liberté, le monde ne comprendrait pas.

– C'est vrai, admit Lecoeur, surtout le monde de l'édition.

– Il va vous falloir un avocat...

– Pour quoi faire, puisque j'ai déjà tout avoué ?

– C'est obligatoire. Et puis vous êtes seul, vous n'avez pas de famille, un avocat pourra vous être utile.

– Ah oui, vous avez peut-être raison.

A la différence du juge, Martineau avait su dès le premier instant qu'il tenait son coupable. Quand il était apparu entre les lieutenants, à la sortie du bureau de poste, le commandant était descendu de voiture et s'était précipité au devant de lui pour le regarder en face, recueillir cette première impression si souvent révélatrice. Il avait rencontré des yeux tristes, résignés et, malgré le sourire légèrement ironique qui flottait sur sa figure, il avait senti que c'était l'homme qu'il cherchait. Tout de suite après, il y avait eu ses aveux, un récit logique et détaillé, convaincant. Restait que cette histoire de poste restante, de la part d'un homme aussi averti, c'était un peu gros...

– Pour les menottes... je suis obligé, commença Martineau en manière d'excuse.

– Oh, quand elles sont devant, c'est supportable.

Puis le commandant en vint à la question qui lui brûlait les lèvres :

– Dites-moi, Francis, entre nous, c'est exprès que vous vous êtes fait prendre ?

Mais il n'obtint pas de réponse.

A la Santé, la vie de Francis Lecoeur s'organisait. Quand il était encore un homme libre, un citoyen comme les autres, il lui arrivait de passer sur le boulevard Arago devant cette prison ancienne. A chaque fois, en longeant son rébarbatif mur d'enceinte, il pensait aux hommes enfermés à l'intérieur et il se disait que dans cet établissement bâti au dix-neuvième siècle, probablement vétuste mais situé en plein Paris, ils devaient se sentir moins isolés, moins exclus que dans les prisons modernes perdues au milieu des champs, qu'ils sentaient peut-être battre le cœur de la ville. Il vivait depuis trois semaines de l'autre côté du mur et il avait pu vérifier que son impression était juste. De sa cellule, qui donnait sur la rue Jean Dolent, une rue étroite parallèle au boulevard, il entendait les bruits de l'extérieur comme s'il y était : le passage des voitures, la sirène des pompiers, le tintamarre matinal des éboueurs ; un soir, la musique assourdissante d'une party donnée par des jeunes dans un appartement aux fenêtres ouvertes ; un autre jour, les échos d'une dispute entre un homme et une femme...

Entré en prison avec une certaine appréhension, il avait cependant rapidement trouvé un rythme. D'abord celui imposé par le règlement, immuable comme au couvent, et qui aurait été générateur de paix si cette maison d'arrêt n'avait été surpeuplée (situation engendrant un climat qui n'avait rien de monacal), et puis son rythme propre, son rythme intérieur, fondé sur l'ordre et l'acceptation.

Le commandant de police avait vu juste, Lecoeur s'était fait arrêter exprès. Une fois l'argent mis à sa disposition sur le compte suisse et sa relation établie avec un éditeur, l'excitation physique et mentale qui l'avait porté pendant plusieurs mois, le temps de concevoir et d'accomplir son triple projet criminel, était retombée. Sa vraie nature avait repris le dessus et c'était une nature tranquille qui fuyait les occasions de stress et redoutait l'imprévu. Enfant de la douce Sologne (il avait été élevé à la Motte-Beuvron où son père surveillait les forêts environnantes), il n'était pas attiré par les pays chauds ; il n'aimait pas la sueur, les alcools forts, les insectes et les serpents venimeux. L'Amérique latine exubérante et brouillonne ne le tentait pas, non plus que la sèche et vibrante Afrique. Et il se voyait encore moins caché dans une grande ville étrangère dont il ignorerait les codes. Pour tout dire, il avait horreur des voyages et il s'était finalement rendu compte qu'il n'était pas fait pour une vie de cavale. Si l'éditeur Larivière ne l'avait pas dénoncé, il était résolu à trouver un autre moyen de se faire prendre.

La cellule qu'on lui avait attribuée se trouvait au dernier étage. Le premier jour, il était resté un moment accroché aux barreaux à regarder les immeubles qui s'élevaient face au mur d'enceinte. Il s'était rappelé la séquence finale de Casque d'Or, quand, d'une fenêtre de la rue, le regard de Simone Signoret plonge dans la cour de la prison où l'on guillotine son amant. Un instant, il s'était vu lui-même sur l'échafaud, mais grâce au ciel et à Robert Badinter, la peine capitale était abolie. La postérité n'intéressait pas Lecoeur et il tenait à la vie car il avait une œuvre à faire.

Il partageait sa cellule, un espace exigu de neuf mètres carrés, avec un gamin insupportable qui purgeait une peine d'un an pour car-jacking et dont c'était la deuxième condamnation. Le directeur de la prison avait jugé bon de les mettre ensemble : tout serial-killer qu'il était, Lecoeur avait vite été considéré comme un détenu de confiance, et le directeur de l'établissement s'était dit que cet ancien professeur de lycée ne pourrait qu'avoir une bonne influence sur un jeune voyou turbulent. Toute la journée avec un sale gosse au lieu de quelques heures par jour avec une trentaine... Lecoeur n'était pas sûr de gagner au change.

Avec les autres détenus, en revanche, aucun problème. En arrivant, il était pourtant un peu inquiet. Un prof, quelqu'un qui incarnait l'autorité, le genre de type qui les avait emmerdés pendant leurs années d'école, maintenant qu'ils le tenaient, ils n'allaient pas se priver de lui faire sa fête... Mais c'est tout le contraire qui s'était produit : quand il avait pénétré pour la première fois dans la cour de la prison, ses codétenus étaient venus spontanément lui parler, presque le féliciter, au point que Lecoeur en était gêné. Ils avaient suivi toute l'affaire à la télévision et savaient que le nouvel entrant avait tué trois bourgeois, c'est-à-dire trois représentants de l'ordre établi, cet ordre qu'ils exécraient. A leurs yeux, et à sa grande surprise, Lecoeur faisait figure de justicier, il était de leur côté. En plus, on admirait son adresse au tir, certains avaient même essayé

271

de lui soutirer des renseignements sur le maniement et la portée des carabines de grande chasse, puisqu'il avait fait la preuve qu'il y excellait. Embarrassé, Lecoeur était resté évasif.

Peu de jours après son arrivée, l'auxiliaire écrivain public de la prison étant débordé, quelqu'un lui avait demandé de l'aider à écrire une lettre. Par la suite, Lecoeur avait rédigé le courrier de quelques autres détenus mais il s'était vite aperçu que le métier d'écrivain public l'ennuyait et qu'il serait plus expédient et davantage dans ses cordes d'apprendre aux prisonniers à lire et à écrire. Il en était donc venu à donner des leçons de français. Dès qu'il apparaissait dans la cour ou à la bibliothèque, un groupe se formait autour de lui et le cours commençait. Bien entendu, cet état de fait avait été rapporté au directeur, lequel, soucieux de l'éducation de ses pensionnaires, avait vu aussitôt le parti qu'il pouvait tirer de sa nouvelle recrue et encourageait ses initiatives.

Cette modeste contribution n'avait pas tardé à porter ombrage aux enseignants chargés officiellement de faire la classe dans la prison. D'abord heureusement surpris des progrès soudains de leurs élèves, qu'ils croyaient dus à leur savoir-faire, ils avaient bientôt appris qu'ils étaient concurrencés par un tueur en série, pire : un tueur d'éditeurs (c'était la culture qu'il assassinait). Il y avait eu une levée de boucliers assortie d'une menace de grève. Mais les enseignants officiels ne venaient à la prison que quelques heures par semaine, Lecoeur était dans la place et il avait le soutien du directeur. Ils s'étaient finalement inclinés et se contentaient d'ignorer leur « collègue » quand ils le croisaient.

Le juge Prudhomme avait autorisé les visites. S'il ne pouvait envisager de remettre le prévenu en liberté, il n'en était pas moins assez bien disposé à son égard. Il pensait que c'était un homme cultivé, au goût excellent (il avait aimé son livre, *La valise monogrammée*) ; en outre, il avait une raison personnelle de partager ses préventions contre les éditeurs. Commencées d'une manière idyllique, un agréable à-valoir, une invitation à déjeuner chez Lipp, les relations qu'il entretenait avec le sien s'étaient gâtées au second déjeuner. En effet, informé par les magazines littéraires du chiffre des ventes de son œuvre – cent vingt mille exemplaires –, le juge s'était étonné, les comptes de l'année soldés, de n'avoir reçu qu'un chèque correspondant à environ la moitié de cette quantité. L'éditeur lui avait expliqué que les chiffres communiqués à la presse étaient artificiellement gonflés, car le succès appelle le succès... Le juge avait alors demandé à voir les comptes véritables concernant son œuvre. Cette requête innocente avait jeté un froid, surtout venant d'un magistrat. Après avoir bredouillé un acquiescement vague, l'éditeur n'avait pratiquement plus dit un mot le reste du repas et ne l'avait jamais réinvité. Le juge Prudhomme n'avait pas insisté pour vérifier son compte mais il restait persuadé que l'éditeur lui avait carotté ses droits d'auteur sur au moins vingt mille exemplaires... La défiance qu'il en avait conçue à l'endroit de la corporation éditoriale toute entière l'inclinait à une compréhension proportionnelle envers son prévenu.

Bien que Francis Lecoeur n'espérât pas de visites, dès la deuxième semaine de son incarcération, il avait eu trois parloirs : trois avocats venus lui proposer leurs services.

Le premier, Didier Dulac, avait une quarantaine d'années ; Lecoeur le connaissait de réputation. Il participait souvent à des talk-shows télévisés, on l'entendait à la radio, son nom était régulièrement cité dans la presse à propos d'affaires criminelles qui connaissaient un certain retentissement. C'était évidemment la première fois que Lecoeur le voyait en chair et en os : un homme un peu enveloppé pour son âge, le visage trop tôt arrondi par les repas d'affaires, mais sympathique, ouvert et très vivant. Avec un bagout et une habileté de cadre dynamique se vendant à un chasseur de tête, il avait évoqué rapidement ses succès dans des procès récents puis exposé à Lecoeur ce qu'il pouvait faire pour lui. Comme il allait inévitablement prendre la perpétuité (quelle idée aussi d'aller se livrer à la police quand personne ne lui demandait rien !), l'avocat se faisait fort de réduire la peine de sûreté de trente à vingt ans en décrivant le désespoir d'un auteur méprisé, maltraité, ignoré par des éditeurs invisibles et puissants, la déréliction d'un poète démuni face à l'impitoyable brutalité du système. Dans quinze ans, il pourrait bénéficier d'un aménagement de peine pour bonne conduite ; dans vingt ans, il sortait, il était de nouveau un homme libre... Lecoeur l'écoutait sans rien dire, songeant, bien plus qu'à sa sortie, à la façon dont il occuperait ces vingt années.

Le lendemain s'était présentée une très jeune femme, une jolie brune vêtue d'un tailleur gris de coupe classique mais suffisamment cintré pour dessiner sa taille fine et ses hanches rondes. Elle portait des lunettes sévères, probablement destinées à lui donner l'air sérieux devant le personnel de la prison, car elle les avait ôtées dès son entrée dans le parloir et ne les avait plus remises de toute l'entrevue, découvrant de beaux yeux malicieux et un charmant nez pointu. Puisqu'elle ne pouvait, comme son confrère de la veille, faire état de son expérience, elle avait parlé d'entrée de jeu d'une réduction de la période de sûreté. Lecoeur l'écoutait en se disant qu'il avait affaire à une petite futée : il avait avoué et pour des crimes aussi graves la peine maximale était certaine, par conséquent personne ne pourrait imputer la sévérité de la sanction à l'incompétence de la jeune avocate ; quant à lui, se sachant condamné d'avance, au lieu de se chercher un défenseur expérimenté, il préférerait peut-être égayer sa détention préventive avec les visites régulières d'une femme séduisante (au milieu de l'entrevue, confirmant cette hypothèse, elle avait ôté sa veste d'un geste naturel, l'air de se mettre à l'aise pour prendre des notes, dévoilant une paire de seins ravissants sous un chemisier transparent). La maligne tentait sa chance : si elle plaidait à ce procès qui allait faire du bruit à cause de l'importance des trois victimes, c'était l'assurance de se faire remarquer sans risque de passer pour une incapable. (Un petit coup de chance supplémentaire, et elle était invitée au Vingt-heures de TF1…). Lecoeur jugeait que c'était bien raisonné.

Deux jours après, troisième parloir. Il s'agissait cette fois d'un bonhomme un peu théâtral, costume trois pièces et chevelure argentée, genre vieux routier des prétoires. Cet avocat âgé devait être gêné de démarcher un client (il avait probablement besoin d'un petit coup de projecteur) car il l'avait pris d'un peu trop haut, l'air de lui faire une fleur en s'intéressant à son affaire. Tout en discourant d'une voix forte et grave, il allait et venait devant lui avec de grands gestes (des effets de manches sans la robe), comme pour offrir un aperçu de son talent de plaideur... Il avait quand même dû sentir que Lecoeur n'accrochait pas : juste avant de partir, finaud et balourd comme un notaire de campagne, il avait dit : « Alors vous avez eu ce que vous vouliez, hein ? Vous voilà célèbre à présent, et peinard pour un bon moment, vous allez pouvoir écrire tranquillement vos livres... Bien joué, mon vieux, je vous envierais presque. »

A la fin de sa deuxième semaine de détention, Lecoeur avait compris qu'il était devenu quelqu'un : deux avocats connus s'étaient déplacés pour le voir, une jolie femme avait essayé de le séduire (jusqu'ici, les belles femmes avaient plutôt tendance à fuir à son approche). Chacun à sa manière s'était donné du mal pour lui plaire, pour être choisi, et il pensait qu'au fond ces gens respectables n'étaient pas si différents de lui : de l'assassinat des trois éditeurs, ils comptaient bien retirer un peu de célébrité.

Finalement, son choix s'était porté sur Didier Dulac. Il avait à peu près son âge, venait comme lui d'un milieu modeste. S'il avait deviné que Lecoeur s'était fait arrêter volontairement, au contraire de son confrère plus âgé il n'avait pas compris ses intentions véritables. Il était trop vif, trop remuant, il avait trop d'appétit pour la vie pour imaginer qu'un homme puisse se laisser enfermer pendant deux décennies à la seule fin d'écrire. Et ce n'était pas plus mal : persuadé que son client s'était rendu par découragement, par lassitude, peut-être par remords, l'avocat n'en serait que plus motivé pour dénoncer devant la cour et devant les médias les pratiques sournoises et pernicieuses du monde éditorial et transformer son procès en tribune.

Le mercredi trois octobre, Maître Dulac se présenta au parloir. C'était sa quatrième visite à Lecoeur, qui était en prison depuis trois semaines. Il pénétra dans la pièce où l'attendait son client et, après un « Bonjour Francis » poli mais sec, il retira de sa serviette un paquet de lettres qu'il jeta sur la table.

– Qu'est-ce que c'est ? demanda Lecoeur.

– Des lettres d'éditeurs… Il y en a neuf, j'en reçois tous les jours ! Ils ont appris par la presse que j'étais votre avocat.

– Et la presse, elle l'a appris comment ? fit Lecoeur, le soupçonnant de l'avoir avertie lui-même.

– Les journalistes sont tout le temps fourrés au Palais, ils finissent par tout savoir.

Lecoeur parcourut quelques lettres. Les unes, sèches et lapidaires, donnaient l'impression que leurs auteurs n'étaient pas plus fiers que ça de solliciter l'assassin de leurs confrères ; les autres, toute honte bue, étaient au contraire excessivement aimables, presque plates. Certaines venaient de maisons auxquelles il avait proposé ses romans dans le passé et qui s'étaient souvenues de lui (Olivier Pétillon, des Éditions de la

Lucarne, l'assurait qu'il lui serait facile, à présent, de convaincre son comité de lecture ; Hugues Larivière faisait état de leurs liens anciens [Tristan et Iseult...] et Lecoeur se dit qu'après l'avoir dénoncé à la police celui-ci ne manquait pas d'air). Il remarqua dans la pile une lettre des Éditions Paradoxe auxquelles il avait également déjà eu affaire, qui appartenaient au groupe éditorial d'ALIZÉ, le conglomérat présidé par le redoutable Anatole Maufras. Et il y avait plusieurs maisons d'édition qu'il n'avait jamais contactées ; ignorant qu'il était écrivain, elles s'offraient à publier son histoire en le rassurant : il n'aurait pas à peiner pour l'écrire, un rédacteur professionnel s'en chargerait. Toutes lui faisaient miroiter un substantiel à-valoir.

Lecœur éclata de rire, d'un rire pas très gai. Les choses se passaient comme il l'avait prévu – au-delà de ce qu'il avait prévu – et en même temps tout ça paraissait tellement absurde...

– Ainsi, dit-il à son avocat, les éditeurs sollicitent une audience.

– Ils insistent pour vous rencontrer. Trois d'entre eux m'ont téléphoné pour que j'appuie leur candidature. Ils m'ont même proposé une commission s'ils étaient finalement choisis pour vous publier... Ils se trompent de profession, je suis avocat, moi, pas agent littéraire !

– Ah oui ? s'amusa Lecoeur. Et à quel titre, la commission ?

– Au titre de facilitateur.

– Facilitateur... quel beau métier. – Il repoussa les lettres : Gardez-les, j'ai besoin de réfléchir.

– Et vous comment ça va, Francis ? dit l'avocat en remettant les lettres dans sa serviette. Vous vous habituez à la vie carcérale ?

– Bof... ça ne me change pas tellement du lycée. J'apprends à lire à de jeunes analphabètes. J'ai même retrouvé un de mes anciens élèves...

– Ça se passe bien ?

– Plutôt mieux qu'à Labastie. L'établissement n'est pas plus avenant, mais la discipline est nettement supérieure. Et les relations avec les autres enseignants ne sont pas pires qu'au lycée... Le seul inconvénient, c'est mon colocataire, j'aimerais bien avoir une cellule pour moi tout seul. Et il y a le problème des cafards, ces sales bêtes pullulent, il faut les voir cavaler...

– Vous disposerez d'une cellule individuelle en centrale, le rassura Dulac. Après le jugement, plus personne ne viendra vous déranger.

Ils discutèrent un moment du procès à venir puis l'avocat fit claquer le fermoir de sa serviette.

– Une seconde, le retint Lecoeur. J'ai pris ma décision : il faudrait répondre aux Éditions Paradoxe que je suis d'accord pour recevoir Anatole Maufras.

– Anatole Maufras ? Le président d'ALIZÉ ? se récria Dulac comme si son client exigeait la visite du Président de la République. Vous me faites marcher ?

– Il a une branche éditoriale dans son groupe, les Éditions Paradoxe en font partie. C'est lui le vrai patron. C'est lui que je veux voir.

L'avocat s'esclaffa :

– Et vous croyez qu'il va se déranger pour vous ?

– Je n'en sais rien. On peut toujours essayer.

– Mais vous voulez le voir pourquoi ?

– J'ai mes raisons. – Encore un instant, s'il vous plaît, ajouta Lecoeur, il y a autre chose. J'ai déjà un texte prêt à être publié : ce sont mes mémoires. Comme je me doutais que la police allait perquisitionner mon appartement et embarquer mon ordinateur et mes papiers, j'ai caché une clé USB où mon texte est enregistré dans ma cave ; elle est enfoncée dans une fente en bas du mur, le mur de droite en entrant. Vous la trouverez facilement.

– Hein ? Vous me demandez d'aller chercher un truc dans votre cave ?

– C'est ça. Et j'aimerais mieux que vous vous en chargiez vous-même, ce sera plus discret.

– Et la clé de la cave, je me la procure comment ?

– C'est ouvert. Les gosses du quartier ont bousillé toutes les serrures… Quand vous aurez l'enregistrement, je vous suggère d'en faire une transcription à votre usage : vous y trouverez des éléments utiles à ma défense, sur mes rapports avec certains éditeurs, les réponses hypocrites ou vacharde qu'ils me faisaient, vous voyez… ? Ensuite conservez la clé USB précieusement, vous la remettrez plus tard à l'éditeur que j'aurai retenu.

– Sans blague, Francis, vous voulez vraiment que j'aille récupérer dans votre cave un enregistrement dissimulé à la police ? Vous vous rendez compte de ce que vous me faites faire ?

– Pensez à vos honoraires, cher maître. Il va bien falloir que je gagne ma vie si je veux vous payer.

Le lundi de la semaine suivante, quinze heures, un gardien ouvrit la porte du parloir pour laisser passer Anatole Maufras en personne, qui s'avança la main tendue avec le large sourire qu'il arborait sur les écrans de télé, tel un masque optimiste et enjoué, quand il paradait dans les salons d'un ministère, d'une ambassade, ou même à la sortie de quelque réunion syndicale orageuse, sourire qui ne l'empêcha pas de jauger Lecoeur d'un coup d'œil bref et perçant.

– Bonjour, mon ami, vous avez demandé à me voir ?

Impressionné, Lecoeur dut se dominer pour cacher son trouble. Au fond, il n'avait jamais vraiment cru que le grand Maufras se déplacerait pour lui ; en demandant à le rencontrer, il continuait simplement de pousser ses pions pour voir jusqu'où il pouvait aller. Mais maintenant le tycoon était là, physiquement présent, et Lecoeur se sentait soudain tout petit, à des années-lumière de ce personnage tout puissant, patron de dizaines d'entreprises dont dépendaient des milliers de personnes dans le monde, et qui, avec ses maisons d'édition et ses journaux, tenait la destinée de centaines d'écrivains dans le creux de sa main.

–... Alors, racontez-moi, qu'est-ce que je peux faire pour vous ?

Au contraire de ce que Lecoeur imaginait, Anatole Maufras ne le regardait pas comme un petit homme. Entraîné à dissimuler ses pensées et ses sentiments, il ne

281

l'aurait jamais montré, mais ce modeste professeur de Lettres l'étonnait et il avait eu envie de le voir de près. En vérité, tout au fond de lui, dans ce type capable d'éliminer trois patrons pour arriver à ses fins, Maufras avait reconnu une volonté implacable semblable à la sienne. N'avait-il pas lui-même une réputation de « tueur » (heureusement au sens figuré), réputation dont il se flattait secrètement ?

D'un autre côté, il n'avait pas de raison personnelle de lui en vouloir. Sans doute, le serial-killer avait assassiné l'un de ses directeurs – ce pauvre Louis-Charles Bonnifay, le jour du mariage de sa fille ! – mais après tout nul n'est irremplaçable. Et en examinant les choses d'un point de vue objectif, par ses crimes – certes répréhensibles – il n'avait fait que désorganiser deux maisons d'édition concurrentes et lui avait permis de racheter la plus florissante, les Éditions Philibert Mazeaud, qu'il convoitait depuis longtemps. Vraiment, il n'y avait pas là de quoi lui tenir rigueur.

A ces considérations pragmatiques, s'ajoutait un motif d'un ordre plus intime, plus sentimental : Anatole Maufras était chasseur. Presque chaque année, il s'offrait un safari en Afrique et partait chasser les grands fauves et les oiseaux migrateurs au Kenya ou en Namibie. Il avait même chassé le tigre en Inde dans sa jeunesse, aux côtés de son père, juste avant l'interdiction. De sorte qu'il se sentait certaines affinités avec Lecoeur, un centre d'intérêt commun, une connivence. Et il était épaté par ses performances de tireur, bien qu'un reste de décence le retînt de lui demander à quelle distance il avait réussi à toucher ses cibles... – Et puis à quoi bon revenir sur le passé ? Ce qui était fait était fait.

Surmontant sa timidité, Lecoeur informa Maufras qu'il était prêt à signer avec sa société Paradoxe sous certaines conditions et qu'il comptait sur son influence pour lui faire obtenir ce qu'il réclamait.

Avant tout, une cellule individuelle. Il avait toujours vécu seul. Partager avec quelqu'un une cellule de neuf mètres carrés lui était pénible. Maufras opina, compréhensif. Lecoeur précisa qu'il avait l'habitude de faire son ménage lui-même mais qu'il tenait à entrer dans une cellule propre et désinfectée, pas question de continuer à faire la chasse aux cafards...

Maufras dit que c'était la moindre des choses

– Il y a aussi que je suis très frileux. On approche de l'hiver. J'aurai besoin d'un chauffage d'appoint et d'une couverture en alpaga.

De nouveau, Maufras acquiesca.

– Et il me faut un ordinateur, connecté à Internet pour ma documentation.

– Oh, Internet, la communication avec l'extérieur... ce sera plus difficile.

– Alors l'ordinateur seulement, avec son imprimante, et un matériel de bureau complet. J'écris d'abord à la main.

– Entendu, dit Maufras.

– Il y a aussi la question de l'argent (et là, Lecoeur se disait que son visiteur était en terrain connu). Les autres éditeurs me promettent de gros à-valoir, mais naturellement cet argent serait aussitôt bloqué. En fait, les parties civiles vont me laisser à poil (depuis quelque temps, par mimétisme et par jeu, Lecoeur adoptait parfois les façons de parler de ses codétenus) ; ce qu'il me faut, c'est un éditeur à la coule capable de planquer une partie du pognon.

– Y a pas de blème... On mettra le fric au frais, répondit Maufras sur le même ton, amusé et se coulant avec bonheur dans ce langage de malfrat qui lui allait comme un gant.

– J'avais provisionné mon compte à la prison en arrivant, mais il est à sec. Il faudrait y faire glisser de la fraîche tous les mois en douceur, sans réveiller les matons.

– T'inquiète, on sait faire... On va t'arranger une combine aux petits oignons.

– Bon. Parfait. A présent, Monsieur Maufras, j'ai le plaisir de vous annoncer que le texte de mes mémoires est fin prêt. Dès que j'aurai signé avec Paradoxe, ils pourront se le procurer auprès de mon avocat. J'aimerais que mon livre sorte en janvier prochain, si c'était possible.

– Vous verrez ça avec eux. Mais ce n'est peut-être pas une bonne idée. Il vaudrait mieux qu'il paraisse tout de suite après le procès.

– C'est loin.

– Vous avez avoué, l'instruction sera bientôt bouclée. Et le garde des Sceaux est un pote, on pourra accélérer la procédure... L'idéal serait que votre livre sorte pour la rentrée littéraire 2008.

– J'aurai peut-être un prix, sourit Lecoeur.

– Ne rêvons pas…

– Je plaisantais.

Anatole Maufras consulta sa montre :

– C'est tout ? Vous n'avez rien d'autre à me demander ?

– C'est tout. Il y a juste cette histoire de cellule individuelle, il faudrait faire vite.

– Je m'en occupe. On va essayer de vous faire transférer au quartier VIP. Vous vous ferez des relations. Ça peut toujours servir.

– Ah, merci, dit Lecoeur.

Il y eut un silence. Ne doutant pas d'avoir mis la main sur la poule aux œufs d'or, le patron d'ALIZÉ considérait avec sympathie ce serial-killer dont les mémoires allaient faire bondir le chiffre d'affaires d'une de ses sociétés et qui, cloîtré et assidu comme un bénédictin, se préparait à écrire pour lui pendant de longues années. Mais, en homme d'affaires avisé, il pensait déjà à ce qu'il allait publier à la suite des mémoires, et le plus vite possible afin d'exploiter à chaud la célébrité du nom de Francis Lecoeur, une célébrité toute neuve, certainement éphémère, mais prometteuse de juteux profits. Avec un bon sourire, un sourire paternel, il se pencha vers son nouvel auteur :

– Et vous avez autre chose à me montrer ?

FIN

Original déposé à :

Société des Gens de Lettres - Paris
Copyright France
Bibliothèque Nationale de France - Paris

Dépôt légal : juillet 2008